メディアワークス文庫

佳き結婚相手をお選びください

死がふたりを分かつ前に

似鳥航一

目　次

《海堂家》
妻（亡）
海堂右近（亡）
八郎兵衛
夜梨子
日々樹
月弥
星馬
《不知火家》
不知火左門（亡）
妻（亡）
小左郎（亡）
お弓（亡）
美雪

「彼女がとげた非業の死――。あの件は、まだ終わったわけじゃありません」

桜小路光彦《さくらこうじみつひこ》が告げると、座卓のむかいの男は不思議そうに眉をひそめた。

「なんですって？」

「単刀直入にいいましょう。真相はもうわかってます。あのひとが、なぜ死んだのか。だれがそれをもみ消そうと画策してるのかもね」

「突然どうしたんですか、桜小路さん？　おっしゃるとおり、あれはたしかに痛ましい悲劇でしたよ。だがもう片がついている。いまさら蒸し返さなくても……」

「残念ながら正しい結末じゃありません。あなたにはわかってるはずです」

そこは繁華街のはずれにある料亭の個室だった。

赤みを帯びた照明。座卓の上にはお茶の入った湯呑《ゆの》みと灰皿。古い畳敷きのその部屋にはいま、ふたりのほかにだれもいない。

桜小路光彦は中性的でやさしそうな顔立ちの若き民俗学者だ。優れた発想力を持っているが、研究テーマに変わったものが多く、主流派の学者からは異端視されている。なかば無視されているといってもいい。

しかしその研究を題材に小説を執筆しており、これはなかなかの出来だった。突拍子もない話ながらも好評で、作家としては人気がある。そこに困惑の種がある。

本分である民俗学の分野では評価されず、それなのに小説の読者からは学術の権威だと思われているふしがあり、ややもすると出版社の社員にまで学者としてあつかわれる。そんな齟齬《そご》に、とまどわされることが多いのだった。

そして桜小路光彦は——探偵でもある。

ふつうの事件は引きうけない。しかし知るひとぞ知る腕利きで、警察庁にも知り合いがいるほどだ。最初は民俗学の野外調査の延長ではじめたのだが、適性があったのだろう。地方の古い奇習がからむ事件では、驚くべき着眼点から犯人にたどりつく。

今回もその例にもれなかった。

長きにわたる調査の末、最後の最後に桜小路光彦は真相をつきとめた。結果として、いまこうして目の前の男の説得にあたっているのである。

「すみませんが、なにをおっしゃりたいのか、まったくわかりません」

男が平然としらばくれるが、桜小路光彦はかぶりをふる。

「いまの状態は真実とはかけはなれてるってことです。これでいいはずがない。彼女が浮かばれませんよ。すべてをあきらかにしなくちゃいけないんです」

「すべてを？」

「ええ。だからこそ、■■さん。警察に出むいてもらうわけにはいきませんか？」

桜小路光彦の言葉に男はこたえなかった。

「死者が出ている以上、どんな事情であっても法に照らすべきです。しかし、この件に取りあつかいがむずかしい部分があるのも事実。特殊な土地柄と家柄ですし、慎重にやらないと……。安易なやりかたでは大変なことになる。下手を打つと、死者はひとりやふたりではすまないでしょう」

「なるほど、そういう理由でしたか」

「もう一度いいます、[redacted]さん。いっしょに警察に行ってくれませんか？」

　桜小路光彦は真摯に言葉をかさねた。

「あなたが出頭してくれれば穏当にことが進みます。どんな理由があっても、もみ消してはいけない。故人のため――それからあなた自身の未来のためにも」

　ふたりだけの個室に濃密な沈黙がおりた。やがて男が決然と口をひらく。

「お断りします」

　無言で眉をよせる桜小路光彦に男はつづけた。

「たしかにあなたの能力は非凡ですよ。この短期間にずいぶん深いところまで探りあてたようですからね。だがそれを認めるわけにはいかない。警察でもなんでもつれてくればいい。逃げも隠れもしませんよ。まだ奥の手がありますから」

「奥の手、ですか？」

「ありとあらゆる手段で徹底抗戦するということです。こちらの意志はかたい」

「そうですか……。残念です」

相手の強硬な態度から桜小路光彦は説得をあきらめた。ため息をついて言葉をつぐ。

「煙草《たばこ》、吸ってもかまいませんか」

「ええ、どうぞ」

男が座卓の上の灰皿を指さすので、桜小路光彦は愛用のシガレットケースをポケットから取り出した。鳥獣戯画が彫られた銀色のそのケースは亡き祖父からもらったものだ。

そこから煙草を一本つまみあげてマッチで火をつける。

はあ、と桜小路光彦は憂鬱そうに紫煙をくゆらせた。ただよう煙が薄くなって消えていく様子を男はしばらく無言で眺めていたが、ふいに立ちあがる。

「手洗いに行ってきます。すぐにもどりますから」

男はそういって座敷《ざしき》を出た。


やがてもどってきた男が襖《ふすま》をあけると、凄惨な光景がひろがっていた。

個室の座卓には桜小路光彦が突っ伏していた。

細身のその体はいまや、ぴくりとも動かない。卓上には吐瀉《としゃ》物と赤い血だまりが花のように咲いている。

近づいて顔を確認すると、おそらくは想像もしない衝撃をうけたのだろう。血走った両目をこれ以上ないほど大きく見ひらいていた。まばたきもせず、もちろん呼吸もしていない。あきらかに死んでいる。

男は携帯している白い手袋をつけると、畳の上でくすぶる煙草をつまみあげた。

青酸カリ入りの煙草である。

「僥倖《ぎょうこう》とはこのことだ。まさか目の前で当たりを引いてくれるとは……」

そう、話しあいに応じる気など最初からなかった。誘いをうけてこの店に足を運んだのは、近いうちに死ぬ相手の様子を見ておきたいという酔狂だ。いつ、どこで引きあてるのかは不明だが、この結末は前もって決まっていたのだから。

男は桜小路光彦の身近にいる人物をひそかに手なずけていた。そして先日、こう指示した。――おりを見て、あの鳥獣戯画が彫られたシガレットケースのなかに、こちらで用意した特別な煙草を一本入れておいてほしい、と。

もちろん毒入りだと正直にいって渡すはずもなく、ただ外国製の珍しい煙草を味わわせて驚かせたいという嘘八百《うそはっぴゃく》でいいくるめたのだが。

彼女は殺害に手を貸したなんて夢にも思わずに今後も生きていくのだなと考えながら男は煙草の吸いがらを始末した。証拠になりうる、ほかの痕跡も念入りに隠滅した。

あとはこの店の女将《おかみ》に金をにぎらせて、口裏を合わせてもらえば警察はごまかせる。

それにしても惜しい人材だった。知識にも洞察力にもすばらしいものがあった。だがやさしすぎた。もっと非情に最短経路で動いていれば、こちらにも勝てただろうに。

むろん、いまさらどうしようもない。

桜小路光彦はもう死んだ。最後の事件で、あえなくその貴重な命は失われてしまったのだ。くつがえることのない絶対的な事実として、完全に確実に絶命した。

「海堂《かいどう》家に刃むかう者には死を」

男は小さくつぶやいて個室を出た。


後日、東京《とうきょう》。

おごそかな葬儀が終わると、遺体は丁重に荼毘《だび》に付された。

多くのひとが見守るなか、骨壺《こつつぼ》は桜小路家代々の墓に納められた。

その日は朝から細い雨が降りつづき、天も涙を流しているかのようだった。

探偵、桜小路光彦の死をいたんで。

第一章　海堂家の変事

静岡県《しずおかけん》の南西部に真中湖《まなかこ》という湖がある。

日本でも十指に入る大きさで、湖岸からの眺めは海のようだ。実際に室町時代の津波で決壊した湖口部が太平洋とつながっているため、淡水と海水が混ざり合い、海産物が豊富にとれる。しらす漁が活況で、うなぎや牡蠣《かき》の養殖もさかんだ。

名高い海堂家の邸宅は、その真中湖のほとりにある。

敷地《しきち》は重厚な土塀でかこまれ、内側には高い木立がつらなり、さながら外界から隔絶された殿上人の住まいだ。その中心に建つ和洋折衷の大邸宅、海堂御殿を知らない者は、このあたりにはひとりもいないだろう。

そんな屋敷《やしき》の裏庭でいま、不知火美雪《しらぬいみゆき》は雑草をかきわけていた。

「このへんのはずだけど……」

美雪は質素な木綿の着物を身につけた、海堂家の使用人のような存在である。

十九歳だが、地元から一度も出たことはなく、朝から晩まで下働きに従事させられている。顔立ちはととのっているが、表情にとぼしく、それは足の小指を家具の角にぶつけたときでも変わらないほどだった。わけあって唇を横に引き結んで無言でがまんするのがくせになっている。昔は口数が多く、別人のように表情も豊かだったのだが――。

昭和二十年代の五月のことである。

あたたかい晴天の日がつづき、新緑がまぶしい。雑草も目立ちはじめたということで今朝、突然この広い敷地全体の草むしりを命じられたのだった。しかも美雪ひとりでやれという。

無茶な話だった。しかしそれくらいの横暴には悲しいことに慣れてもいた。

ところが美雪が指示どおりに働いていると、ふと茂みから耳慣れない鳴き声が聞こえてきて不思議に思い、さきほどから草をかきわけて、さがしていたのである。

やがて小さな生きものが地面で鳴いているのを見つけた。

「ああ、やっぱりいた」

毛はまだ生えそろっていないが、くちばしがあるから鳥のひなだろう。見あげると、近くの木の枝に不安定にかたむいた鳥の巣がある。

「なるほど。今朝は風が強かったから……」

春の強風で巣がかたむき、そこから落ちてしまったらしい。

美雪は納屋へ行くと、はしごを持ってきて木の幹に立てかけた。無表情でそろそろと上にのぼっていき、不安定な状態の巣をなおして、鳥のひなを巣のなかへもどす。

「うん、これで大丈夫」

いまは姿が見えないが、そのうち親鳥も帰ってくるだろう。

巣のなかで安心して眠りはじめた鳥のひなを眺め、美雪がわずかに頬をゆるめていたとき、けたたましい声が屋敷の方向からひびく。

「おい、美雪！」

「美雪はどこにいる！」

ふたりの男が張りあうように叫んでいる。なにごとだろうか？　美雪はあわててはしごをおりると屋敷へむかった。


海堂家には俊英と名高い三人の兄弟がいる。

長男の日々樹《ひびき》、次男の月弥《つきや》、三男の星馬《せいま》。

年齢は上から二十六、二十五、二十四。

それぞれの頭文字をとって、まとめて日月星などと家族に呼ばれることもあるが、いずれも有能な若者たちだ。秀でた才能があるだけではない。端麗な美貌もかねそなえ、多くの者に羨望の目で見られている。毛色のちがう三人の理想の男として、この地方に住む者にとっては偶像的なあこがれの対象なのである。

だがじつのところ、彼らはこぞって一癖ある性格で――。

さきほど美雪を呼んだ声は、その次男の月弥と、三男の星馬のものだった。

勝手口から屋敷に入って階段を駆けあがると、廊下のさきの娯楽室から、いい争う声が聞こえてくる。美雪が部屋に駆けこむと、月弥と星馬が同時にふりむいた。

「おそい！」

いきなり一喝したのは次男の月弥だった。

波打つ髪を長くのばした月弥は、音楽の素養がある才人。とくにそのオーボエの腕は一級品で、近々レコードを出すことになっている。派手な服装を好み、今日も華やかな黄色の着物がよく似合っていた。芸術家肌なのはまちがいない。

だが同時に身勝手でもあって、とくに美雪が相手だと遠慮がなかった。

「私が呼んだら一分以内に来るように、いつもいってるだろう。犬でもその程度の知能はあるぞ。おまえは本当に駄犬以下の存在だね」

「これでもいそいで来たのですが……」

内心傷つきつつも美雪は表情を変えずにいった。

「ふん、犬のほうがよっぽど偉い。なにせ連中は見苦しい弁明をしないもの」

「……すみませんでした」

抑揚のない声であやまると、美雪は部屋の惨状にちらりと目をやる。

「それで、なにがあったんでしょう？」

見たところ、彼らは将棋をして遊んでいたらしい。途中までは。

しかしいま、畳の上には足つきの将棋盤がひっくり返り、大量の駒がまき散らされている。湯呑みも倒れて、お茶とお菓子が派手にこぼれていた。

「見てわからないのか？ 察しの悪いやつだ」

そっけなく吐き捨てたのは三男の星馬だった。

星馬は人形のようにととのった容貌と、鋭利なまなざしが特徴的な黒髪の青年だ。

口数は少ないが、冷静で頭が切れるため、海堂グループの中核企業である海堂海運の幹部として育成されている。同じ会社で働く長男の日々樹に追いつこうと日夜努力しているが、なかなかうまくいかずに歯がゆい思いをしているようだ。会社ではいつも洋装のせいか、家では和装が多く、いまは落ちついた暗い青の着物を身につけている。

同い年の大抵の人間よりも優秀なのはまちがいない。しかしそれゆえか冷たく、美雪が相手だといっそう薄情だった。完全に使用人あつかいで、挨拶しても、ろくに返事もしてくれないほどである。

「なんてことはない。語るにも値しない、くだらない話だ」

星馬が軽く鼻を鳴らしてつづけた。

「対局中、俺が手加減せずに王手をかけたから、兄さんが癇癪《かんしゃく》を起こした。負けるのがいやで、勝負なしに持ちこもうとしたんだよ。逆上のちゃぶ台返しだ」

「おいおい、うそをついてはいけないね。やったのは私じゃなくておまえだろう」

月弥が涼しい顔で人差し指をふる。

「どういう意味だ、兄さん」

「私は将棋盤をひっくり返そうとしただけ。それをおまえが止めようとして、腕が当たってひっくり返ったんじゃないか」

「そういう見方もできなくはないが……。兄さんの腕も当たっただろ」

「事実をねじ曲げてはいけないよ。強く当たったのは、おまえの腕だ」

「でも元凶は兄さんのほうだ」

月弥と星馬がふたたび無益な口論をはじめる。

「あのう」

美雪が仲裁しようとすると、ふたりは「なんだ？」と声をそろえてふりかえった。仲がいいのか悪いのか、その息はぴったり合っている。

「いえ、なんでも」

「ともかく、あとはおまえの仕事だからね。片づけておくように」

月弥が無造作に美雪に命じた。

「……わかりました」

結局のところ部屋を掃除させるためだけに呼んだらしい。月弥と星馬はふりむきもせずに娯楽室を出ていく。のこされた美雪は畳にしみこんだお茶を雑巾でふき、ばらまかれたお菓子を片づけ、将棋の駒をひとつひとつ拾いあつめて木製の箱にしまった。

ようやく片づけを終えると、休むひまもなく今度は外から女の声がひびく。

「美雪さん、美雪さあん！」

一難去ってまた一難だと思った。この声はあのひとだろう。気が重くなりつつも美雪は屋敷を出て、呼び声のするほうへむかう。

正門から少し歩いた場所にある日本庭園にその人物はいた。

「あら、美雪さん。今日もそんなに走りまわって汗かいて。見苦しいわねえ」

顔を合わせた瞬間、ぐさりと来る言葉を意地悪そうな笑顔でいい放ったのは、長男の日々樹の婚約者である麻里子《まりこ》だった。

「すみません……」

「ああ、べつにいいのよ。使用人なんて、みんなそんなものなんだから」

そういって高らかに笑う麻里子は、くせのある髪を長くのばした洋装の都会的な女性。なにが入っているのか、今日は平たい杉の小箱を持っている。

麻里子はこの地方ではそこそこ名のある家の娘で、日々樹とは海堂記念館の完成を祝うパーティで知り合ったらしい。同年代のはずだが、ずっと年上に見えるのは押しの強い性格のせいだろうか。麻里子はとくに美雪に対して、この上もなく尊大だった。

「ところで日々樹さんは、まだ出張中？」

麻里子が屋敷をちらりと見てたずねた。

「はい、いまは神戸《こうべ》におられるはずです。予定どおりなら明日の午後にもどられます」

「そう。待ちどおしいわね」

麻里子が小さな吐息をつく。

じつは先日、海堂家の当主が老衰で死去したため、日々樹が出張からもどりしだい、遺言書が公開されることになっていた。麻里子はそれを心待ちにしている。

海堂家で遺言書の内容が気にならない者はいない。だが日々樹は並はずれた経営感覚を持つ海堂海運の次期社長であり、重要な商談にはどうしても欠かすことができないのだった。幼いころから彼はひとの上に立つ者として育てられてきた。そしていまや未来の海堂グループの行く末をになう存在となったのだ。

ＧＨＱによる財閥解体の波がひたひたと間近に押しよせてきていること、また、先方のやむをえない事情もあり、今回の出張はどうしても延期できなかったのである。

「まあいいわ。ところで美雪さん、あなた甘いものがお好きだったわよね？」

ふいに麻里子にそんな質問をされて美雪は面くらった。

とはいえ、事実だから「はい」とこたえる。甘いものはなんでも好きだ。使用人のような立場上、食べる機会は滅多にないのだが。

「じつは最近お菓子づくりの練習をしてるのよ。日々樹さんが帰ってきたら、ごちそうしようと思って。ほら、見てごらんなさい」

麻里子が持っていた杉の小箱をあけると、おはぎが一個入っていた。

「わあ、おいしそうですね」

「食べてもいいわよ。つくりたてが一番おいしいの。日々樹さんは明日まで帰らないみたいだから」

「え、いいんですか？」

美雪は思わず目を見ひらく。正直いうと朝から働きづめで空腹だったのだ。そうでなくても大の好物である。杉箱のなかのおはぎは、表面の小豆がつぶつぶしていて見るからにおいしそうだ。すごく食べたい。いや、もう食べたくてしかたがない。

「さあ、どうぞ美雪さん。遠慮せずに」

「ありがとうございます。それではいただきます！」

表情こそほとんど変わらないが、心のなかではうれしさで飛びはねそうになりながら美雪はお辞儀をした。そしておはぎを思いきりほおばった。

すると口いっぱいにひろがる香ばしいあんこの甘さ。もち米の柔らかな食感。なんておいしいんだろう。

ところがつぎの瞬間、予想外の衝撃におそわれる。舌の上を鋭い刺激が走った。

「……うぐぅ！」

からい。両手で口を押さえて顔をしかめる美雪の目から、ぽろぽろと自然に涙がこぼれる。麻里子が火がついたように笑い出した。

「あははっ！　おいしいでしょう。そのおはぎ、わさびをたっぷり入れてあるの。あなたの好物がおはぎだって聞いて、特製のやつをつくったのよ。感謝なさい！」

あまりの衝撃で絶句する美雪を「ああ、おかしい！」と麻里子は笑う。

なんという陰険なことをするのだろう。こちらはなにもしていないのに。

だがじつのところ漠然と予感はあった。美雪が天涯孤独の身になって以来ずっとそうなのだ。たったひとりの肉親だった母が半年前に死んでからというもの、麻里子はなにかにつけて美雪にいやがらせをする。さすがにこれほどひどい真似《まね》をされたのは今日がはじめてだったが。

「いいこと？　またこんな目にあいたくなかったら早く屋敷を出ていきなさい」

麻里子が真顔になって告げる。

「遺言書が公開されたら、いよいよ日々樹さんは公に海堂家の跡目をつぐわ。そして、その妻になるわたしは栄えある海堂家の女主人よ。莫大《ばくだい》な富と権力が手に入る」

「それが……いったい」

「わからないの？　その立場をわたしは盤石のものにしたいわけ。少しでもおびやかす存在は排除したい。若い女なんて言語道断だわ。たとえそれが使用人でもね！」

予想もしない動機に美雪は唖然《あぜん》とした。疑心暗鬼とは、まさにこのことだ。

「ほかの家族の目もあるし、さすがにわたしが解雇するわけにはいかない。あなたには自主的に辞めてもらいたいの。いいこと？　これからは本気でいびってやるからね。出ていかないのなら覚悟しておきなさい」

毒々しく告げると麻里子はきびすを返し、まだ口を手で押さえたままの美雪の前から立ち去った。日本庭園に単身のこされた美雪は必死に涙をこらえる。

そうはいわれても簡単には出ていけない。いまの自分には身寄りもなく、この屋敷のほかには居場所がないのだから。衣食住の提供をのぞけば、とくに給金をもらっているわけでもなく、自由に使える時間も、お金もない。ここを出たが最後、今夜寝る場所にすら事欠くし、外の世界の生きかたなんてなにもわからない。

どれだけひどい目にあわされても、生きていくためには耐えるしかなかった。

海堂家縁起

美雪が暮らしている海堂財閥の本拠地たる海堂家。その歩みは近くの古い神社と密接にかかわっている。

海堂の屋敷から湖沿いに三十分ほど歩いた場所にある、えびすさまを祀《まつ》った社だ。

えびす信仰には大きくふたつの系統があって、蛭児大神《ひるこのおおかみ》を祀るものと事代主神《ことしろぬしのかみ》を祀るものが存在するが、この海堂家ゆかりの神社は、それらとはまったくの別物である。別《わけ》えびす神社《じんじゃ》と呼ばれている。

もともと海堂家は、その独自のえびすさまを祀る小さな神社を守護する一族だった。神社の来歴は室町時代にまでさかのぼるという。

とはいえ、そのころの海堂家は、けっして長者でも権力者でもなかった。ただ小さな神社がいたんで失われてしまわないように細々と管理するだけの家だった。それがいかにして現在の海堂財閥へ躍進したのか？

ある人物の存在がすべてを変えた。明治時代に生まれた怪物的傑物、海堂右近《うこん》の商才がすさまじい財をなしたのである。

幼少期から聡明《そうめい》だった右近は、若くして物流会社で働きはじめると、めきめき頭角をあらわしていった。勘がよく、社交上手で、体力にもめぐまれた偉丈夫である彼のさまざまな長所が、社会で揉《も》まれるうちに大きな総合力となって開花したのだ。

ものの流れと金の流れが、右近には手に取るように見えたという。

そしてそんな右近の才能に魅了された男がいた。

同じ会社で働く、ひとつ年下の快活な若者——。のちに右近と義兄弟のちぎりを結ぶ不知火左門《さもん》である。

彼もまた突出した才能を持ち、しかし自分がいまひとつ野心に欠けていることを自覚していた。ひとは自分の欠落を埋めてくれる者を求める。ゆえに大望を持ち、貪欲で、人間的魅力もある器の大きな右近に男として惹《ひ》かれたのだろう。

意気投合したふたりは、たちまち親友となった。

やがて海堂右近と不知火左門は独立して自分たちの物流会社を立ちあげるが、そこで力を入れたのは船舶である。海路に未開拓の商機を見いだしたのだ。質のいい船を取りそろえたこと。また右近と左門の引き立て合う求心力もあいまって、当時最大手だった海運会社の積荷《つみに》をまかされる。

こうなると鬼に金棒だ。おもしろいように仕事があつまってくる。

右近と左門は日本各地に拠点をつくると、どんな顧客の要望にもこたえられる柔軟な物流網を構築した。海堂特注の船は陸路よりも速く、大量の積荷を運べる。この仕組みが功を奏して業績はますますあがった。

すさまじい勢いで会社は大きくなり、グループ会社も増え、たび重なる戦争が成長に拍車をかける。

かくして一代にして日本有数の急進的な企業集団、海堂財閥が生まれたのだった。

また、その全盛期にいたるまでに海堂右近は不知火左門と義兄弟のちぎりを結んで、自分の屋敷に住んでほしいと申し出ている。これはいわば最上位の盟約で、公私ともに終生つきあっていこうという意思表示だ。左門にはいっさいの身寄りがなく、右近がその孤独を憂慮していたこともある。

左門はこころよく彼の厚意をうけいれ、かくして同居がはじまったのだった。

その後、右近と左門がそれぞれ結婚してからも義兄弟のつながりは変わらない。海堂の屋敷は二世帯くらい楽に生活できる御殿だ。ひとつ屋根の下、ふたりはおのおのの家族とともに円満な日々を長年かさねたのである——。

さて、話を左門のほうに移すと、彼はふとした縁で知り合った、気立てのよい地元の令嬢と結ばれた。とても仲むつまじい夫婦だったという。ふたりのあいだには息子がひとり生まれ、小左郎《こさろう》と名づけられる。

不知火小左郎はすくすくと成長した。やがて成人したその小左郎が、土地の娘であるお弓《ゆみ》と結婚して、美雪が生まれる。

つまり美雪は不知火左門の孫に当たるのだった。

さかのぼると、左門の義兄弟である海堂右近とも浅からぬ関係だ。それゆえに美雪も生まれたばかりのころは蝶《ちょう》よ花よと皆にかわいがられていた。安寧な日々はいつまでもつづいてしかるべきはずだった。

その幸福に終止符が打たれたのは、不知火左門とその妻、そして息子の小左郎が流行《はや》り病でつぎつぎと亡くなったからである。

高熱が出る危険な感染症だ。その年の寒さも影響し、彼らはたちまち衰弱した。つけくわえるなら左門夫婦はすでにそれなりの年齢で、また小左郎は生まれつき体が丈夫ではなかったこともある。こうして三人はあいついで天に召され、不知火家の生きのこりは母のお弓と、娘の美雪だけになってしまった。

そしてそれを機に、海堂家の一部の者が居丈高にふるまうようになったのである。

海堂右近と、彼の息子の八郎兵衛《はちろうべえ》をのぞいた全員だ。

右近の妻は早逝しているから、つまるところ八郎兵衛の妻の夜梨子《よりこ》と、彼女が生んだ息子たち――日々樹と月弥と星馬をくわえた四人である。

どうも夜梨子は、海堂の屋敷に不知火家の一家が住んでいるのが以前から気に入らなかったらしい。狡知《こうち》に長《た》けた彼女は家庭内の多くのことを思いどおりにしてきた。だが左門が存命のころは、さすがに表立って動けなかったのである。

しかしながら、いまや機は熟した。邪魔者がいなくなって奮い立った夜梨子は、海堂と不知火の両家をさりげなく、たくみに牛耳ってしまった。

夜梨子の夫の八郎兵衛は、ある事情から、土蔵に閉じこもって暮らしている。また、当主の右近も本調子ではない。というのも左門が死んでからの右近は目に見えて覇気を失い、体も衰えて、勢いづいた夜梨子を従わせることができなかったのだ。いくら苦言を呈しても夜梨子は聞き入れなかったのである。

こうして夜梨子の主導のもと、お弓と美雪の母娘《おやこ》は肩身のせまい立場へ追いやられていく。邪険なあつかいには少しずつ拍車がかかり、いつしか女中のように働かされるようになった。給金など発生しない完全な奉仕活動だ。この家で衣食住をともにするなら相応の対価をよこせというわけである。無茶な理屈だが、うしろだてのない善人のお弓は、悪知恵の働く夜梨子にどうしても強く出られなかったのだった。

母娘にとって長い苦難の年月がつづく。

そしてつい半年ほど前、母のお弓が心臓発作で亡くなったあとは、すでに美雪に味方はいなかった。母の死の喪失感で虚脱状態のところにつけこまれて、実際にはちがうのにもかかわらず、完全に事実上の使用人としてあつかわれるようになってしまう。

もはや悲しむひまもない。美雪は毎日こき使われるうちに感情がしだいに凍りついて麻痺《まひ》していった。つらいときも頭でそう考えるだけで心がうまくついてきてくれない。そのせいか昔とくらべ、ずいぶん表情がとぼしくなってしまった。

さらには先日、当主の海堂右近が老衰で死去したことで、いよいよ美雪は孤立無援になる。使用人としてでも屋敷に置いてもらえるのなら、まだいい。だが、まもなく公開される遺言書の内容しだいでは、まるっきり居場所がなくなってしまうかもしれない。

このさきの自分にどんな運命が待ちうけているのか想像すると恐ろしく、美雪は不安でしかたなかったが——。

じつのところ予感はまちがっていない。身の毛もよだつ事態が牙をといでいる。

ただし、その恐怖の内容は、美雪の想像とはいささか性質がちがっているのだった。

そもそもだれに予想ができただろう？　右近の遺言書が、あれほど奇怪な内容だと。

そしてそれを引き金に、血で血をあらう猟奇的な惨劇が引きおこされるなどと。

遺言狂騒曲

午後の日ざしが重厚な木製の床を明るく照らしている。

海堂家のまわり廊下だった。放課後の木造校舎を思わせる廊下にいま、雑巾がけをしながら走る美雪の足音がひびいている。

長い廊下の端までたどりつくと、美雪はバケツの水で雑巾をすすぎ、強くしぼった。

「ふう。……そろそろはじまったころかな」

胸にこみあげる不安を美雪は深呼吸してしずめる。

今日の昼すぎ、予定どおり長男の日々樹が出張からもどってきた。遺言書の公開は皆がそろってからという指定だったから、家族はいつも以上に待ちこがれていたようだ。

日々樹は察しがよく、疲れ知らずの男でもある。遺言書の件は今日これからでもかまわないといった。かくして夜梨子が顧問弁護士に連絡して屋敷に来てもらい、いよいよ遺言書が公開される運びとなったのである。

現在、海堂家の人間は屋敷の奥の仏間にあつまっている。もちろん不知火家の美雪は部外者だから、のぞいたりしないようにきつくいわれていた。

ところが、ふいに遠くから足音が近づいてくる。こんなときにだれだろう？

廊下の角を曲がって美雪の前に姿をあらわしたのは意外な人物だった。仏間にいるはずの長男の日々樹である。

「ここにいたのか、美雪」

「日々樹さま？　いまは大事なお話の最中では」

「べつに大した話ではない。些末《さまつ》なことを確認するための、おおげさな儀式だ」

落ち着きはらってそんなことをいう日々樹は、ギリシャ彫刻の太陽神アポロンのように雄々しい三兄弟の長男だ。背が高く、堂々とした体軀《たいく》は引きしまり、全身から自信があふれている。ものごとに動じない度胸と経営の才覚にめぐまれた彼は、海堂グループにとって未来の大黒柱のような存在だ。

弟たちと同様に和装を好み、家では洒落《しゃれ》た赤い着物を着ていることが多いが、いまは状況が状況だけに、正装である黒五つ紋つきの羽織袴《はおりはかま》を身につけている。

「面倒なものだ。内容は決まりきっているのに手間ばかりかかる」

「お疲れさまです」

「べつに疲れてはいないがな。無駄だといっているだけだ。どのみち、すべては滅びて消えるのだから」

日々樹がため息まじりにこぼすと、ささやかながら不穏な沈黙が、さざ波のようにひろがった。この場は軽く流しておこうと美雪は思い、

「……滅びたりなんかしませんよ。もう戦争も終わったんですから」

ひとまずそう口にすると、日々樹はゆっくりと首を横にふる。

「論点がちがう。相変わらずなにもわかっていないな、おまえは」

「そうでしょうか」

とは口にしたものの、たしかによくわからないと美雪もつねづね思っていた。

理由は不明だが、日々樹は破滅主義的な謎の信念を持っている。近いうちに世界が滅ぶと、なぜだか確信しているようなのだ。明るい未来はないらしい。それは彼なりの諧《かい》謔《ぎゃく》なのか、あるいは戦争の後遺症なのか。力強い外見から真意はうかがい知れない。

しかし、そのわりには家族のために熱心に仕事に打ちこんでいたり、面倒ごとを率先して引きうけたり、婚約者の麻里子とも円満な交際をつづけていたりする。言葉と行動が矛盾している不可解な大物。それが日々樹に対する美雪の偽らざる印象だった。

日々樹が気を取りなおしたように空咳《からせき》をする。

「まあ、よけいな話をしている場合ではない。皆が美雪をさがしている。こうしてぼく

が一番さきに見つけたわけだが」

「なにかあったんですか？」

「このままでは、ことが進まないと顧問弁護士にいわれたのだよ。どうも遺言書の公開にはおまえの立ち会いも必要らしい。海堂の血を引く者だけが対象だと思っていたが、ちがったのだ」

「そうなんですか？」

「海堂の家族一同。苗字《みようじ》こそちがうが、おまえも含まれているのだそうだ。お祖父さまにとって不知火家は、それだけ特別なものだったのだろう。左門さまの血を引くおまえも、われらが家族というわけだ」

「……なるほど」

そういわれると美雪にもなんとなくわかる気がした。

亡くなった海堂右近と、美雪の祖父である不知火左門は義兄弟のちぎりを結んだほど密接な関係。ある意味では本物の家族以上の絆《きずな》だろう。海堂右近はその最後のはからいで左門の孫娘にも一応の面目が保たれるようにしてくれたにちがいなかった。

「そういうわけだ。いっしょに来なさい」

「わかりました」

美雪はたすきがけの紐《ひも》をはずすと、三角巾を取って髪をなおした。簡単に身支度をすませて「では行きます」というと、日々樹がうなずいて、くるりと広い背中を見せる。

「みんな！　美雪はぼくが見つけたから仏間にもどっていろ」

声を張りあげ、皆に知らせながら歩いていく日々樹のあとに美雪もついていった。

やがて屋敷の奥につくと、十六畳ほどの仏間にはすでに皆がそろっている。黒塗りの巨大な仏壇の前にあつまって正座していた。

まず目に入ったのは、次男の月弥と三男の星馬。それから彼らの母親の海堂夜梨子がとなりにいる。

夜梨子は四十代後半。頬骨が張っていて鼻の高い、意志の強そうな婦人だ。手足が長く、どこか蜘蛛《くも》を連想させなくもない。三兄弟の親として陰から糸を引く、いまの海堂家の実質的な支配者でもある。

今日はその横に珍しく、夫である海堂八郎兵衛もいた。

八郎兵衛は五十代前半だが、それより十歳は老けて見える風変わりな男だ。白髪まじりのぼさぼさの髪を肩までのばし、一張羅の黒い着物はしわくちゃである。

両手をうしろで縛られているのは、弁護士の前で非礼があってはいけないと夜梨子が危惧したからだろう。というのも彼はなんの脈絡もなく、泣いたり叫んだり、猿のように踊り出したりするのだ。昔は聡明な男だったらしいのだが――。

八郎兵衛がいつからこうなったのか、美雪は詳細を知らない。物心ついたときから、彼はすでに土蔵に閉じこもって暮らしていた。

ただ、小耳にはさんだ話だと、二十五、六年前に真中湖で溺れたらしい。意識不明で湖面に浮かんでいるところを助けられ、なんとか息を吹き返したものの、その後はひとが変わってしまった。酸欠で頭のねじがはずれてしまったらしい。

彼は海堂右近と、その亡き妻の実子であり、本来なら海堂家の正当な後継者だ。だがこうなってしまってはどうしようもなく、隠居したという建前のもと、いない者のようにあつかわれて、いまにいたるのだった。

「あう……あうう」

八郎兵衛は美雪を見ると口をぱくぱくさせたが、意味のある言葉にならない。

「無理するな、お父さん。どうせ話はすぐ終わる。終わったら暗い土蔵でまた好きなだけ寝ていられるから」

日々樹が慣れた様子で八郎兵衛を取りなし、美雪をつれて仏壇の前まで行った。

こうして遺言書で指定された顔ぶれ——海堂日々樹、月弥、星馬、夜梨子、八郎兵衛。そして不知火美雪の六人がそろう。満を持して顧問弁護士が口をひらいた。

「よろしいでしょうか？」

弁護士の言葉に、正座した三兄弟と夜梨子がうなずいた。

「では……公開の条件が満たされましたので、右近さまの遺言書を読みあげます」

弁護士が海堂右近と署名された封筒を手鞄《てかばん》から取り出して封を切った。紙をひろげて両手で持つが、よく見ると、その手が若干ふるえていることに美雪は気づく。

海堂右近はこの遺言書を顧問弁護士の助言をうけて作成したという。だから彼は当然内容を知っているはずだが、顔色が目に見えて青いのだった。どういうわけだろう？

「遺言」

読みあげる弁護士の声は奇妙にうわずっていた。

「海堂家の有する土地と建物、預貯金および株式、それから海堂グループのさまざまな事業の権利は、いずれもその八割を不知火美雪に相続させるものとする」

「なんですって？」

一同、騒然となった。

常軌を逸した遺言書

弁護士が読みあげた遺言の内容に、日々樹も月弥も星馬も度肝をぬかれて「馬鹿な！」「ありえない！」「なにがどうなってるんだ！」と驚愕《きょうがく》をあらわにした。

美雪は完全にかたまっていた。あまりに予想外すぎて反応すらできない。

仏間はまさしく混乱のきわみだ。それを沈静化させたのは母親の夜梨子だった。

「お静かに」

夜梨子のひと言で、三兄弟は冷水をかけられたように静かになった。

「まだはじまったばかりでしょう。そんなせっかちなことでは天国のお祖父さまに笑われてしまいますよ。さあ先生、気になさらずにつづきをお読みになってください」

「え、ええ……」

弁護士が咳《せき》ばらいして話を再開する。

「じつは右近さまの遺言は少々変わった内容です。釈然としない部分も多いと思いますが、細かい説明はあとにまわして、まずは全文を読みあげさせていただきます」

「お願いします」

かくして弁護士は右近の遺言書を最後まで読んだ。時代がかった文体で長々と書かれていたために相当な時間がかかったが、どれだけ長い文書にも要点はある。その一筋縄ではいかない異様な遺言を端的に要約すると、つぎのようになる。

『海堂家の全財産は、その八割を不知火美雪に相続させる。

ただし条件として美雪は右近の三人の孫——日々樹、月弥、星馬のなかから一ヶ月以内に伴侶を選び、結婚しなくてはならない。のこり二割の財産は選ばれなかったふたりの孫で均等にわける。

もしも選ばれなかった孫のうち、だれかが死んでいた場合は、そのひとの分も美雪に相続させる。

三人の孫のだれかが生きているにもかかわらず、美雪が彼らのなかから伴侶を選ばなかった場合は、この相続はすべて取りやめて全財産をしかるべき団体に寄付する』

『もしも一ヶ月以内に美雪が死んだ場合は、三人の孫で均等に財産をわける。その状態で、さらに孫のだれかが死んだときは、のこった孫で均等にわける』

『もしも一ヶ月以内に三人の孫が全員死に、なおかつ美雪が健在だった場合は、結婚の条件はないものとする。すなわち結婚しようとしまいと美雪に全財産を相続させる』

『これらに即した相続は、本日の一ヶ月後に正式に執行される』

美雪は混乱しつつも、必死に平常心を取りもどそうとしていた。

だが深呼吸したいのに心臓が早鐘を打って思うようにいかない。突拍子もなさすぎてとても現実の出来事に感じられなかった。

しかしながら現実なのだ。弁護士が伝えた、これ以上ないほどに正式な遺言である。

三兄弟のだれかを選んで結婚すれば、海堂家の遺産の八割を相続できる――。

まさしく降ってわいたような申し出だ。いままでは自分の未来は真っ暗で、いつ屋敷を追い出されてもおかしくないと絶望の瀬戸際にいたのに、まさかの展開だった。

とはいえ、どういうわけだろう？　海堂右近の唯一無二の盟友である不知火左門とちがい、自分はその孫娘だというだけで、はっきりいって海堂家とは無関係だ。

たしかに右近には好かれていたと思う。実際、昔はずいぶんかわいがってもらった。でも左門の死後、右近が本調子でなくなってからは、じっくり話す機会なんてなかったのだ。それなのに――。

本当に現実の出来事なのだろうか。自分は荒唐無稽な白昼夢でも見ているのではないか。色とりどりの感情が胸のなかで複雑に混ざり合い、わけがわからなくなる。

「馬鹿げてる！」

唐突に立ちあがったのは、波打つ長い髪をふりみだした月弥だった。

「おかしいだろうっ？　これはもう、美雪のためにつくられたような遺言じゃないか。部外者の美雪にすべての決定権があって、美雪に選ばれなかった負け犬には財産の一割だって？　まともじゃないよ。こんなの私は認めないからね！」

月弥がいい終えると、賛同するように三男の星馬が口をひらく。

「たしかに意味がわからない……。お祖父さまはどうしてこんな仕打ちを？　家族でもない美雪なんかを優遇して、肝心のお父さんやお母さんには、なにもやらないなんて」

実際そのとおりで、本来なら実子の八郎兵衛が相続人になるはずだ。だがこの遺言書は八郎兵衛も、その妻の夜梨子も完全に無視した形である。非常識にもほどがあった。

「まさか」

ふいに星馬がつぶやき、その怜悧《れいり》な鋭い目を弁護士にむける。

「おいあんた、これは本当にお祖父さまの遺言なのか？　どう考えてもふつうじゃないだろ。いっておくが、もしも俺たちにうそをついてるなら……」

「ほ、本物です！　ちかって本物ですとも！　だいたいこんな偽物をつくってどうなるというんですか。筆跡だって右近さまのものです。ほら、見てください！」

弁護士が遺言書を裏返して、かかげて見せる。そこにはたしかに海堂右近の荒々しい達筆で、紙を埋めつくすように文章がつづられていた。実印もくっきり押してある。

「本音を申しあげますと、私だってこんな突拍子もない遺言にする意味がわからなかったんです。不穏にもほどがありますからね。これではまるで……」

刹那、弁護士ははっとして巧妙に話の方向を変えた。

「本当に何度も考えなおすように申しあげたんですよ。でも、あのかたは聞き入れてくれなかった。いずれわかるから、これでいいのだとくり返すばかりで……。申しわけありません。言い逃れに聞こえるかもしれませんが、右近さまは一代で海堂財閥を築いた希代の異才です。私のような凡夫に、その意図ははかりかねます」

弁護士が顔の汗をしきりにハンカチでぬぐう。

「ふむ、お祖父さまの意図か」

今度は長男の日々樹が、やや挑発的な表情で口をひらいた。

「ぼくにはいまから骨肉の争いをしろと煽動《せんどう》しているようにしか聞こえなかったがな。だれそれが死んだらとか、だれそれが生きていたらとか、物騒きわまる。まるで、生きのこらなければ相続者に値しないとでもいいたげだ」

「うっ」

弁護士が短く息をのんだのは内心同感だったからではないか。

さきほど彼が急に話の方向を変えたのは、日々樹が指摘したことを考えさせたくなかったからだろう。残念ながら水泡に帰したが。

「ひとが死ねば死ぬほど、生きのこった者が得をするようになっている。さながら殺人誘発の遺言だ。美雪とぼくらに殺しあいの遊戯でもさせたいみたいじゃないか」

日々樹がどこか愉快そうにいい、直後にふっと思案する顔になる。

「お父さんのことも、お母さんのことも完全に無視しているあたり、ねらいはぼくらの世代にあるのだろう……。しかしわからない。お祖父さまの真の目的はなんなんだ？こんな異常な方法で、ぼくらのなにをたしかめようというんだ？」

日々樹が口を閉ざして考えこみ、それは弟たちも同様だった。月弥も星馬も奥歯を嚙《か》んだ厳しい表情で思考をめぐらせる。

ところが、だしぬけに異様な叫び声が緊迫の空気を切り裂いた。

「うあああっ！」

ぎょっとして美雪が顔をむけると、三兄弟の父親の八郎兵衛が畳の上にあおむけになり、体を左右にごろごろと回転させていた。

「わあ、うわああっ！」

「八郎兵衛さま、どうなさったんですかっ？」

美雪はあわてて八郎兵衛に駆けよった。いまにも死んでしまいそうな半泣きの表情で悲鳴をあげているから、どこか痛むのだろうと思ったのだが、意外にもそうではない。

「怖いことが起こる……。怖いことが！」

どういうわけか八郎兵衛はすっかりおびえているのだった。恐怖で力がぬけて畳の上に倒れたらしい。両手を背中で縛られているから、ひとりでは立ちあがれず、それで駄々っ子のように暴れるしかなかったようだ。

「怖い！　怖いよう！」

「どうしたお父さん。なにも怖がることなんかない。しっかりしろ」

日々樹と月弥と星馬が父親に近づいてなだめる。八郎兵衛が落ちつきを取りもどすにしたがって、やや喜劇じみた気のぬけた空気が仏間にただよった。

弁護士も安心したようにひと息ついた、そのときである。

「やっぱり」

ふいに沈黙していた夜梨子が冷たくひとりごちた。

遺言では黙殺された格好の彼女だが、美雪が見たところ冷静そのものである。不気味なくらい落ちつきはらい、意味深な笑みさえ浮かべてかぶりをふった。

「あの人がやりそうなことです。でも、こちらもむざむざ踊らされはしませんからね」

夜梨子の謎めいた言葉がなにを意味するのか、そのときの美雪にはわからなかった。

ただ、この奇怪な事態のただなかに、さらに夜梨子の意志が加わることで、火に油を注ぐような激しい変化が起きる――。そんなあやうい予感を漠然とおぼえたのだった。

浮つく不安定な日々

南の湖口部で太平洋とつながっている真中湖には、低気圧や前線の影響で、しめったあたたかい空気が流れこむことがある。

すると空気は湖の水に冷やされて霧となり、あたりに茫漠《ぼうばく》とひろがるが、それがまるで白い夢のように屋敷をうっすら取りまく、日曜日の午前中のことだった。

海堂家の音楽室に美しいオーボエの音がひびいていた。

のびやかで深みのある叙情的な演奏だ。その旋律には甘美な憂いがにじみ、耳にした者はだれもが過去のさまざまな記憶を思い起こさずにいられないだろう。

やがて海堂月弥が、かまえていたオーボエをおろし、波打つ長髪をうしろに流した。

「ふう……。どうだったね？」

「いい演奏でした。よかったです」

美雪は抑揚のない声で正直にこたえた。

「だろう？　これはプーランクの曲だ。本来はオーボエとピアノのためのソナタだが、なにしろオーボエのソロが美しくてね。私の得意曲のひとつだよ。これ以上なく気に入ってもらえたようで、なによりだ」

「どうもありがとうございます」

これ以上なく気に入ったというほどではなかったが、いい曲だったのは事実なので、美雪は丁寧にお礼をいった。

海堂右近の遺言書が公開された翌週のことである。

常軌を逸した遺言内容に、三兄弟は最初ひどく憤慨していたが、翌日には態度をころりと変えた。手のひらを返したように美雪にやさしくなったのだ。

三人はいずれも優秀な男だ。目の前の現実に対する読解力もある。つまりは、さきの展開を高い精度で予測できるということだ。この状況に対応して、最良の結果を得られる可能性が高い戦略へと柔軟に切りかえたのだろう。

極論すれば、そのやさしさなり好意なりが本音である必要はない。いまは行動をかさねることに意味がある。それらは相手の解釈しだいで信憑《しんぴょう》性が変わるから――とでも考えたのかもしれない。

重要なのはいま、すべての決定権が美雪にあるということだ。

もっとも多くの財産を獲得する方法は一ヶ月以内に美雪と結婚すること。ほかの方法となると、殺人に手を染めなければならない。血のつながった兄弟でそれは到底ありえなかった。

だが血のつながった兄弟だからこそ負けたくないという心理が働くのもわかる。最近の三兄弟はいつも美雪の気を引こうと必死だった。毎日なにかしらの誘いがあり、今日は月弥が得意のオーボエを吹いてくれるという。それで屋敷の音楽室――楽器の演奏用につくられた大広間で豪華な革ばりの椅子にすわり、目の前で独奏を聴かせてもらっていたのだった。

「私はね、妻となるひとには毎日いろんな音楽を贈るつもりだよ。人間にとっての喜びとはつきつめればそういうものだと思うからね」

「そうなんですか？」

「そうだとも。心に直接働きかける根源的なものだ。言葉でいくら語っても、むなしいことってあるじゃないか。いつか美雪も気づくよ。音楽にこめられた私の気持ちに」

「はあ」

ちょっと意味がよくわからず、美雪が無表情でまばたきしていると、月弥は不本意そうに頬をかいた。それから美雪にくるりと背中をむけて、

「……あれから私も考えてね。反省してるんだ」

小声でそういい、ぼそぼそとつづける。

「自分がどうして美雪にきつく当たっていたのか……。いままでの出来事を思い返すうちに己の本音に気づいたんだよ。私は馬鹿だった。主従のような立場にまどわされて、異性として気になってることを素直に認められなかった。胸がもやついて、それをいらいらしているものだと誤解して、本心とは逆のふるまいをしてしまっていたんだ……」

月弥は美雪に背中をむけたまま、恥ずかしそうな声で打ちあける。

美雪は驚き、とまどわざるをえない。本当だろうか？

ふつうなら遺産相続を有利にするための芝居だと思うところだが、あきらかに照れてもじもじしている月弥の態度を見るに、どうやらそれは本音のようだった。

しかし、まさかそんな心理が根底にあったとは――。美雪はやや反応に困る。

もちろんそれで過去の行動が帳消しになるわけではないし、意外と子どもっぽい性格

だったんだなとも思う。でも恥ずかしいことをあえて正直に打ちあけるあたり、前進ではあるのだろう。ひとは自分の非を認めなければ本質的には成長できないのだから。

「いままですまなかった美雪、あやまるよ。だから、よかったら今後は私と……」

ふりむいた月弥が頰を紅潮させてそこまでいったとき、音楽室の扉がひらいて三男の星馬が顔を出した。

「美雪、ここにいたのか。さがしたぞ」

「星馬さま？」

彼は美雪のそばにつかつかと歩みよると、「いいから来い」といって革ばりの椅子から立ちあがらせる。美雪の手首をつかんで廊下へと歩き出した。

「おい、星馬っ？」

邪魔された形の月弥が、とまどいの声をあげる。

「悪いが兄さん、いそぎの用なんだ。遠慮してくれ」

あっけに取られる月弥をよそに、星馬は美雪をつれて音楽室を出ると、廊下を足早に進んでいく。いつも冷静で知的な雰囲気の星馬だが、じつは行動力は高く、強引な一面もあるのだった。

「急にどうしたんですか、星馬さま。どこに行くんです？　用ってなんですか？」

廊下を歩きながら、美雪が混乱しつつも平坦《へいたん》な声で矢継ぎ早にたずねると、

「もうすぐ正午だからな。時間は無駄にできない」

星馬はそうこたえて立ち止まった。気づくとそこは二階の喫茶室の前である。

「ここで待ってろ。置いておいたものがある」

星馬はそういって室内に入ると、すぐに小さな風呂敷《ふろしき》包みを持って出てくる。

「これを美雪に渡したかった。さあどうぞ」

「さあどうぞといわれても。なんですかこれ？」

小さな風呂敷包みを両手でうけとった美雪は、きょとんとして訊《き》いた。

「弁当だ。俺がつくった」

「え？　星馬さまが？」

「悪いか」

「悪いなんていってません。じゃあ、いそぎの用ってこのためだったんですか」

「昼食がすんだあとで渡しても意味ないだろ。邪魔が入る可能性だってあるからな」

美雪は手に持った風呂敷包みを無言でまじまじと眺めた。

星馬は口数が少なくて愛想がないため、冷たく見られがちだ。難解な数式に黙々と取り組んでいるのが似合う彼が、まさかお手製の弁当を用意してくれていたとは。

「意外です」

美雪がつぶやくと、ばつが悪そうに星馬は自分の口もとを手で押さえた。

「……遺言書の件は予想外だったが、あれで俺も気づかされた。いままで自分がどれだけ傲慢だったか。それを考えると恥ずかしい。無意識のうちに甘えていたんだろう。ひどいことをしてしまった」

すまない、と星馬は短くあごを引いて謝罪した。

「当面さまざまな形で罪滅ぼしをさせてもらう。これはその一環だ。ほんとは月弥兄さんみたいに楽器でも弾ければ格好いいんだが、あいにく俺は音楽はからっきしでね」

「なるほど、それでお弁当ですか。料理ができたなんて考えもしませんでした」

「昔ひとに教わったんだ。味は保証できないがな。俺のいない場所で、せいぜい文句をいって食べろ。それじゃ」

「あ」

星馬は美雪に背中をむけると、さっと手をふって立ち去った。

こういうところはやはり素っ気ない。美雪としては、もっと料理の苦労談などを聞きたかったのだが。

まあ彼は照れ屋のようだから、途中でこそばゆくなってしまったのかもしれない。

「……どんな中身なんだろう」

美雪はひとりごちた。

ともあれ、部屋でひとりで食べるのは味気ない。一階にある使用人のまかない部屋には話し相手がいるだろうから、そこで食べようと思って美雪は廊下を引き返す。

この海堂御殿は、かつて海堂家と不知火家の二世帯が無計画に建て増しをおこなったため、統一性のない複雑な構造になっている。屋敷の四つの角には小さな洋館も併設されているほどだ。はじめての客には迷路のように思えるかもしれないが、もちろん美雪はあらゆる場所を熟知していた。

最寄りの階段はこのさきだ。早足で二階の廊下を歩いていく。

「ん、そういえば」

弁当で思い出したが、じつは料理の件で日々樹にも仰天するようなことをいわれているのだった。今朝、屋敷の廊下を歩いているとき、ばったり出くわして話したのだ。

「おはよう美雪。――そうだ。おまえ、なにか食べられないものはあるか？」

「なんですか突然？　とくにそういうものはないですけど」

意図不明の唐突な質問にとまどいながら美雪がこたえると、赤い着物の日々樹が満足そうに片手をひろげる。

「そうか。なら問題ない。定番の赤飯に鯛《たい》の刺身に天ぷらに……。ああ、結婚式の料理の件だ。こういうのは事前に調べておかないと、のちのち面倒だからな」

「だれの結婚式の話ですか？」

「なにをいっている？　ぼくとおまえの結婚式に決まってるだろう」

「……わたしっ？」

美雪は驚愕した。驚きのあまり、無表情のまま黒目だけがあちこちに動く。

「わたしと日々樹さんが結婚っ？」

「なんだおまえ。まだ決断していなかったのか」

「あ、当たり前です！」

「あきれたやつだな」

日々樹が嘆息したが、美雪からすれば、それはこちらの台詞《せりふ》である。

「わたしはまだなにも決めてません。こんなこと、いままで考えたこともなかったので混乱してしまって……」

「ぼくだって同じだ」

「同じって――。じゃあどうして？　日々樹さんはそれでいいんですか？　結婚する相手がわたしで。えっ？　もしかして、じつは日々樹さんも前からわたしのことを気にしてくれてたんですか、と問いかけて言葉が止まる。そんなはずがないからだ。

未来の海堂グループを背負《しょ》って立つ長男の日々樹は、知勇兼備にして容姿端麗。いまの日本の男としては最上位の部類に入る。とても自分と釣り合う相手ではない。

「度しがたいな」

日々樹がかぶりをふって言葉をつづける。

「少し考えればわかるだろう？　おまえはぼくと結婚するしかないのだよ。なぜなら、ほかはすべて不正解だからだ。事実上、いまの海堂財閥の中核をになっているのは長男のこのぼく。あらゆる面で、ぼくが兄弟のなかで一枚上を行く。お祖父さまの遺産も、一番うまく運用できるだろう。家族のためにも、おまえはだまってぼくと結ばれればいい。結果的にそれが皆の幸せにつながる」

「皆の幸せ……」

「そうだ。むろん、おまえの幸せもそこに含まれる。ぼくは自分の妻が欲するものならなんでも与えるつもりだ。どんな願いもかなえてやろう」

そんなことを豪快にいってのける日々樹は、自分の本心をうまく処理できずに恥ずかしがっていた芸術家の月弥とちがい、すずしげな顔。落ち着きはらい、完全に合理性で動いている。さすがは海堂海運の次期社長というところか。

「おまえだって、お祖父さまの遺産はほしいだろう？　一生かかっても使い切れない、悪魔的な巨万の富だ。やりかたしだいでは国だって買えるぞ？」

「わたし……そんな大金いりません！」

なんだか怖くなって美雪はつい反射的にいった。しかしこれは日々樹の気分を害したらしい。

「きれいごとでお茶をにごすのはやめろ。それは自分自身を粗末にすることだ。もっと未来を多面的に想像してみろ。死んだお祖父さまにも失礼だろう」

美雪ははっとする。それはたしかにそうかもしれない。

自分がこの問題からおりれば、海堂右近の遺産はすべて外部のしかるべき団体に寄付される。お金や株式だけではなく、事業の権利なども含まれているから、遺産の放棄は事実上、海堂家の没落を意味するだろう。家族のなかから路頭に迷う者や自殺者が出る可能性もある。さすがにそんな暴挙には出られなかった。

「でも……」

美雪はうつむいて下唇を噛む。

自分はまだまだ世間知らずな人間なのだろう。この結婚に好ききらいは関係ないのだと頭では理解できても、どうしてもこだわってしまう。

「日々樹さんは……好きでもない相手と結ばれることに屈託はないんですか？　それで満足できるんですか？」

「愚問だな」

日々樹がきっぱりとつづけた。

「好意など、あとからいくらでもついてくる。あれは関係性によってつくられるものだ。結婚してから徐々に好きになっていけばいい。お見合い制度なんて、その最たるものだろう。そもそも恋愛結婚など実現させる者のほうが少数派だ」

「それは……そうかもしれませんけど」

「問題ない。この結婚は必ずうまくいく」

日々樹が自信たっぷりに断言し、しかしその言葉にどうしても返答できずにいる美雪を見やって、あきれたように吐息をつく。

「もう少し時間がかかりそうだな。まあいい。じっくり考えておけ」

最後にそんなことをいって日々樹は廊下を立ち去ったのだった。

それが今朝の出来事である。回想から現実に返った美雪はいま、屋敷の二階の廊下を階段にむかいながら、はあと嘆息する。

「なんだろう……。現実にまだ実感が追いつかない」

海堂右近の遺言があんな内容だったわけだから、皆の態度が変わるのはわかる。さすがにこれほど激変するとは思わなかったが。

いまの美雪は、すっかりこの家の最重要人物あつかいだ。理由はそれぞれちがうが、昔話のかぐや姫のように三人の男が美雪の心を求めている。すべての決定権があるのは美雪なのだ。だが、それゆえに忸怩《じくじ》たる思いにもなる。

正直な話、自分がどうふるまうべきなのか、美雪にはわからないのだった。

いくら遺言の指定でも結婚は一大事だ。たしかに好きという感情には結婚したあとの関係性からつくられるものもあるのかもしれないが、つくられない場合だって多いだろう。不満なのをがまんしていたり、別れる夫婦だって存在するはずだ。

やはり自分は納得のいく相手でないといっしょになれない。好きな相手でないと。

そして、そこに大きな問題がある。

ひとを本当に好きになるって、どういう気持ちなのだろう？

美雪は心からそれを知りたい。軽い意味の「好き」ではなく、一生をともにしたいと思えるほど心身とわかちがたい「好き」のことだ。そして、じつのところ美雪は生まれてからまだ一度も、そんな強い気持ちを感じたことがないのだった。

いつかわかる日が来るのだろうか？

だれかに相談すると「もちろんだよ」といわれるが、内心不安である。なぜなら世間のだれもが当然のようにこの感情を持っているように見えるからだ。美雪のように深刻に悩んでいる者はきっといない。ふつうは考えなくても自然にできるのだろう。

ひととして大切なものが、わたしには欠落しているのではないか？

美雪はひそかにそんな疑念にさいなまれている。

いまの自分には大事な感情が欠けていて、しかしどうすればそれを獲得できるのかわからない。欲してはいる。一度でいいから本気の恋愛をしてみたいし、だれかを心から好きになりたいと思ってはいるのだが。

ああもう、と美雪はひたいを押さえる。

「わたしは……なんなんだろう？　こんなことで悩んでる場合じゃないのに」

深く考えすぎていたせいか、まわりが見えていなかった。階段のそばまで来たとき、うしろに突然ひとの気配を感じる。どんと背中に衝撃をうけた。

――押された？

そう思ったときには階段から転落しかけていた。前のめりになり、足が踏むべき段を踏みそこねる。このまま落ちたら大怪我《けが》だ。死ぬかもしれない。

「くっ！」

美雪はとっさに左手で階段の手すりをつかんだ。階段の途中で膝をついて強く打ったが、おかげで下まで落ちずにすんだ。手に持っていた弁当もなんとか無事だった。

顔をあげると、階段の上に麻里子の姿がある。日々樹の婚約者で、くせのある髪を長くのばした洋装の女性だ。

「麻里子さま……いま、わたしを」

「も、もう！　びっくりしたわあ！」

麻里子があきらかに不自然な甲高い声を出した。

「大丈夫だった、美雪さん？　わたし、今日は日々樹さんに会いに来たの。そうしたらあなたが急に目の前で足をすべらせて、階段から落ちかけるんだもの。心臓に悪いわ」

わたしは背中を押してなんかいない――いかにもそういいたげな態度だった。

彼女の発言の真偽が、いまの美雪にはわからない。まだ胸がどきどきしていて、頭がうまく働かなかった。

「……それはそうと美雪さん。もうだれを結婚相手に選ぶのか決めたの？」

「まだです」

美雪がこたえると、麻里子はなにか考える顔で「そう」といった。

「そうよねえ！　三人とも滅多にいない美男子だものね。おまけに優秀で将来も有望。目移りして、なかなか選べないのはよくわかるわ」

「べつにそういうわけではないです……」

「はあ？　ほかに理由なんかないでしょうに」

麻里子が不機嫌そうに鼻を鳴らすが、本音だからしかたない。説明しても反感を買うだけだろう。というのも近ごろの麻里子は精神的に不安定で、それは接点の少ない美雪にもありありと伝わってくるほどなのだった。

麻里子の立場で考えれば当然だ。いままで婚約者の日々樹が海堂家の次期当主だと思っていたのに、待ちに待った遺言書の公開で、逆にご破算になってしまったのだから。

しかも先日、麻里子は日々樹に婚約を解消すると告げられたらしい。考えなおしてほしいと麻里子は現在食いさがっているところで、今日の来訪もそのためだと思われる。

ただ、たとえそれに成功しても以前の想定とは雲泥の差なのだ。というのも麻里子が日々樹と結ばれるなら、美雪はほかの相手と結婚することになり、その場合の日々樹は遺産の一割しかもらえない。麻里子としては結局どうころんでも、しゃくである。

そう考えると美雪は少し気の毒になるが、さすがに階段から落とされて死ぬのはごめんだった。美雪が死ねば、遺産は三兄弟で三等分されることになっているから、動機になりうる。やはりいまのは押されたのだと背中の感触が告げていた。

美雪は勇気をふりしぼり、階段上の麻里子の目をまっすぐに見すえる。

「わたしもぼうっとしていましたから、今回は水に流します。でも、つぎからは弁護士さんに相談して、法に訴えます」

するとと麻里子が体をびくっとすくませる。

「な、なんだっていうのよ……。勝手にすれば！」

青ざめた顔をひきつらせて麻里子は逃げていった。

まかない部屋の出来事

ふりかえると、ほかにも思い当たることがあるかもしれない。

美雪はいまさらのようにそんなことを考えていた。さっきの麻里子のように直接的ではないが、遺言の公開以来ひやりとする出来事が増えている。

まずは昨日のこと。

午後に自分の部屋へ行くと、窓に大きなスズメバチが一匹はりついていた。スズメバチに刺されると場合によっては死ぬこともある。

美雪は襖を閉めると、そそくさと屋敷の外に出て、長い木の棒を使って外から窓をあけた。しばらくして部屋にもどるとスズメバチはいなくなっていた。

ほかにもある。これは二日前の話だが、下駄《げた》箱の美雪の草履《ぞうり》の上に、灰色の太い蛇が陣取っていた。最初は驚いたが、蛇は眠っていただけらしく、ほうきで脅かすと外へするすると逃げていった。

スズメバチも蛇も、人間の都合とは無関係に家へ入ってくることはありうる。だからいままでは偶然だと思っていた。でも、じつはちがうのかもしれない。自分を殺すために仕込まれたものかもしれない。しかしまさか――。考えすぎだろうか？

美雪が無言で思いをめぐらせていると、対面から声をかけられた。

「なにかお悩みごとですかな？　美雪さま」

小さな目をぱちぱちしながら訊いたのは由蔵《よしぞう》だった。

由蔵は通いの使用人で、ごま塩頭の五十代の男だ。小柄ながら力持ちで、雑用全般を担当している。美雪が生まれる前から屋敷で働いているそうで、気がねなく話せる数少ない相手だ。昔からの習慣で、由蔵は事情がどう変わっても美雪を「さま」づけで呼ぶ。

「べつに悩みというほどのことでは……」

「そうなんでございますか？」

「ええ。このお弁当はおいしいなと」

心配させたくなくて美雪がごまかすと、由蔵はくしゃっと笑顔になった。

「そりゃあ、ようございました」

ここは屋敷の一階のまかない部屋——海堂家の家族の食事を用意するための大規模な台所だ。壁ぎわに卓と椅子があって、そこで使用人が食事をしたり、ひと休みしたりする。美雪はいま、その卓で星馬からもらった昼食の弁当を食べているところなのだった。対面では休憩中の由蔵が出がらしのお茶を飲んでいる。

「どのおかずがうまいですか？」

由蔵がたずねた。

「そうですね……」

美雪は少し迷う。星馬がつくってくれたこの弁当は、いなりずしとコロッケを主軸にすえた力作だったが、

「やっぱり玉子焼きですね。玉子が好きなので」

美雪はそう本音をいった。

「はは。まあ人間、好物が一番うまいに決まってますものな」

由蔵が愉快そうに湯呑みをかたむける。

海堂家には現在、美雪のほかに正式な使用人がふたりいる。いずれも屋敷の外に住む通いの使用人だ。

海堂家の広大な敷地をかこむ土塀。その裏門を出てすぐの場所に、かつて海堂右近が建てた小さな家がいくつかあって、それぞれ住居としてあてがわれている。屋敷までは数分もかからないから、はなれにでも住んでいる感覚だろう。

使用人のひとりは力仕事が得意な、この由蔵。

もうひとりは炊事を担当している女性で、お鈴《すず》さんという。

お鈴さんは六十代なかば。由蔵とはなんの関係もない赤の他人だ。

もとは料理屋をやっていたのを引きぬかれたそうで、炊事へのこだわりが尋常ではない。美雪が手伝うといっても頑として断る。そんなわけで海堂家の食事はすべてお鈴さんがつくっている。美雪の仕事はもっぱら掃除と洗濯。ちなみに遺言の公開後も美雪はそれらを由蔵と分担してつづけている。

海堂御殿は日本でも指折りの大きな屋敷だから、昔はもっと多くの——それこそ十人近い使用人がいた。しかし不知火家の人間が流行り病でつぎつぎと死んでからは、こんな人数は必要ないと夜梨子が判断し、古参の者以外は解雇されたのだった。

さておき現在、お鈴さんは海堂家の昼食を運んでいったところらしく、不在である。

本日は日曜日。使用人をのぞくと、平日は夜梨子と八郎兵衛しか屋敷で昼食をとらないから、三兄弟がいる今日は腕のふるいどころだったのだろう。

「お鈴さんって、だれかに料理を教えたりすることはあるんでしょうか？」

ふと気になって美雪はたずねた。

「私の知ってる限りじゃ、ございませんなあ」

「あ、やっぱりそうですか」

「もちろん星馬さまにも教えてはおらんでしょうね」

えっと美雪はまばたきする。たしかに今日の星馬の弁当はおいしかったから、もしかしたら彼はお鈴さんに料理を教わったのかなと考えていたのだが。

「いやあ、だってその弁当、星馬さまがつくったものでございましょう？　今朝ここで料理してるところに、ばったり出くわしましたからね。もしかして美雪さまへの差し入れかなと思って、しばらく眺めてましたが、お鈴とは手順が全然ちがっとりました」

「あ、そんな一幕があったんですね」

「とはいえ、星馬さまはなかなかの腕でしたよ。あきらかに才能がある。一流の人間はやはりなにをやっても器用なのでございましょうな」

ははは、と笑う由蔵の対面で、ではどこで教わったのかなと美雪は考える。母親の夜梨子は家事をしないから、外の人間に習ったのだろう。あの冷静で知的な星馬が大まじめに食材と格闘している姿を想像すると、なんだか微笑《ほほえ》ましかった。

「それはそうと美雪さま。今日、屋敷の敷地で猫を見かけませんでしたかな？」

「猫？」

由蔵の唐突な言葉に美雪は面くらった。海堂家ではとくに動物は飼っていない。

「いいえ、見てません。いたんですか、猫？」

「ええ。おそらく野良猫が入りこんだんだと思うんですがね。今朝、庭で水やりをしてたら土塀のすみで仔猫《こねこ》が鳴いてたんです。あれはたぶん、敷地の外の木の枝をつたって遊んでるうちに思いがけず高くのぼってしまって、その挙げ句うっかり足でもすべらせて、土塀を越えたこちら側に落ちてしまったんでございましょう」

由蔵が気の毒そうに、ごま塩頭をふった。海堂家の土塀は非常に高く、仔猫ならのぼれないかもしれない。母猫のところに帰れないのは気の毒だなと美雪は思う。

「もしも出くわしたら、土塀の外に逃がしてやってください」

「わかりました」

恐怖の猫

美雪は食べ終わった弁当の箱をぱたりと閉じた。

遺言書が公開されて以来、いやがらせじみた重労働を命じられることはなくなって、いまの美雪の生活には、そこそこ時間の余裕がある。おいしい昼食のあとで体を動かしたい気分でもあった。猫をさがすのには、もってこいだ。

海堂家は湖畔にあるため、今日は正午をすぎても、まだ敷地に淡い霧がただよっている。猫なら建物の陰などのせまい場所にいるのではないかと考えた美雪は、屋敷の裏へむかった。まもなく霧のさきから近づいてくる人影が見える。

「おや。どうもこんにちは」

そういって会釈したのは壇上《だんじょう》医師だった。パナマ帽と灰色の背広を身につけ、片目に黒い眼帯をした、三十代なかばの壮年男性である。

「こんにちは、壇上先生。いつもお世話になってます」

「いえいえ、ご恩返しですから」

壇上医師が白い歯を見せた。

彼は週に一度来てくれる、海堂家のかかりつけ医だ。おもに八郎兵衛のためである。体調が悪くてもうまく伝えられないであろう八郎兵衛のため、軽い健康診断をしてもらっているのだ。また、日々樹もたまに古傷を診てもらっているらしい。

壇上医師が海堂家のかかりつけ医になったのは、さきの戦争がきっかけだ。軍医として従軍していた壇上は、敵の奇襲で瀕死《ひんし》の重傷をおった。片目の視力はそのときに失った。放置されていたら確実に死んでいたが、日々樹が偶然まだ彼の息があることに気づき、弾丸の飛び交うなか、安全な場所まで運んでくれたのだという。

つまり日々樹は壇上医師の命の恩人なのだ。

だから壇上医師は日々樹に心酔している。恩返しのために無料に近い診察料で、こまめに海堂家へ足を運んでくれているのだった。

ちなみに月弥と星馬は海堂財閥の特権を使って戦争には行っていない。多額の献金で徴兵検査を逃れたのだ。逆に日々樹はなにを思ってか、志願して激戦地におもむいた。無事に生きて帰ってこられたのは彼の才覚ゆえだろう。

しかし日々樹のあの独特の終末論は、じつは戦地の経験がつちかったものではないかと美雪は漠然と考えている。簡単にはたずねられないけれど。

ふいに壇上医師が思い出したように「そういえば」といった。

「結婚相手はもうお決めになったんですか、美雪さん」

「……いえ、まだです」

「そうですか。よけいなお世話なのは承知ですが、こういうことは長引かせないほうがいいですよ。選ぶつもりがない男に気をもたせるのは残酷です。最高の相手は、どう見てもあきらかなのですからね」

「はあ。その最高の相手というのは日々樹さんのことですか?」

「ほかにいないでしょう」

壇上医師からすれば日々樹以外は大した男に見えないのだろう。気持ちはわかるが、その価値観を押しつけられても困る。美雪は話題を変えることにした。

「ところで壇上先生、猫を見ませんでしたか？」

「え？　なんですって？」

「じつは仔猫が一匹、土塀を越えて敷地に入りこんだそうなんです。猫は門を開閉できないので、見つけたら外に出してあげたいと思いまして」

「ああ、ああ。そういう話ですか」

壇上医師がうなずいてつづけた。

「見ましたよ、猫。さっき通りすがりに見ました」

「えっ、どこで？」

「納屋のところです。どこから入ったのか不思議には思ったのですが、まあ猫なので」

納屋は屋敷の裏門のそばにある。たしかにあのあたりは猫が好みそうだ。話を切りあげる口実もできた。

「壇上先生ありがとうございました。でしたら、さっそく行ってみます」

美雪は一礼すると、その場をあとにした。足早に屋敷の裏へまわる。

屋敷の裏は眺めのいい正面とちがって殺風景だ。視線のさきに使用人用の裏門があって、近くに巨大な納屋が二棟ならんで建っている。

仔猫はその屋根の上にいた。

「わあ、あんなところに……」

黒猫だった。かわいそうに、下におりられないらしい。しかし不思議だ。あんな高さの屋根に飛びうつれそうな足場は近くにないように見えるのに、どうやって？

まあ夢中で壁をひっかいているうちに、よじのぼってしまったのかもしれない。

ともかく仔猫がいま移動できそうな場所は、となりの納屋の屋根だけ。もちろんそこからも下にはおりられない。これは人間が手を差しのべるべき状況だろう。

美雪は先日も使ったはしごを納屋から出して壁に立てかけると、段を一歩ずつのぼって屋根の上へ近づいていった。猫はかなり警戒している。

急に逃げ出して落下されても困るので、警戒心を解こうと美雪は口をひらいた。

「にゃおにゃお。うなあ」

意外にも効果があったらしく、猫は興味深そうに目を丸くした。そしてその場から動かない。なんでもやってみるものだと思いつつ、美雪は無表情で猫の真似をつづけた。

ところがふいに、はしごをのぼる美雪の手もとで、がこっと衝撃音がする。

血の気が引いた。つぎの瞬間には体がゆらりと後方へかたむいている。

うそ、と思った。信じれないことに美雪がつかんだはしごの段が根元からはずれたのだった。そんなことがありうるのか？　だが現実にはずれている。

納屋といっても海堂家の納屋はかなり高く、しかも背中から落ちている。このままだと後頭部を地面に強打し、死ぬかもしれない。引きのばされた一瞬のなかで、さまざまな悲惨な考えが頭をよぎった。聞きなれない男の声を聞いたのもそんなときだった。

「きみ、きみ！」

首をひねると下に見たことのない人物がいる。

「心配ない！　僕がうけとめるから安心して落ちてきなさい」

安心しろといわれても——などと反論する余裕もないが、うまいぐあいに落下地点にはその男が待ちかまえていた。枕投げの達人のように彼は美雪の背中をうけとめて、

「よし」

力強くそういうと同時に、派手に体勢をくずす。うわあと珍妙な悲鳴をあげて。

どうも勢いが予想以上だったらしい。まあ当然だろう。彼は美雪をかかえたまま景気よくうしろに倒れて、にぶい音をひびかせた。背中をしたたかに地面に打ちつけた彼の「いたたた……」という声は、もの悲しくも滑稽だった。

悲劇から急転直下し、いまから喜劇がはじまるのだろうか？　いや、彼にとってはこれこそが悲劇なのだ。あおむけで両手をひろげている彼の上で、美雪は放心気味にそんなことを考えた。

しかしあの高さから落ちて無事だったのは、まちがいなくこの人物が衝撃を吸収してくれたおかげである。美雪はあわてて立ちあがると命の恩人に頭をさげた。

「すみません、おかげで助かりました。大丈夫ですか？」

「やあ、失敬！」

男は意外と元気よくこたえた。

「もちろん平気です。なんだろうな。小柄で華奢《きゃしゃ》だから楽にうけとめられる気がしたんですがね。重力というものは甘くない。ときに現実は唐辛子をかけすぎたかのように、からいものです。からいと書いて、つらいとも読む。漢字って示唆的だなあ」

なにをいっているのだろう？

どうも頭を打っているらしく、美雪はかなり不安になったが、立ちあがったその男がすらりとした長身だったので少し驚いた。道化のような口ぶりと裏腹に端整な容姿だ。

明るい色の上着とシャツをゆるい感じで着ている。ネクタイはしめていない。ころんだときに脱げたカンカン帽を手に持っていた。

年は二十代前半だろうか。柔らかそうな髪は色素が薄く、寝癖が目立った。顔立ちはととのっているが、やさしげで中性的だ。睫毛《まつげ》の長いさわやかな目をまぶしそうに少しだけ細めている。どこか浮世ばなれした、異邦人という印象の青年だった。

「東京のかたですか？」

美雪は思わず訊いた。

「うん、そう。海堂夜梨子さんというかたの依頼でね。東京から汽車で来ました。ふつうの案件はふだんは引きうけません。でも今回はあの海堂家の依頼ですし、興味を刺激されまして。あと、この地方には僕の研究材料もいろいろとありそうだし」

「夜梨子さまに呼ばれたんですか」

寝耳に水の話に美雪は驚く。どうやら夜梨子は息子たちとはべつな方法で、許容できない現状を変えようとしているらしい。

「なんでも最近、亡くなったご当主の遺言書が公開されたんでしょう？　すごい内容なんですってね。夜梨子夫人によるとそれだけじゃなく、じつは遺言書がもう一通あるんじゃないかって話なんです。対になるものが存在するんじゃないかと。まあ、くわしい根拠はまだ説明されてないんですけどね」

「遺言書がもう一通……？」

そんな話は一度も聞いたことがなかった。

「理由はそれが半分で、あとは興味が半分。やっぱり名高い海堂家の大邸宅を一度この目で見てみたくて。というわけで、さっき到着して、ははあ、さすがになかなかのものだなと思ってね。表の長屋門をくぐる前に、土塀に沿って散歩してたんです。そしたら急に珍しい猫の鳴き声が聞こえてきたものだから」

「珍しい猫の鳴き声？」

「にゃおにゃお。うなあって」

あいつでしょうな、と彼はいって納屋の上の仔猫を見る。美雪はつい赤面した。

「……わたしです」

「いまなんと？」

「鳴き声。わたし」

「なんで急に片言？」

「いえ、べつになにも」

恥ずかしくなった美雪は首を左右にふった。彼はまばたきして話をつづける。

「まああ、それで猫が気になって扉に手をかけたら、あっけなくひらいたものだからね。なかをのぞいてみたわけです」

「裏門は関係者しか使わないので、日中は鍵をかけないんです。なるほど、それで助けてくれたわけですね」

「そうそう。いきなり危ないところが目に入って驚いたなあ。結果的に危ない目にあったのは僕のほうでしたが！」

ははっ、と彼は両手で腹部を押さえながら顔を上にむけて、あっけらかんと笑う。

派手な笑いかただ。

　でも妙に品があるような気もする、などと美雪が考えていると、ふいに彼は「おっと忘れていた！」といって倒れたはしごに近づいていく。地面に手をつき、はしごの破損箇所を観察しはじめた。犬のようにくんくん匂いを嗅いだりもしている。

「うん、やはり細工されている。多少の力が加わると、はずれる仕組みだ。しかもここだけ。ということは上までのぼってから、こわれるようになっていたんだ……」

　彼は犬のような姿勢のまま、凜々《りり》しい顔を美雪にむけた。

「きみ！　このはしごはよく使うんですか？」

「えっ？　はい、そうですね。仕事でわたしは頻繁に使います。先日も鳥を巣にもどすときに使いました。でも、そのときは大丈夫でしたよ」

「うんうん、それは海堂右近さんの遺言が公開される前のことでしょう？　あのね、きみ。不知火美雪さん！」

　すくっと立ちあがった彼にいきなりそう呼ばれて、美雪は目をまるくした。

「どうしてわたしの名前を？」

「きみは、だれかに命をねらわれてます」

　美雪は思わず息をのんだ。一瞬激しく混乱し、頭のなかを疑問が飛び交う。

　つぎからつぎになんなのだろう？　命をねらわれているとは、はしごに細工がされていたからか。でもいつだれがそんな真似を？　どうしてはしごを使うとわかったのだろうか？　猫も作為によるものなのか？

いや、ちがう。これは先日のスズメバチや蛇と同じで、うまくいったら儲《もう》けものという種類の罠《わな》なのだ。自分のまわりにはそういう死の落とし穴が、ほかにも無数に掘られているのではないか。それを初見で見ぬいた彼はそもそも何者なのだろう？

「あなたは……だれなんですか」

「やあ、申しおくれました！　僕はこういうものです」

彼はポケットに手を入れると銀色のシガレットケースを取り出した。鳥獣戯画が彫られたそのケースは大事な品物のようで、きれいに磨かれていたが、

「あ、まちがえた」

そんな頓狂なことをいって引っこめると、彼はべつのポケットから名刺入れを取り出して、真新しい名刺を一枚美雪に渡す。

「僕は桜小路光彦。民俗学の研究者にして、探偵です」

「探偵！」

たしかに名刺にはそう書いてある。

そして美雪は理解した。わざわざ夜梨子が東京から呼ぶほどなのだ。よほどの敏腕にちがいなく、それほどの探偵なら、すでに下調べをすませて事態のほとんどを把握しているのだろう。関係者すべての名前はもちろん、海堂右近の異常な遺言——それがいか

にも物騒な、まるで殺人を誘発するような内容であることも知っていて、命をねらわれる可能性がもっとも高い者は美雪だと考えたのだ。

だが探偵の見解はちがっていた。

「この屋敷には若い女性がひとりしかいないそうなので、きみが美雪さんかなって」

素朴なことを自信満々にいわれて、美雪は無言で一瞬ぽかんと口をあけた。

「余談はさておき」

探偵、光彦が急にしかつめらしい顔になる。

「身近な者に殺意をむけられるのは恐ろしいことです。はしごに細工するような、ぬるい手段だけじゃありませんよ、美雪さん。この土地には秘密がある。いえ、あると僕はにらんでるんです。安易なやりかたでは大変なことになる。因習とは恐ろしいものなんです。それは人間の心に秘められた悪意を引きずり出し、殺意の嵐に変えてしまうこともある。下手を打つと死者が出ます。ひとりやふたりではすまない死者がね」

見た目に似合わない、妙におどろおどろしいことを光彦は語る。

笑う気になれなかったのは美雪も漠然とそう思っていたからだ。ありえなくはない。自分は命をねらわれているようだし、だったらその後の展開も充分にありうる。

なぜなら、もしも美雪が死ねば三兄弟で遺産は三等分されるが、その状態で兄弟のひとりが死ねば二等分になり、ふたりが死ねば実質的にひとりじめできるのだから。

本当の意味での骨肉の争い。相続人の皆殺し——。

そんな血で血をあらうような、おぞましい惨劇が実際に起きてしまうのだろうか？

あらためて考えると恐ろしく、美雪のなかで不吉な予感がどろどろとふくらむ。不安は体からにじみ出して空気に溶け、あたりにただよう霧を濃密にしていくように感じられた。濃い霧がひとの人間性をすっぽりとおおい隠し、すると欲望が抽出された異形の影絵が霧のなかに黒々と浮かびあがる。

それは純粋な殺意の図像だ。厚い霧におおわれた異界で、不気味な黒い悪魔の影たちが跳梁跋扈《ちょうりょうばっこ》する。そんな異常な妄想が頭にひろがって美雪はぞっと背筋が寒くなった。

「……死にたくない」

悪寒をおぼえて美雪は自分の両腕をかかえた。

「わたし、まだ死にたくありません」

「死にませんよ、きみは」

「どうして？」

「僕がそう思うからです。大丈夫だ。僕にまかせておきなさい」

強い風が吹きこんだのは光彦がそう口にした直後だった。

春特有の突風だ。自然現象だから偶然だが、それはあたかも彼の発言が呼んできたもののように感じられた。桜の花びらを巻きこんだ色あざやかな風——。

桜吹雪だ。桜はとっくに散っているのに、なぜかそう錯覚する。晴れやかな風は周囲にただよう霧だけではなく、美雪のなかの不気味な妄想も同時に吹き飛ばしてくれた。

美雪はぼんやりと思う。

名は体を表すではないが、この桜小路光彦というひとは桜のようだと。

一瞬の炎のように咲きほこり、わだかまる邪悪な奸計《かんけい》をも浄化する。あとにはなにものこさない。激しく咲いた直後、あっけなく散って消滅する。きれいさっぱり消えてしまう。さながら天使が通りすぎたかのように。

なんだろう。自分はどうかしているのか？　なぜか美雪の頭に、つぎつぎとそんな思いがよぎっていったのだった。

光彦は、すごい風でしたねえ、などといって乱れた髪を手櫛《てぐし》でととのえている。

屋根の上の仔猫は強風に驚いたのか、助走をつけて跳躍すると土塀の上に着地して、外へ逃げていった。

第二章　悪魔、跳梁跋扈する

「やあ、なんだか別世界にでも来たようで、えがたい経験です。でも結局、僕をお呼びになったのは、どういうわけなんでしょうか？」

桜小路光彦は若干もどかしい気分でいった。

海堂家の一階にある花鳥図の描かれた黒い屛風《びょうぶ》が飾られた座敷でいま、光彦は依頼人の海堂夜梨子とむかいあっている。

あれから光彦は美雪に夜梨子のもとまで案内してもらった。海堂家には有名な三兄弟がいるが、この依頼は彼らとは関係なく、母の夜梨子が独自におこなったものらしい。

それでこうして一対一で話しているのだが、話は遅々として進まなかった。

海堂家の現状や海堂海運の沿革についてなど、幅広く教えてくれるのはありがたいが、結局すべて世間話だ。そのあたりは汽車のなかで資料を読んだから知っている。

だが光彦が知りたい肝心の部分を夜梨子はなかなか切り出さず、妙なことに、はぐらかそうとしている雰囲気すら感じられるのだった。

なんだろうなあと思いながら光彦は口をひらく。

「率直に申しあげますと、海堂右近氏の遺言書は常軌を逸しています。まるで肉親同士で争えといわんばかりだ。とはいえ、こんな無茶が通らないように、そのうち法が改正されるという話もありますけどね」

「あら、そうなんですか?」

四十代後半で手足の長い、いかにも意志の強そうな面立ちの夜梨子は、まさに夜を思わせる濃い紺色の着物を身につけている。

その法改正がもう少し早ければと思ったのか、彼女が皮肉っぽく唇をゆがめた。

「それはまた、けっこうなことでございますね」

「まあ小耳にはさんだ話ではありますが」

「縦に横に太いつながりがあるのでしょうね……。この国の中枢にはあちこちに桜小路家の関係者がいるのでしょう。さすが華族の御子息さま。うらやましいことです」

「元華族ですよ、いまはもうね」

新しい憲法が施行されましたから、と光彦はいった。

「それにつながりなんてありません。僕は両親と縁が薄くて、ずっと教育係の先生のところで暮らしてたんです。天はひとの上にひとをつくらず。それが人間が人間であるために追求しつづけるべき理想だと教わってきました。まじめな話、これからは本格的なデモクラシーの時代なんですよ」

実際のところ桜小路家は堂上華族――もと公家《くげ》の家系だから、もと大名家の大名華族とくらべると貧乏だった。だから早めに親元をはなれたというところもある。

しかし結果的にそれが功を奏した。多くのひとから多面的な教えをうけることができ、公平な価値観が身についた。探偵業も生活の糧のひとつだから手はぬけない。

「さておき夜梨子奥さま。とどのつまり僕になにをさせたいんですか？　先日の電話だと遺言書がもう一通あるんじゃないかってことでしたけど」

「ええ、そうです」

夜梨子がうなずく。

最初に夜梨子から電話がかかってきたとき、そんな話をされたのだった。

驚くべき破格の報酬を提示され、光彦が依頼を引きうけると、立ち入った話になるから詳細は実際に会って話したいといわれたため、即座に心を決めた。

思い立ったら光彦の行動は早い。資料をあつめて東京駅から汽車に飛び乗ると、車中でそれらに目を通しつつ、すみやかにここ静岡県の真中湖畔にある海堂御殿へやってきたのである。これも運命――あるいは天の導きだろうと思いながら。

「そこがよくわからないんです。どうして遺言書がもう一通あると？　顧問弁護士も知らない話なんですよね？」

「もちろんです」

「右近氏本人がそういっていたんですか？」

「ちがいます」

「だったらなぜ？　理由はなんですか？」

すると夜梨子がふいに謎めいた奇妙な笑みを浮かべて口をひらく。

「それは申しあげるわけにはまいりません」

光彦は思わず耳を疑った。

「なんですって？　ご冗談ですか？」

だったら解決もなにもないではないか。動きようがない。海堂財閥の依頼なら大ごとだろうと思って大至急駆けつけたのに、どういうわけだ？

「桜小路さん、わたしは冗談は好みません。ただ、こちらが思っていたよりも、ずっと早くあなたがいらっしゃったものだから、申しあげることができないのです。いまは」

「いまは……？」

「少し待っていただきたいのです。大事なことを説明するのに必要な、あるものの用意ができておりませんので……。いささか常識はずれの事情があるのです。せっかく東京から駆けつけてくださったのに申しわけないのですが」

「はあ、そうなんですか」

いそいで来たのが裏目に出てしまったらしい。光彦はやや自嘲的に苦笑する。

「それが用意できしだい、あらためて依頼の詳細をご説明します。それまでは、どうぞご遠慮なく屋敷にお泊まりください。部屋はのちほど使用人の由蔵に用意させます」

「わかりました」

釈然としないが、ほかにどうしようもなく光彦はうなずいた。

それがないと依頼の詳細を話せない、あるものとはなんだろう？　ちょっと見当がつかない。探りを入れても無駄のようだから、いまは夜梨子の顔を立てておこう。

「ところで夜梨子奥さま。なぜ僕に依頼を？」

光彦は頭を切りかえて、もうひとつ気になっていたことをたずねた。

「たしかに僕は探偵業をしてます。でも、もっと実績のあるかたが大勢いるでしょう。なにも東京から呼ばなくても腕利きは静岡県にもいます。どうしてわざわざ僕に？」

「それはもちろん、あなたにしかできない仕事だからですよ、桜小路さん。探偵の腕のほかにも希有《けう》な技能をお持ちですからね。今回の仕事ではそれが必要になるのです」

ああ、ではやはり土地の因習にからむことなのか、と光彦は考える。

じつは近くに風変わりな神社があるのだった。

光彦は探偵もしているが、本分は民俗学の研究者だ。少なくとも自分ではそう思っているし、育ててくれた教育係の先生にも期待されている。研究テーマが変なものばかりだといわれて現在は異端視されているが、いつかは学者として認められたい。

皮肉にも、その民俗学の野外調査に由来する探偵業や、研究を題材にして書いた小説のほうで有名になってしまったが――。ちなみに本名も筆名も桜小路光彦である。

「それはもしかして別えびす神社と関係があることですか？　あのえびすさまを祀っている、湖のほとりの……」

「桜小路さんにお願いがあります」

夜梨子がふいに表情を引きしめた。

「こちらの依頼の用意ができるまでのあいだ、その別えびす神社について調べておいてくれませんか？　神社と海堂家との関係についても」

やっぱりそうかと思う光彦に、夜梨子はしめやかに話しつづける。

「あそこはもともと海堂家の原点なのです。遠く室町の昔から海堂家はあの小さな神社を細々と管理してきました。逆にいいますと、怪物的な異才である海堂右近が生まれるまでは、ただそれだけの貧しい家だったのです、海堂家というのは」

「室町時代からですか」

「ええ、それからずっと。江戸の世が終わって明治時代に右近が誕生したことで、ようやく飛躍がはじまりました。大きな目で見ますと海堂家の繁栄というのは、じつはごく最近のことなのです。右近の力で興隆をきわめてからは、少しはなれたこの場所に屋敷を建てて、神社のほうは雇った神主に管理をお願いしておりますが」

そこで夜梨子が言葉を切った。

「その変化があまりにも急激だったため、ぬけ落ちてしまったものがあるかもしれません。わたしたちの一族が歴史のなかに置き忘れて、もはや察知できないものごとが」

「歴史のなかに……」

「そうです。それに気づけるとしたら、あなたのような学者と探偵、ふたつの目を持つ人材だけだと思うのです。ぜひ一度、足を運んでみてくださいませんか」

「わかりました。そういうことなら明日にでも」

光彦はうなずく。そしておぼろげに事態の裏側にあるものが見えてきた気がした。

つまるところ夜梨子は、なんらかの手段で遺言書がもう一通あることを知り、それが別えびす神社に隠されていると考えているのではないか？

神社の御神体は見ることが許されていないものも多い。もしも、もう一通の遺言書とやらが、それを利用していっしょに隠してあるのなら発見は不可能だ。

だからこそ民俗学の心得がある探偵を呼んだのではないだろうか？

その分野の特殊な知識が役立つかもしれないし、学問的な調査だといえば神主が協力してくれると踏んでいるのかもしれない。つまりは通常の探偵にはできない調査を所望している。平たくいえばこの依頼は「ものさがし」というわけだなと光彦は解釈した。

なにをどこまでどうやるか――。ひとまずは様子を見たほうがよさそうである。

「よろしくお願いいたします」

夜梨子がうやうやしくいい、光彦は「ああ、ええ、こちらこそ！」とこたえた。

異形の石像

到着した日も感じたが、あらためて調べてみると海堂御殿はじつに風変わりな建物だった。こんな変な家を光彦はいままで見たことがない。

基本的には二階建ての日本家屋だが、建て増しの連続で内部はつぎはぎ細工のようにいびつだ。たとえば十人同時に入れそうな大浴場があるのだが、そこで洗濯をすると、外へ干しに行くのに扉を複数くぐらなければならない。

母屋である日本家屋の四つの角には小さな洋館が併設されていて、日々樹と月弥と星馬がそれぞれ自分の寝室として使っている。はなれみたいなものだ。館のひとつは使われていないが、日本家屋のほうも大半が空き部屋で、おかげで光彦は来客用のもっとも上等な部屋を占有させてもらっている。

屋外に出ると、高い土塀にかこまれた敷地は野球場くらい広い。

正門のほうから見事な日本庭園がひろがっており、そのさきに進むと土蔵がぽつんと建っているのが見える。なかでは夜梨子の夫の八郎兵衛が長年ひとりで暮らしているそうだ。格子窓から軽くのぞくと八郎兵衛は布団をかぶって寝ていた。

屋敷の裏にまわると裏門と、昨日、猫が屋根からおりられなくなった納屋がある。

ほかに印象的なのは、敷地内のあちこちに石灯籠が立っていることだろう。数えると二十基ほどあった。火を灯《とも》すわけではなく、ただ景観の一部として飾ってあるらしい。

「とはいえ、変わってる……」

その石灯籠のひとつを眺めて光彦はひとりごちた。

屋敷に来た翌日のことである。

起床してまもなく食堂に呼ばれ、名高い三兄弟と夜梨子をまじえた五人で朝食をとったのだが、さりげなくも注意深く三兄弟に観察されて早くも辟易《へきえき》した。もちろん彼らはすでに夜梨子から事情を聞いている。その上であきらかに光彦を歓迎していない。それを濃厚に感じたから、さっさと食べて食堂を出た。そして外を見物していたのだった。

「ふうむ……。こんなの、ほかでは見たことがないな」

光彦が石灯籠に顔を近づけてまじまじと見ていると、背後から平板な声がする。

「どうかしましたか」

「わっ？」

ふりむくと昨日知り合った美雪が棒のように直立していた。

「おはようございます、桜小路さん」

「やあ、どうも！　こちらこそおはようございます、美雪さん。ああ、僕のことは光彦でかまいません。桜小路って長くて呼びにくいでしょう？　僕は昔から田中《たなか》とか山田《やまだ》みたいな平易な苗字にあこがれてるんです」

「とくに呼びにくくはありませんが……。わたしはむしろ田中や山田より桜小路という苗字にあこがれます。けっして全国の田中さんや山田さんにけんかを売りたいわけじゃないですけど」

美雪が坦々《たんたん》とした抑揚のない声でいい、光彦はくすりと笑う。

「だれもそんなこと思わないから、大丈夫」

「わたし自身、桜が好きなんです。この世で美しいものはなにかと訊かれたら、やっぱり桜ですから。桜小路さんの苗字は素直にうらましいです」

「ははあ、そんなものかな？　よかったら差しあげましょうか」

光彦が軽口をたたくと美雪は一瞬目をまるくした。

「……そういう冗談はいわないほうがいいと思います。でもわかりました。今後は光彦さんと呼ぶので、わたしのことも美雪でお願いします」

「了解。美雪さん」

光彦はうなずき、それからふと思いついて言葉をつづける。

「僕はね、春よりも冬のほうが好きなんですよ。なにせ景色がいい」

「はい？　急にどうしたんですか？」

「静かに舞い散る白いひとひら。この世で美しいものはなにかと訊かれたら、やっぱり雪じゃないですか？　美しい雪と書いて美雪。よい言葉です」

光彦は深々とうなずいてつづける。

「そんな雪と桜の出会いというのも、よく考えるとおもしろい。異常気象でも起きたら実際に見られるんでしょうかね」

「……さあ、どうでしょう」

美雪が無表情な顔をわずかに上気させてこたえた。

「それはそうと美雪さん。僕は夜梨子夫人の依頼で、しばらく屋敷に逗留《とうりゅう》することになったんですがね」

「あ、はい。その話は聞いています」

「準備がととのうまで調べものをすることになったんです。それでひとつうかがいたいんですが、この石灯籠はどういうものなんでしょう？」

「どういうものといわれても……。石灯籠は石灯籠です」

美雪がきょとんとした顔でこたえた。

「なるほど、なるほどねえ！　って、ふつうの石灯籠じゃないと思うんです、ほら」

光彦が指さした石灯籠の一番上の部分には、小さな石像がある。

平安時代の狩衣《かりぎぬ》と烏帽子《えぼし》を身につけた三頭身の老人——えびすさまだ。満面の笑みを浮かべた、えびすさまの石像が石灯籠のてっぺんについているのだった。

「海堂家が別えびす神社という神社を守ってきた家なのは知ってます。だから祀るのはわかるんですが、見てください。このえびすさまが手にしてるものを」

「手ですか？」

「ええ、お金を持っている！」

言葉のとおり、そのえびすさまの石像は右手に釣りざおを、そして左手にはお金を持っているのだった。大判小判をたばねたお金だ。もちろんすべて灰色の石でつくられたものだが。

「きみはこれをどう思いますか？」

光彦は鋭くたずねたが、美雪は意味不明というふうに目をぱちぱちさせている。

「はあ……。なにをどう思えばいいのでしょう？」

「おっといけない。先走りましたかね」

光彦は両手をうしろで組むと、その場で行ったり来たりしながら説明をはじめる。

「えびすさまというのは、ふつうは右手に釣りざお、左手に鯛を持ってます。釣りざおを持たない簡素な造形もたまに見かけますが、それでも鯛は手にしている場合がほとんどだ。魚がないと神の本質が伝わらないからです」

えびすさまは海から来た神なんです、と光彦はいった。

「漂着神——すなわち海神です。そこから必然的に漁業神になり、結果的に富と結びつけられて商売繁盛の神にも転じるわけです。それを象徴する獲物の鯛は日本においては古代から神事に用いられてきた、おめでたいお魚さん！　花は桜木、魚は鯛です。ところが、このえびすさまは鯛を持たずにお金を持っている。なんとも珍しいものなんです。少なくとも僕ははじめて見ました。柳田《やなぎた》先生もご存じないんじゃないだろうか」

海堂家の敷地内には全部で二十基ほどの石灯籠があり、どれも一番上にえびすさまの石像がついている。そしてそのうちの約十基が、この「お金を持ったえびすさま」なのだった。のこりの十基は釣りざおと鯛を持った通常のえびすさまである。

呆然《ぼうぜん》としていた美雪が、われに返って口をひらいた。

「そんなの考えたこともありませんでした……。生まれたときから身近にあったものなので、気にしたことがなかったんです。すみません、お役に立てなくて」

「やあ、べつにあやまらなくても」

「でもたしかにそうですね。どうしてお金を持ってるんでしょう？　ちゃんと鯛を持ったえびすさまを飾ってる石灯籠もあるのに」

そうか、彼女はもともと不知火家の生まれだ。これは海堂家の直系のひとに訊かないとわからないのかもしれないな、と光彦は考えた。

「でも光彦さん、ずいぶんくわしいんですね。そういえば昨日、探偵にして、なんとかの研究者といっていたような」

「ちょっとちがう！　民俗学の研究者にして探偵です。探偵はあくまでも副業ですよ。たしかに本業より繁盛してますが」

自分は早いうちに両親とはなれて、教育係の先生のもとで暮らしてきたのだと光彦は説明した。

「そこで大きな影響をうけましてね……。じつは僕の先生の師匠は、あの柳田國男《くにお》先生なんです。この分野の偉大な開拓者ですよ。だから僕は自分を柳田先生の孫弟子みたいなものだと勝手に思ってるんです」

「そうなんですか。なんだか複雑な家庭みたいですね」

「まあ、家の話はいまは置いときましょう」

光彦は咳ばらいしてつづけた。

「民俗学はまだそんなに知名度が高いとはいえません。でも民間伝承を通して日本文化の変遷を紐解《ひもと》いていく仕事には大きな意味がある。よくも悪くも日本はこれから大きく変わっていくでしょうからね。この国の古い文化風俗が消えてしまう前に、しっかり調べて記録にのこさないと。僕はこの学問が好きだし、広めていきたいんです」

「なるほど。それが光彦さんの専門分野だったんですね。おもしろそうです。わたしも少し興味がわいてきました」

「ああ！　それはいいことです。ねえ美雪さん。僕はこれから近くにある別えびす神社を調べに行くんですがね。よかったらいっしょに来ませんか？」

「わたし？」

「野外調査。いえ、正直いうと道案内がいると助かるんです」

「なるほど。そういうことでしたら」

美雪がこくりと無表情でうなずき、光彦はにこりと目を細めて微笑んだ。

異常者の出現

「えびすが文献にはじめて登場するのは、平安時代の辞書『色葉字類抄《いろはじるいしょう》』だといわれてましてね」

光彦は歩きながら色素の薄い髪をくしゃりとかいた。

「そのときのえびすは、弓に大の字を合わせたような『夷《えびす》』と書きまして、仏教の姿では毘沙門天《びしゃもんてん》でした。荒々しい武神です。ああ、昔は神仏習合といって神と仏が融合してたんですよ。さて、その荒ぶる夷が、なぜ海神や漁業神になっていったのかというと、これは僕の私見ですが、やはりえびすという読みに、いろんな字を当てはめることができたからじゃなかろうか？　日本の神は発音で同一視されるものが多いんです。たとえば大国主《おおくにぬし》と大黒天《だいこくてん》は『だいこく』と同じ読みができるから習合しました。えびすの場合だと、夷のほかに、戎《えびす》、蛭子《えびす》、恵比寿《えびす》……」

声に出すと全部えびすですが、といって光彦はつづける。

「夷や戎には異民族の意味がある。異方からの来訪神というわけです。ヒルコとも読む蛭子のほうは、古事記《こじき》でイザナミとイザナギによって海に流されたわけですから、こちらも漂着神であり、来訪神でしょう。ついでといってはなんですが、浜辺に流れ着いたクジラをえびすと呼ぶ風習が各地にあるのは、零落した神の表現なんじゃないでしょうか？　水死体をえびすと呼ぶのも同じ発想かもしれません。神の多義性というのはこうして市井のひとたちによってつくられていくんですねえ」

ふと、反応がないことに気づき、うんちくを披露していた光彦は顔を横にむけた。美雪はとなりをちゃんと歩いていた。横顔は可憐《かれん》だが、例によって表情がかたい。

「失敬。美雪さん、退屈な話だったでしょう？」

「いえ、そんなことはありません。むしろすごく勉強になると思って聞いてました」

「ははあ、そうですか？」

「えびすは遠くから流れてくるものなんですね。どんな文字のえびすでも」

「まあ、ひと言でまとめるとそうです」

別えびす神社へつづく湖沿いの道だった。

五月の澄んだ日ざしの下、光彦と美雪は真中湖を横目にぽくぽくと歩いている。今日は霧も出ておらず、景色はどこまでも鮮明に見えた。

青ざめた湿地帯が湖を取りまき、近くの森ではツツジやアセビらしき植物が花を咲かせている。荷物を背負った行商人や、牛を引いた土地の者とたまにすれちがうが、ほかは静かなものだ。通行人の密度が東京とはまるでちがった。

「それはそうと、休憩しなくても大丈夫ですか、美雪さん？」

光彦は頰をつたう汗をハンカチで押さえていった。

「平気です。仕事で慣れてますから」

「でもかなり歩きましたよ？　疲れたときは無理せず休みましょう。といっても、このあたりには休めそうな店がないな。近くに甘味処《あまみどころ》でもあれば、おはぎでも食べてひと休みできるんですが」

「おはぎ？」

ふいにとなりを歩く美雪が光彦に顔をむける。

なにげなく目を合わせた光彦は一瞬ぎくりとした。美雪がいつもの冷静な顔つきで、頰だけを風船のようにふくらませていたからだ。

「……フグ？」

「すみません」

美雪がすっと無表情にもどって言葉をつぐ。

「おはぎには少しいやな思い出がありまして。けっしておはぎに罪があるわけではないんですけど」

「それは失礼しました」

よほどまずいおはぎを食べたのだろう。腐っていて腹痛で苦しんだのかもしれない。

不快な出来事を思い出させて申しわけないことをした。

だからというわけではないが、なんとなく、少し笑わせてみたいなと光彦は思った。

本音をいうと出会った日から頭の片隅で思っていた。ずいぶん無表情なひとだ。こういうひとを一度思いきり笑わせてみたいなと。

光彦はけっして、ふざけた性格ではない。道化のように見られることもあるが、性根は逆だ。ある種の覚悟をいつも心の底に隠している。だからこそ探偵でいられる。

しかし不安そうなひとや緊張しているひとを見ると、無性に肩の力をぬかせてあげたくなる。そんなときは少し楽しいことをして見せる。つまりは根が親切なのだった。

じつは彼女も同じではないのかと光彦はふと思う。

無表情で坦々としていても、それは感情表現が下手なだけで根はやさしい。そうでなければ、わざわざ屋根の猫を助けたりしないだろう。一見冷たくても、彼女の心にはあたたかい感情がたくさん秘められている。

自分と彼女は意外と似ているのかもしれないな、と光彦はいまにして気づいた。

そんなことを考えていると胸が淡い熱を帯びてくる。この胸の高鳴りはなんだろう？

きっと長々と歩いたから単に息があがっているのだろう。

「ところで美雪さん」

光彦がその場に立ち止まると、美雪はふりかえった。

「なんでしょう？」

「つかぬことを聞きますが、きみはお酒を呑《の》みますか？」

「呑みません。未成年なので」

「ああそうか。では簡単に説明しましょう。お酒というものにはアルコールが含まれていて、呑むとひとは酔っぱらいます」

「知ってます」

「ではこれはご存じですか？　世のなかにはお酒を呑まなくても酔える者がいます」

「は？」

なにをまた素っ頓狂なことを、といいたげな目で美雪が光彦を見た。

「じつは僕がそうでしてね。空気を吸うだけで酩酊《めいてい》することができるのですよ」

すると美雪は、なにもいわずに不審者を見る目をじいっと光彦にむけた。

「吸いかたが秘訣《ひけつ》なんです。こう、目の前の空気をお酒だと思って吸いこむ。きゅうっとね。するとどうだろうか。しだいに胃の腑《ふ》が熱くなる。なんだか頭もぼうっとしてきて、目の前がくらくらしはじめる。――あうっ？」

「光彦さん？」

「あ、あうう……ひっく」

光彦は白目をむき、体をがくがく揺らして迫真のしゃっくりをくり返した。

見た者の九割が笑う光彦の隠し芸だ。気がふれたのだと思われて医者を呼ばれたこともある。虚構のアルコールにむしばまれた手はふるえ、足どりは危険きわまりない。

青天下、ふたり以外はだれもいない白昼の路上。やがて美雪の無表情も決壊した。

「ぷー！」

わかりやすく噴き出し、両手で懸命に口を押さえるが、笑いは止まらなかった。それが妙にかわいい。見ていると光彦もなんだか楽しくなってくる。

「大丈夫ですか」

酔っぱらいのふりをやめて、別人のように凜々しい真剣な表情で光彦は話しかけた。

「ぷーっ！」

それがまた美雪の笑いの琴線にふれたらしく、大笑いになる。たぶん蓄積していたものがあったのだろう。美雪の長い長い抱腹絶倒がおさまったのは、これはもしかすると永遠につづくんじゃないかと光彦がありえない不安を感じはじめたころだった。

「……はあ。長々と失礼しました。光彦さん、おもしろすぎます」

美雪が指で涙をぬぐった。

「わたし、何年かぶりに心から笑えました。最初はなにごとかと思いましたけど、元気づけてくれたんですね。ありがとうございます、光彦さん。おかげでいやな気分は全部消え去りました」

「僕としては軽い余興だったのですがね。まあ楽しんでもらえてなによりです」

「楽しみましたよ。もう夢に見そうです！」

美雪が頰を紅潮させて微笑み、涼しい顔の光彦も満足感をおぼえる。無表情ではない美雪はとても魅力的に見えた。予想したとおりだと光彦は思う。いつか今日という日をふりかえったとき、束《つか》の間《ま》のひだまりのような一幕だったと感じられる気がした。

古き奇態な神社

真中湖沿いに歩きつづけていると丘の上に神社が見えてきた。小さな鳥居をくぐり、石段をのぼって神社の境内に出た瞬間、光彦の口から自然と声がもれる。

「やあ！　これはなんとも」

せまい、と光彦は思った。

がらんとしていて無人のその境内は、猫のひたいほどの広さしかない。走ると三秒もかからずに境内の端に着いてしまうだろう。

「ここが別えびす神社です」

美雪が「拍子ぬけですか、光彦さん？」とたずねた。

「そうですねえ。まあ、事前の予想が裏切られたのはたしかです」

境内には最低限のものしかなかった。社務所をのぞけば、古びていまにも倒壊しそうな拝殿と、その奥のさらに小さな本殿だけだ。手水舎《ちょうずや》も、おふだを売る授与所もない。海堂家が室町時代から守ってきたというから品格のある神社だと思っていたのに、これでは村の炭焼き小屋と大差ないではないか。神社というより、ほこらに近かった。

「昔からこんな感じです」

美雪が察したようにいった。

「ははあ、そうですか。参拝客の姿がまるで見あたらないのは今日に限らず？」

「地元のひとは、ここには参拝しません。ご利益がなさそうなので」

「非常によくわかります」

えびすさまを祀っていると聞けば、ふつうは商売繁盛のご利益がありそうな華やかな神社を想像するだろう。だがここはまるっきり逆で、客をこばむ雰囲気すらある。参拝しないほうが、まだうまくいきそうだった。

しかしどうしたものだろう。もともとは海堂夜梨子に調べてほしいといわれて足を運んだのだが、境内はあまりにせまく、拝殿も本殿もすっかり古びて、天気の悪い日には雨漏りしていそうだ。ろくに鍵もかけられまい。こんな場所に大事なものなんて、とても隠せるわけがなかった。調べるもなにもないじゃないか、と光彦が眉間をぐりぐり揉んでいると石段をのぼってくる者がいる。

服装からすると神社のひとだ。年齢は七十代か八十代。薄汚れた白い着物によれよれの袴をつけた禿頭《とくとう》の老人である。

「おや、これはこれは。若いお客さまが来るなんて珍しいですな」

「神主さんですか？」

光彦はたずねてみた。

「さよう。ちょっと下まで昼飯を食べに行っていたもので。どうせ社務所にいても、だれも来ませんからな」

神主がそういって豪快に笑う。海堂家もずいぶんやる気のないひとを雇ったものだと光彦は困惑したが、好機でもある。なんでもこたえてくれそうだから訊いてみよう。

「僕は東京から来た民俗学者の桜小路光彦といいまして、この神社のことを調べています。話をうかがってもかまいませんか？」

「いいですよ。なにか気になることでも？」

「別えびすというのは、どういう神格なのでしょう？」

光彦は最初から核心をついた。

「僕なりに調べては来たんですが、どうもよくわからないんです。えびす系の神社といえば、主祭神は蛭児大神か事代主神であることがほとんどです。蛭子はもちろん海から来た伝統的なえびす神ですし、事代主も出雲《いずも》の国譲りのときに釣りをしていて、それで豊漁の神と見なされて、えびすと結びついてますからね。でもこの別えびすは、それらとはちがうわけでしょう？」

「いかにも」

「別えびすの正体は……なんなのですか？」

「わかりません」

神主がきっぱりとこたえた。

「はい？」

「わからんのです。昔はそこそこ熱心に調べたこともあったんですが、結局わからないという結論に落ちつきました」

「わからんって……いやいや、待ってください！　それで神主が務まるんですか？」

「雇われの身ですからな。私はあくまでも海堂家に委託されて、土地と建物の管理をしているだけ。こんななりをしていますが、ただの体裁ですよ。とくに神事などもいたしておりません。とはいえ、実入りは非常にいいですからな。海堂家には足をむけて寝られませんよ。まことにありがたいことです」

　この発言には、さすがに光彦も唖然とさせられた。

「ええと……。じゃあ、あなたは神主さんじゃないんですか？」

「いやいや、ここをまかされているのは事実です。だから神主といえば神主でしょう。しかしまあ、番人とか見張り人という表現のほうが正しいかもしれませんな。なるべくなにもするなと申しつけられております」

「なにもするな……？」

「ええ。なにも知ろうとするな、調べるな、とも釘《くぎ》を刺されております。だから別えびすの正体は本当にわからないんですよ。私は海堂家の命令で、あくまでも番をしているだけ。正直いうと、ここにはなにもないんです。拝殿はもちろん、本殿も空っぽでね。御神体とか神社の記録といった大事なものは、いっさい置かれておりません。そういうものはとうの昔に海堂家にすべて移されたと聞いております」

「海堂家に……？」

「なんでも屋敷のどこかにひっそりと保管されているとか」

　光彦は無言で眉をひそめた。

　神社でもっとも重要なそれが、ほかの場所にあるのなら、たしかにこのひとはなにもするべきではない。見た目は神社でも、ここは神社ではないからだ。彼は神主の姿をしているだけの番人なのである。

しかし、だったらなぜ海堂夜梨子はここを調べてくれなどと頼んだのだ？　てっきり御神体とともに、もう一通の遺言書とやらが隠されているのだと光彦は考えていた。でも的はずれだった。御神体は海堂家のどこかにあるという。夜梨子はここにはなにもないことも、神社として機能していないことも知っていたのだ。ではどうしてわざわざ来させたのだろう？

しばらく無言で考えつづけていた光彦はふいに目を見ひらく。

「まさか！」

恐ろしい可能性に思いいたった。ありえないことではない。そしてこの仮説が当たっているとしたら邪悪のきわみだ。彼女はとんでもないことをしようとしている。

「……こんなことで手間どってる場合じゃないのに」

思考に集中すると、ときに光彦はまわりが見えなくなる。そして他人からは興味深い観察対象になる。まるでこの世のすべての苦悩を背負ったかのように、こうべを垂れて両手をうしろで組み、ぐるぐると小さな円を描いて歩きながら黙考する光彦を、美雪と神主があっけに取られた顔で眺めていた。

美雪のささやかな所感

「光彦さん、なにを思いついたんだろう？」

海堂家の自分の部屋にもどってきた不知火美雪は、ぽつりとつぶやいた。

別えびす神社で突然考えごとに没頭しはじめた光彦は、その後いくら声をかけても、うわの空になってしまったのだった。

神主も不思議そうにしていたが、よほどの天啓に打たれたにちがいない。探偵の仕事に必要なものなのだろうし、形になるのを願っておこう。

それにしても興味深いひとと知り合ってしまったと美雪は思う。

桜小路光彦。まるで桜の花の精みたいな容姿なのに、かなりの奇人変人ぶり。そして才人でもある。空気を吸って酔っぱらうなんて発想がすごい。それがひとを励ます親切心から出たものだというのが、また微笑ましい。

しかし内面に少々あやういものを持っていそうだとも思う。

それは熱中すると周囲が見えなくなるとか、奇行に走るといったことではない。ときどき彼は、たぶん自分でも知らないうちに、ひどく翳《かげ》った表情を浮かべている。美雪が一瞬はっとするほど暗く冷ややかに。

これは美雪の勘でしかないが、光彦は華やかさの裏に、なにか思いつめたものを隠している気がする。それがいつか彼の命取りにならなければいいのだが。

一瞬で散ってしまう桜のように——と、そこまで考えて美雪はかぶりをふった。

前にもこんなことを考えた気がする。最初に会ったときの印象に引きずられているのだろう。しかしなぜこんなに何度も同じことを考えてしまうのだろうか。

「ちょっと頭を切りかえよう」

美雪はつぶやき、なんの気なしに自室の窓辺に近づいた。

すると窓ガラスに封筒が立てかけてあるのが目に入る。

「これは……」

どうやら美雪の留守中にだれかが置いていったらしい。宛名も差出人も書かれていないその封筒には折りたたまれた便箋が入っていた。美雪はひろげて読んでみる。

「『大事な話をしたい。今夜十一時、だれにも気づかれぬように、ひょうたん池まで来られたし。ひとりで、くれぐれも他言無用のこと。海堂月弥』……？」

ひょうたん池はその名の通り、ひょうたんのような形の人工池で、海堂家の敷地内の日本庭園にある。この屋敷には空き部屋が山ほどあって、その気になればどこでも内密の話ができるのに、わざわざ庭の池に呼び出すなんてどんな用件だろう？

ちょっと想像がつかなかった。

でもこうして直筆の手紙で知らせてきた以上、無視するのはさすがに気の毒だ。

敷地の日本庭園というのは屋敷のすぐ近くである。夜の十一時ならまだ起きている者もいるだろうし、問題ないだろう。

美雪は行くことに決めた。そして手紙の指示どおり、その日の夜十一時になる少し前に部屋をぬけ出して日本庭園へむかったのである。

夜空に月が浮かぶ明るい夜だった。夜風は心地よく、暑くも寒くもない。

庭に足を踏み入れると、ひょうたん池の方向には石灯籠のあかりが目印のように灯っている。美雪はそこを目指して近づいていった。

池のほとりには、波打つ長い髪に着物姿の月弥が、こちらに背中をむけて立っていた。

「月弥さん？」

声をかけると月弥がふりむき、うれしそうな笑顔を浮かべる。

「おお美雪！　来てくれたか」

「手紙なんてはじめてなので、気になって。大事な話ってなんですか？」

「うん。じつのところ私も少々あせってきたものでね」

「あせって？」

「そうだよ。だから今夜はするべきことに、ふさわしい場所を選ばせてもらった」

月弥が言葉を切った。

「……私は自分の美しさには自信を持っている。競争相手は手ごわいが、この方向では負けると思わない。ところがやはり世のなかは広い。まさか私より見目麗しい男が存在するなんて思わなかったよ。さすがは元華族の子息だ。残念ながら、これでは私の魅力も目減りしてしまう」

「すみません。なんの話をしてるんですか？」

わけがわからず美雪はとまどった。

「きみ、案外にぶいのだね」

月弥がまばたきする。それから彼は苦笑気味にうつむき、やがて決然と顔をあげた。

「もう、うかうかしていられる余裕はないということだよ。皆にさきんじて、きみに愛の告白をさせてもらう」

「愛の告白っ？」

それを意識した瞬間、美雪の顔は一気に熱くなった。

「私のとりえは美しさだけじゃない。歌と音楽がある。まずはきみのために一曲歌わせてもらおう。歌劇『トゥーランドット』より『誰も寝てはならぬ』。これはまだ日本では上演されていない、とっておきだ。今夜のためにひそかに練習してきた、愛を求める一途《いちず》な男の歌だよ。それを聴くのは、やはり月光に照らされた庭園がふさわしい」

月弥の言葉に、だから夜の庭に呼び出したのかと美雪は理解した。

「聴いてくれ」

月弥は池に近づくと美雪にむきなおって口をひらく。

「ネッスン、ドォルマァ……ネッスン、ドルマァア」

まるで胸に切なく訴えかけてくるような情感あふれる歌いかただった。声量こそ抑制されているが、気持ちをふりしぼっている。その独特の迫力ある美声に、目の前で聴く美雪は圧倒された。歌詞の意味はわからなかったが、理屈を超えて心をゆさぶられた。

「トゥプレ、オ、プリンチペッサア……」

月光の下、顔に玉の汗を浮かべて月弥はアリアを歌いつづける。

ふだん優雅な彼が、これほど一生懸命に音楽に取り組む姿を美雪ははじめて見た。そして素直に感動した。彼はいま美雪のためだけに歌っているのである。

やがて熱唱を終えた月弥は、しばし肩で息をした。

「……どうだった？」

「すばらしかったです。本気でそう思いました」

すると月弥は屈託のない満面の笑みを浮かべる。

「そうか！　うれしいよ。では、このまま求婚に移らせていただく」

月弥は美雪の前にひざまずくと、満天の星を見るように顔をあげた。

「トゥーランドット姫より美しき美雪よ。どうかこの私と結婚してください」

歌うような美声で月弥はいい、美雪の心臓はどくっと脈打つ。なんだろう。わけもなく時間が止まり、その場になにか特別な空間がひろがった気がした。

月弥は余韻を味わわせるかのように沈黙すると、「突然で驚いただろうからね。ゆっくり考えてからでいい。すてきな返事を待っているよ」といって立ちあがる。

それから満足げにうなずいて身をひるがえし、美雪の前から立ち去ったのだった。

夜の庭園に弛緩《しかん》した空気がもどってくる。沈黙のなか、美雪は不思議な夢の世界に迷いこんだかのように放心していたが、ほどなくわれに返った。

求婚されてしまった、とつぶやく。

そう、いまの自分はそういう状況にあるのだった。改めてそれを意識する。

海堂右近の遺言のせいで、三兄弟はいずれも美雪と結婚したがっている。

そして現実問題、美雪もだれかを選ばないわけにはいかないだろう。なぜなら美雪が三人のだれとも結婚しなかった場合、相続は中止されて財産は外部の団体にすべて寄付される。そうなれば海堂家は遠からず崩壊するはずだ。美雪もいままでの下働き生活にもどるだけで、浮上の機会は二度と来るまい。

しかし――。

「わたしは……どうすれば」

自分のなかでこたえが出ないうちに彼らのひとりに求婚されてしまい、うれしいはずなのにどこか悲しくて苦しい。まだ本当の意味でひとを好きになった経験もないのに。

遺言で指定された期限は一ヶ月だから、一応まだ時間はある。

でも肝心の自分の気持ちがわからない。わたしはどうしたいのだろう？　月弥の求婚にどう返事をするべきなのか？　仮に受諾した場合、彼を好きになれるのだろうか？

もしも母が生きていたら、どんな助言をしてくれるだろう？

美雪の心は千々に乱れ、唇を噛んで夜の庭に立ちつくす。

あのおぞましくも不可解な殺人が起きたのは、それからまもなくのことだった。

どす黒い悪夢

あたりは一面、墨で塗りつぶしたように黒い。

それは夜の闇とはちがう、本来この世にありえない抽象的で完全な黒さだ。だから、ああ、いま自分は夢を見ているんだなと否応《いやおう》なくわかる。

その黒い夢のなかでは必ずひとが命を落とす。だれかが死ぬ。昔からそうなのだ。

大好きだった父が死んだとき、愛する母が死んだとき。そして海堂右近が死んだときも亡くなる少し前にこの黒い夢を見た。

だからこれは「正夢になることが確定している夢」なのである。仕組みはわからないが、経験上そうとしか表現しようがない。たぶん美雪の体質によるものなのだろう。死ぬことがわかるなら、防ぐべきだと思うひともいるかもしれない。でも病死や老衰は美雪がいくらがんばったところで防げない。

それに、だれが死ぬのかはわからないのだ。あくまでも夢のなかで「自分とかかわりのある何者かが死ぬ」というだけ。その人物は特定できない。

なぜなら、その夢のなかに出てくるひとには顔がないからだ。

いや、正確にいうと顔はある。のっぺらぼうではなく、一般的な容貌の持ちぬしなのだが、識別できないのだった。顔だけではなく、背丈や体格、髪型や服なども判別できない。相貌失認ならぬ、個人を特定する手段を完全に失っている状態だ。

見わけのつかない抽象的な人間――そういう役者が出演する前衛演劇のような形で、未来の一部が美雪の夢のなかに流れこんできているらしい。

それは顔のない人間が演じる「絶対に変えられない本物の未来」なのである。

幼少期にこの夢について母に話すと、あなたのためにならないから他言してはいけないと怖い顔でいわれた。その後はだまっていることに決め、自分でも慣れてしまった。いまとなっては母の遺言のようにも感じ、律儀に守りつづけて今日にいたるのだが。

いま、その黒い夢の世界に浮かびあがってくる光景があった。

だれかが背後から紐のようなもので首をしめられている。

絞殺だ。異常な殺意を感じる。何者かが何者かを紐でしめ殺そうとしている。やがて首をしめられている者の口から、ごぼごぼと赤い血があふれ出して——。

「……ひっ！」

美雪は勢いよく両のまぶたをひらいた。

心臓がどくどくと激しく拍動している。呼吸も荒い。

見るとそこは海堂家の美雪の部屋だった。いつもの布団で寝ている途中、恐怖で目を覚ましたらしい。窓の外はうっすら明るく、時計を見ると六時少し前である。

「夢か……」

大きく吐息をつき、あの夢を見てしまったと美雪は思った。ひとが死ぬ、黒い悪夢。

またこの屋敷でだれかが死ぬのだろうか？

しかも今回の夢は病気や老衰ではなく、あきらかに殺人を示していた。ひと殺しの夢なんて見たのははじめてだから、悪寒をおぼえつつも困惑している。

この黒い夢が正夢にならなかったことはない。にもかかわらず美雪には信じられなかった。背後から紐で首をしめられる、あの残酷な姿。あんなことをされるほど恨まれている人間は、この屋敷にいないはずだ。

「ただの夢……。あれは黒い夢じゃない、ふつうの夢」

布団の上で美雪が自分にそういい聞かせていたとき、突然、耳をつんざくような絶叫が外から聞こえる。

「ぎゃああっ！」

断末魔の叫びのようなすさまじい声だった。女の悲鳴だ。美雪がいそいで外へ飛び出すと、使用人の由蔵と、炊事担当のお鈴さんが駆けてくるのが見える。

「由蔵さん、お鈴さん！　いまの声はっ？」

美雪の問いに由蔵が青ざめて首をふる。

「わかりません！　ですが、夜梨子奥さまの声でございましょう。早く起きた日、奥さまはよく庭を散歩なさいます」

「ですよね。庭へ行きましょう！」

美雪と由蔵とお鈴さんは敷地内の日本庭園へ走った。

庭に足を踏み入れると、視線のさきのひょうたん池の前で、地面にへたりこんでいる夜梨子の背中が見える。どうも腰をぬかして立てないようだ。美雪たちは夜梨子のそばへ駆けより、そこで世にも恐ろしいものを目にする。

刹那、ぞっとして全身の血の気が引いた。衝撃でまともに呼吸ができなくなる。

それは頭がおかしくなったのではないかと思うほど異常な光景だった。人間が見てはいけないものを目の当たりにしたときのような原初の衝動がこみあげる。

「うわあああっ！」

由蔵がこの世のものとは思えない声をあげ、美雪とお鈴さんの悲鳴がそれにつづく。

波打つ長い髪と、華やかな黄色の着物。

目の前には海堂月弥の死体があった。

ただの死体ではない。ひょうたん池には、たらい舟と呼ばれる木製の大きなたらいが浮かんでいて、そのなかに月弥は行儀よく正座している。わけがわからないことに釣りざおを持ち、えびすの面で顔のほとんどを隠して——。もちろん、えびすはあのにんまりと目を細めた極上の笑顔だ。

釣りざおは、正確には手に持っているのではなく、正座した月弥の着物の帯に差してある。そして、それがなんともいえない邪悪なおぞましさを醸し出していた。子どもが魚釣りに使うような竹製の釣りざお——いたって無邪気なその玩具が、さながら死者を冒瀆《ぼうとく》するかのように無理やり添えてあることが、強い嫌悪感の理由なのだろう。

たらい舟のなかには、なぜか古びた小銭が大量に敷きつめられていた。

これほど多くの古い硬貨がどこにあったのだろう？　美雪は怪訝《けげん》に思ったが、それからもまた、釣りざおやえびすの面と同じように死者を愚弄するものを感じた。ふだんは喜ばしいものであるからこそ、状況にそぐわない陰湿ないやらしさがにじみ出ている。

そしてそれらの一見、天真爛漫《てんしんらんまん》な飾り立てとそぐわないのが月弥の首もとだ。

紐のようなもので強くしめられた痕が、くっきりとのこっていた。月弥の体はぴくりとも動かず、彼をのせた木製のたらい舟が水面でわずかに上下しているだけ。どう見ても死んでいる。絞殺されたのだ。今朝のあの黒い夢と同じように紐でしめ殺された。

あれは月弥のことだったのだ――。

自分の見た夢が現実の世界にもれ出してしまったように感じて美雪はふるえあがる。実際それは悪趣味な夢のようにけばけばしく、どぎつく、非現実的な眺めだった。

「なにごとだ、お母さん！」

「どうしたっていうんだ！」

やがて長男の日々樹と三男の星馬がやってきた。なにがあったのか、星馬は片足をよたよたと引きずっており、そんな彼に日々樹が肩を貸している。

しかし、ふたりは池のそばまで来ると同じように絶句して立ちすくんだ。

「朝、いつもみたいに散歩していたら、なにか池に浮かんでるのが見えて……。近づいたら……こんな」

夜梨子がうわごとのようにそう説明した。だが話を聞いても日々樹と星馬は呆然として言葉も出ない。まもなく探偵の桜小路光彦が駆けてくる。

「うっ……なんだあれは！」

光彦もひと目で事態の異常さに気づいたようだ。

それでも硬直して池に近づけない日々樹や星馬とちがって光彦は果敢だった。最初こそがたがたふるえていたが、ふいに両手で自分の頬をたたいて勇気をふりしぼる。そして死体をのせた舟が浮かぶ池のほうへ静かに近づいていった。

たらい舟は、ひょうたん池の手の届かない場所に浮かんでいる。水質はきれいで池が深くないのは一目瞭然だ。光彦はそろそろと池に入ると、たらい舟を岸まで移動させた。これで月弥を直接調べられる。皆は不安そうに光彦の行動を凝視していた。

光彦は池からあがると深呼吸して、月弥の顔を隠しているえびすの面に手をかける。

「……ああ！」

面を取った瞬間、夜梨子が絶望の声をあげた。

幸せそうな笑顔のえびすの面の下には、ぞっとするような月弥の死に顔があった。苦痛のせいか目をぎょろりと見ひらいて、歌舞伎俳優が見得を切るように左右の瞳がべつべつの方向をむいている。顔色は暗く不気味に変色し、唇からは赤い血の筋がいくすじも垂れて凄惨さに拍車をかけていた。

月弥は本当に死んだのだ。その命も美しさも永遠に失われてしまった。こうなってはもはや事実をうけいれるしかないと皆が否応なく理解する。

「なんてこと……月弥」

夜梨子が地面に両手をついて背中をまるめ、小刻みに体をふるわせて嗚咽《おえつ》した。

お母さん、と悲痛な声をあげて日々樹と星馬がよりそう。

美雪はなにをどうすればいいのかわからなかった。もちろん悲しいし、夜梨子のように泣きたい。だがそれ以上に信じられないのだった。胸に穴があいたようだ。

だって昨夜ここで会ったばかりではないか。渾身《こんしん》の歌を披露して、求婚してくれたではないか。それなのに――。だれが月弥にこんな悪魔じみた真似をしたのだろう？

突然の別れはあまりにもさびしく、喪失感で体に力が入らない。

悲痛な現実に抵抗しようとするかのように光彦が口をひらく。

「……由蔵さん。お手数ですが、警察を呼んでもらえますか？　それからお医者さんもお願いします。星馬さんが足を怪我しているようなので」

「ああ、そういえばたしかに。足を引きずっておられましたな」

由蔵が顔をむけると、夜梨子を励ましていた星馬は「かすり傷だ」と短くいった。

それだけではなんのことだか、と困り顔の由蔵に、長男の日々樹がむきなおる。

「お母さんを心配してここに来る途中、由蔵たちの絶叫に驚いてね。洋館の階段から落ちたんだそうだ。たしかにあの声にはぼくも驚いた。外でうずくまっている星馬に出くわして、さらに驚いたよ。ただ、助け起こしたら大丈夫だというからね。肩を貸していっしょに来たんだ」

「兄さん、よけいなことはいわなくていい。由蔵が気に病むだろ」

「だそうだ。ぼくのほうは、なんともないから心配いらない」

日々樹がつけくわえると、「そういうことでしたか。お心づかいありがとうございます、星馬さま。日々樹さまも驚かせて申しわけありませんでした」と由蔵はあやまり、「ひとまず警察と、医師の壇上先生を呼んでまいります」

そういって走り去った。あたりはふたたび悲嘆に包まれる。光彦は痛ましそうに眉をよせつつ、しかし探偵の矜持《きょうじ》に駆り立てられるかのように、たらい舟を観察していた。

「それにしてもこの洗濯桶《おけ》……大きいな。こういうものははじめて見た。どんな意味があるんだろう?」

光彦のつぶやきを聞いた美雪は、ああそうかと気づく。この地方の出身ではない光彦は、たらい舟のことを知らないのだ。

「あの、光彦さん。それは洗濯桶ではなく、たらい舟といいます」

「たらい舟? 有名なものなんですか?」

「そうですね。このあたりで知らないひとはいません。真中湖では、これに乗って漁をしたりもするんです。もともとは海堂家にまつわるものだと聞いてますけど」

「海堂家に?」

目をまるくする光彦に、「そのとおりだ」と日々樹が立ちあがっていった。

「そのさきは海堂家の直系であるぼくから説明しよう。聞けば桜小路さんは有能な探偵だそうだ。そしてわれわれは、なんとしても月弥を殺した者を捕まえてもらわねばならない。死者がこんな目にあわされている以上、知ってもらう必要がある」

「同感だ。正直、俺もまったくわけがわからないが……」

星馬も不可解そうにつけくわえた。光彦はわずかに苦い顔でうなずく。

「もちろんご期待に添えるように努力します。それで、たらい舟というのは？　なにか月弥さんと関係があるわけですね？」

「ああ。これはどう見ても海堂家のえびす伝説になぞらえている。いわば見立てだよ」

「見立て……？　見立て殺人だというんですか！」

驚く光彦に、日々樹が「まずは聞いてほしい」と前置きしてつづけた。

「たらい舟というのは、小まわりのきく手こぎの小舟のことだ。たらいの名のとおり、洗濯桶を改良したものだよ。有名なのは佐渡島《さどがしま》。とくに小木《おぎ》海岸《かいがん》のあたりだ。あそこは江戸時代の地震で地形が複雑化して、磯《いそ》も岩だらけだから大型の船では漁にむかない。だから、たらい舟をこいでサザエやアワビを収獲するわけだ」

「ははあ、なるほど。しかしその佐渡のたらい舟が、なぜこの静岡県の真中湖に？」

光彦が興味深そうに訊いた。

「別物だよ」

「え？」

「たしかに見た目は似ているが、出自がちがう。海堂家のたらい舟は神の伝承と結びついたものだ」

「なんですって？」

「古くからの口伝があってね。室町時代のことだ。海とつながったこの真中湖の浜辺に大きなたらいが流れ着いた。なかにはお金が敷きつめられて、不思議な男が乗っていたという。釣りざおを持った笑顔の男だ。男は言葉が話せず、意思の疎通はできなかったが、つねに笑みを絶やさなかったらしい。その男を助けた海堂家の先祖は、これは異邦の神の化身であると考えた。そして家につれていって、もてなしたのだそうだ」

「ああ！　じゃあその男が海堂家の守り神の――」

「そう。別えびすの正体だ」

日々樹がそういってうなずいた。

「どこから流れてきたのか何者なのか、いっさいわからない。だが放っておくと死んでしまうということで、行くあてのないその笑顔の男を海堂家の先祖は引き取って、いつまでも面倒を見たという。それからだよ。海堂家には吉事があいつぐ。これぞご利益だということで、男の死後は正式な神として祀った。それが別えびす神社の縁起なのだ。以来、海堂家はその神社を運営しながら、ひっそりと暮らしてきた。明治時代、経営の鬼才である海堂右近が誕生するまでね」

「そうか……。つまり別えびすというのは、蛭児大神でも事代主神でもない。海堂家の祖先が実際に遭遇した、まったく独自の神だったのですね」

「神か、あるいはただの人間だったのかは謎だがね」

「興味深い。これはすごい論文が書けそうだ……」

光彦が小さくのどを鳴らすが、話を聞きながら美雪もひそかに驚いていた。

はじめて聞いた。だから海堂家の石灯籠には、ふつうのえびすさまのほかに、お金を持った独特のえびすさまの石像が飾られていたのだ。

いまの話は神社の起源としてはどう考えても異端だろう。秘匿する必要があると過去のひとびとは考えた。だから海堂家の直系だけに口伝で教えてきたにちがいない。血のつながりのない、不知火家の自分が知らないのも無理はないと美雪は思った。

「お金をたっぷりつんだ、たらいの舟。それに乗ってきた別えびす……か」

光彦がそらんじるようにいって「まさに海上渡来神の典型だ」とつぶやいた。

日々樹が、うむとあごを引く。

「当時の人間にも印象的だったことだろう。だからあやかる意味もあって、この地方ではたらいの舟を使った漁がさかんになったらしい。もちろん海堂家の先祖も同様だ。もともとは神職でもなんでもなかった彼らは、神社の仕事の合間にたらいの舟で貝や海藻を採って日々の糧とした。だからうちの納屋には古い舟が多々しまってあるのだよ。べつに室町時代のものではないだろうがね。あまりに古いと木も腐ってしまう」

「ということは、月弥さんが乗せられているこの舟は……」

「ああ。納屋にあったものだろう」

日々樹の言葉に「なるほど」と光彦はいった。

「ちなみに、このえびすのお面は？」

「それにも見おぼえがある。いまは使っていない祭事用の面がいくつも納屋にしまってあってね。もともとは神社にあった古い神具だ。きっとたらい舟といっしょに持ち出されたのだろう。釣りざおもそうだ。さすがにこの大量の小銭には心当たりがないが」

「いやあ、僕には海堂家ゆかりのものにしか思えませんが……。ああ！　きっとあれです。屋敷じゃなくて、別えびす神社のお賽銭《さいせん》を盗んだのかもしれない」

光彦の指摘に、日々樹がはっと目をみはる。

「ありうるな。あとで調べておこう」

「お願いします。ええと、それはさておくとして、いまの話を踏まえると結局どういうことになるんでしょう？」

「どういうこととは？」

「これが海堂家の別えびすの伝承にもとづく、見立て殺人なのはわかりました。しかし理由がわからない。なんのためにこんな見立てをしたんでしょう？　見たところ死因は絞殺です。そして絞殺したあと、たらい舟に乗せて、釣りざおとえびすの面をつけた。

でも、わざわざ危険をおかしてまで、こんな手間のかかることをする意味が本当にあったんでしょうか？」

　光彦が言葉を切って自分のあごをつまむ。

「ひとを殺すだけでも大ごとなのに、さらにこんな細工までするのは大変です。異常な発想と労力だ。おまけに犯人を特定する手がかりも与えてしまう。にもかかわらず、なぜこんな真似を？」

　日々樹が「ふむ」と考えこむ。横で聞いていた美雪もたしかにそうだと思った。

「美雪さんはどう考えますか？」

　光彦が美雪に水をむけた。

「わたしは……そうですね。よくわかりませんが、やっぱり恨みが理由だと思います」

「恨み」

「ええ。死体をこうして飾り立てるなんて、ふつうしません。死者への冒瀆です。なにかよほどの恨みがあったんじゃないでしょうか？　悪意を端々から感じます」

「なるほど、なるほどねえ。じつは僕も最初そう思いました」

「やっぱりそうですよね。痛ましい死者を笑顔のえびすさまみたいに飾り立てるなんて馬鹿にしてます。もしも恨みじゃないなら揶揄《やゆ》や挑発の意味かもしれません」

　美雪の見解に「たしかにな」と星馬が感心した声を出した。これまで漠然と感じていたことを美雪がわかりやすく言葉にしてくれたというふうに。

「うなずける意見だ。恨みにしても、あざけりにしても、ここには俺たちへの強い悪意がある！」

星馬が渋面でそう断じる。

「近親憎悪……というやつなんでしょうかね」

光彦が小声でそうこぼした。星馬が眉をひそめる。

「どういう意味だ、桜小路さん？」

「ああ、いえ。見立てるための道具は海堂家のものを使ってるわけでしょう？　そしてさっきの別えびすの話も海堂家の口伝という話でした。だったらこの見立て殺人は海堂家ゆかりの人間がやったことになります。おそらくは海堂家に住んでいて、なおかつ海堂家に強い恨みを持つだれかが」

「馬鹿な！」

星馬が反射的に吐き捨てたが、言葉がつづかない。彼は聡明だからだ。感情では認められなくても、光彦の言葉が的を射ていることを理解したのだろう。

犯人は海堂家の秘された口伝を知る親族ということになるのだ。

この屋敷にいる人間でなければ、どだい無理なのだと美雪は考える。

なぜなら昨夜の十一時すぎに求婚された際、月弥は生きていた。そして夜梨子が今朝六時の散歩で発見するまでのあいだ、長く見積もっても七時間以内に実行しなくてはならない。無茶だ。屋敷の正門も裏門も夜は施錠されているし、事情を知らない外の人間にできるはずがなかった。

犯人は海堂家のだれか。そして屋敷に住む海堂家の親族は、殺された月弥をのぞくと日々樹、星馬、夜梨子、八郎兵衛の四人だけである。

だが八郎兵衛は外から施錠された土蔵で暮らしていて自由に出歩けないし、母親の夜梨子が息子を殺す道理はない。つまりは日々樹か星馬のどちらかになるのだ。遺言書の内容にもとづき、財産目的で。信じられないが、理屈上はそうなる。じつは彼らはひそかに自分の家に恨みを持っているのだろうか……？

美雪が考えこんでいると、電話をかけに行っていた由蔵がもどってきた。

「警察はすぐに来てくれるそうです。壇上先生も早急にむかうとのことでした」

「ありがとうございます、由蔵さん」

光彦が礼をいってつづける。

「おかげでこちらも話がつかめてきました。ところで由蔵さんは、どれくらいこの屋敷で働いてるんですか？」

「へ？　かれこれ四十年近くになりますけども……。それがなにか？」

「ああ、いいえ、使用人のかたも海堂家のご先祖さまの話はご存じなのかなって。知ってますか？　別えびすの伝説」

なんですかその伝説というのは、という反応が当然返ってくるものだと美雪は思いこんでいたが、意外な雲行きになる。

「そりゃあ知ってますよ。これだけ長く働いていればねえ。だいたいなんでも知っとります。もちろんお鈴もですよ。なあ？」

由蔵に話をふられた炊事担当のお鈴さんも「はい、存じております」とこたえた。

「うそ！」

美雪は驚いて由蔵に近づく。

「その話、だれに訊いたんですか、由蔵さん！　わたしは知りませんでした。海堂家の直系だけが教わる口伝じゃなかったんですか？」

「いやあ、そんなことはないと思いますが……。さすがに長年働いてますから、年の功ですかな。酔うと皆さん、だいたいなんでも教えてくださいます。私は小左郎さんに教わったんですけども」

由蔵につづいて、「あたしはお弓さんに教わりました」とお鈴さんがいった。

小左郎は美雪の死んだ父親。お弓は美雪の死んだ母親である。

ということは不知火家の人間も使用人たちも、屋敷に出入りする者はみんな知っていたわけか。美雪をのぞいて。

きっと世間に揉まれていない少女が聞くには少し早いと考えたのだろう。ある意味では海堂家が祀ってきた別えびす神社の正当性にかかわる話でもあるから、適切な時期が来るのを待っていたのかもしれない。両親が生きていれば、いつか自分も教わっていたはずだと美雪は考える。残念ながらその機会は来なかったが。

美雪はかぶりをふって感傷をふりはらった。

ともかく、だったら疑う範囲が少しひろがる。使用人の由蔵かお鈴さんがやったという可能性も――。

いや、さすがにそれはない、と考えていたとき、予想もしない声が飛んだ。

「あなたがやったのね、美雪さん」

ぎょっとして顔をあげると、夜梨子が泣いて赤くなった目で美雪をにらんでいる。

「あなたのほかには考えられない！」

「そんなまさか！　夜梨子さま、どうしてそんなことを」

「うそだとすぐにわかったわ。いまの話しぶりはあまりに白々しかった。あなたも由蔵たちと同じように両親から別えびすの話を聞いていたのでしょう？　あなただけが聞いていないはずがない。そうやって、うそをついたこと自体が殺人者の証《あかし》よ！」

夜梨子の言葉に、美雪は内心衝撃をうけた。

そうか、そう解釈されることもありうるのかと思う。

「海堂家に住んでいて、わたしたちに強い恨みを持つ者……。美雪さん、それはあなたが一番当てはまるじゃありませんか。白状なさい！」

「ちがいます！　わたしは本当に知らなかったんです！」

とんでもないことになったと美雪はあせる。というのも、自分が夜梨子の立場だったらやはり同じように考えるだろうからだ。正直、いままで海堂家の人間を恨んだことは何度もある。もちろん心のなかで考えるだけではあったが。

しかし偶然とは恐ろしい。動機が一応あるうえに、自分ひとりだけが別えびすの伝承を知らなかったなんて、たしかに白々しいうそに聞こえる。月弥が死んだ衝撃も冷めやらないうちに急激に窮地に追いやられつつあった。

「遺言書にはこうあったわよね？　選ばれなかった孫のうち、だれかが死んでいたらそのひとの分も美雪に相続させるって。あなたは月弥と結婚する気がなかった。だから遺言が執行される前に月弥を殺しておいて、取り分を多くしたかったのよ。よくも息子を殺したわね……このひと殺し！」

「わ、わたしじゃありません！」

このままだと殺人犯にされてしまうと思い、美雪は必死に夜梨子に反駁《はんばく》するが、顔からみるみる血の気が引いていくのが自分でもわかった。

頭巾の鬼女

夜梨子の勢いはその後も止まらない。猛然と糾弾された美雪が冤罪《えんざい》の恐怖で青くなっていたとき「ちょっとちょっと落ちついてください！」と光彦が割って入った。

「動機ばかりあげつらっても、しかたないでしょう。思うだけで、ひとは殺せません。肝心なのは実際にやれたのかどうかです。美雪さんに不在証明があったら成り立ちませんよ」

光彦の指摘は熱くなった夜梨子の頭を少し冷ましたらしく、考える沈黙が生じた。

「僕は医者じゃないから、月弥さんが死んだ正確な時刻はわかりません。ただ、昨日の夕食時にはご健在だったわけで、殺されたのはそのあとです。こんな大がかりな細工をする以上は夜中でしょう。美雪さん、昨夜の行動をちょっと教えてもらえませんか？」

おだやかで理知的な光彦の態度からは、ここで身の潔白を証明しておけば安心だという意図がひしひしと感じられた。それだけに美雪は迷う。

自分は昨夜、月弥と会っているのだ。――ここは隠しておくべきだろうか？

いや、ちがうと美雪は思いなおした。ここでうそをついて、あとでばれたときのほうが、よほど面倒なことになる。どのみち警察が調べればわかることだ。

「わたしは昨夜、月弥さんに会いました」

「えっ？」

案の定、光彦がぎょっとした顔をするが、美雪は平板な声でつづける。

「夜の十一時にひょうたん池まで来てほしいと手紙で呼び出されたんです。行くと月弥さんが待っていて、その……求婚されました。返事は考えてからでいいといって月弥さんは立ち去って、わたしも少しおくれて部屋にもどりました。十一時半くらいだったと思います。それから布団に入って、今朝の六時まで目を覚ましませんでした」

自分でいうのもなんだが、じつに落ちついて坦々と語ってしまったと美雪は思った。怪しいと疑われるだろうか？　もっと泣いたり叫んだりしながら説明できればよかったのかもしれないが、もとより演技が苦手なのである。

「やあ、まさかそんなことがあったとは……。でも、よく話してくれました」

光彦がなにやら深く納得したというふうに何度もうなずく。

「自分の不利になりそうなことでも事実ならいう。こういうひとは信用できます。それでは比較検討するために、ほかの皆さんの昨夜の行動も教えてください」

光彦が巧妙に話をころがしてくれたおかげで、美雪はそれ以上の無茶な糾弾をされずにすんだ。そして彼は昨夜のことを皆からてきぱきと聞き出していく。

しかし残念ながら美雪のように一対一で月弥と会った者はいなかった。夕食後の歓談のあとは自分の部屋へ行き、寝るまでひとりですごしていたという者が大半だ。それを証明できるのは本人だけだが、一応いまは事実としてうけとめておくしかない。

　ふいに日々樹が「待てよ？」となにか思い出したようにいった。

「そういえば昨夜、妙なものを見たな……。いや、昨夜というか零時を少しすぎていたから今日の話になるが」

「妙なもの？」

　光彦がたずねる。

「うむ、そろそろ寝ようと思って寝室にむかっていたのだがね。二階の廊下を歩いているとき、月弥が外にいるのを窓から見た。月弥は庭園のさきの、お父さんの土蔵にむかっているようだった。とはいえ、芸術家の月弥はよく酔狂なことをする。昔はお父さんによく子守歌を聴かせてあげていた。だからそのときは気にしなかったのだが……」

「貴重な証言をありがとうございます、日々樹さん」

　光彦がうなずいて話をつづける。

「零時すぎ。つまり美雪さんに会ったあとも月弥さんは生きていた。これで美雪さんはひとまず安心です。求婚されて断られた月弥さんと争いになって殺害したというような疑惑は消えました。さて、この際ですから八郎兵衛さんの話を聞きに行ってみませんか？　もしかしたら本物の犯人を見てるかもしれない」

疑いが晴れて安心した美雪も、にわかに真実が気になってきた。

八郎兵衛は真中湖で溺れて以来、頭のねじがはずれてしまった。だがまったく意思疎通ができないわけではなく、調子がいい日は長めの会話が成り立つこともある。

「そうですね。月弥さんのためにも話を聞きに行かないと……」

美雪がいうと、やはり夜梨子も真相を知りたいらしく「そうね」と同意した。

こうして光彦を先頭にして皆が歩き出す。

日本庭園を奥へ進むと、土蔵が見えてきた。土蔵の扉には外から南京錠《なんきんじょう》が取りつけられていて、鍵は屋敷に保管されている。すでに由蔵がそれを取りにむかっていた。

土蔵の窓に近づいたとき、美雪はふと気づく。

この土蔵は八郎兵衛の生活のために大幅に改装されていて、一階の壁に格子のガラス窓がある。外には出られないが、そこから見える面積は大きい。そしていま、窓からは土蔵の床の上で布団をかぶってふるえている八郎兵衛が見えた。寒いのだろうか？

「鍵を取ってまいりました」

「ありがとう、由蔵さん。じゃあ、わたしがあけます」

美雪は由蔵からうけとった鍵で開錠して、土蔵の扉をあける。外の光が差しこんだ途端、だしぬけに八郎兵衛が奇声をあげた。

「ひいあぁ！」

勢いよく布団がめくれて、八郎兵衛がなぜか「頭巾！」と叫んだ。白髪まじりの長い髪は爆発したようにぼさぼさで、その目は異常に血走っている。

「ど、どうしたんですかっ、八郎兵衛さん」

美雪もさすがに驚いた。これほど錯乱している八郎兵衛を見るのははじめてだ。

「頭巾！　頭巾の女が！　月弥を殺した！」

八郎兵衛はけたたましい叫び声をあげて土蔵のなかを走りまわり、皆はすっかり度肝をぬかれる。どういうわけだろう。八郎兵衛は殺人の場面を見ていたのか？

「お父さん、頼むから落ちついてくれ。その頭巾の女というのはなんなんだ？」

「怖いっ！　恐ろしいい！」

日々樹と星馬が父親をなだめ、やがて八郎兵衛が床にへたりこむ。なにか強大な恐怖におびえ、ためこんだ感情を発散せずにいられなかったようだ。

そして彼は、ぽつりぽつりと信じられないことを語りはじめた。

それは長い話だった。行ったり来たりしてまわりくどく、最後まで聞くのに時間がかかったが、総括するとつぎのようになる。

——昨日の真夜中、なぜか月弥が土蔵のそばの松の木までやってきた。眠れなかった八郎兵衛は不思議に思って窓から見ていた。月弥はきょろきょろして、だれかをさがしているようだったが、ふいに松の木の陰から頭巾をつけた怪人物があらわれた。

顔をすべて隠す黒い頭巾――。歌舞伎などで役者を助ける黒衣《くろご》がつけているものだ。その頭巾と女物の黒い着物を着た謎の人物が、手に石を持ち、突然うしろから月弥の頭を殴りつけた。月弥は地面にがくっと膝をつき、すかさず怪人物は紐で首をしめる。助けを求めるひまもなく月弥は動かなくなった。

殺人者は月弥の両足を持つと、松の木の陰に引っぱりこむ。そうすると土蔵の窓からは角度の関係でどうしても見えなくなるのだった。

消えてしまった。あとには夜の闇がひろがるばかり。まさかいまのは夢だったのか？混乱した八郎兵衛が目をこすっていると、窓の外に不気味な影があらわれる。

それはあの黒い頭巾の殺人者だった。異常な恐怖におそわれた。――殺しに来た。自分はこの土蔵から出られない。いまから月弥と同じように俺も殺されるのだ。

恐怖の限界で八郎兵衛は気を失い、そしていまさっき目を覚ました。どういうわけか殺されなかったことを訝《いぶか》しみつつ、布団をかぶってふるえていたというわけだった。

「そう……。そういうことだったのね」

話を聞き終わった夜梨子がつぶやき、ふいに身をひるがえして歩きはじめた。

「夜梨子奥さま？　どこへ？」

光彦がたずねても夜梨子はふりかえらず、その足どりは確信的だった。これはなにかあると思ったのか、光彦が追いかける。ただならぬものを感じて美雪もついていった。

夜梨子とそれを追う光彦は足早に屋敷へ入っていき、やがて美雪は首をかしげる。夜梨子がむかっているのは、どう見てもわたしの部屋だ。なんの用だろう？

案の定、夜梨子は美雪の部屋へ足を踏み入れた。朝、悲鳴に驚いてあわただしく飛び出したから、布団が出しっぱなしだ。そんな部屋のたんすや鏡台の引き出しを夜梨子は勝手にあけていく。美雪の前で手当たりしだいに物色しはじめた。

「なにをなさるんですか、夜梨子さま。やめてください」

「おだまり！」

一喝して、夜梨子が呪詛《じゅそ》めいた言葉をつづける。

「やっぱりあなたが殺したんでしょう。あの頭巾の女の話……。わたしじゃないなら、あなたしかいないじゃないの！」

そういう理由だったのかと美雪は思った。つまり夜梨子は証拠となる黒い頭巾をさがしているらしい。でもさすがに無意味だ。自分はそんなもの見たこともない。あるいは月弥を殺したのはじつは夜梨子で、ごまかすための芝居をしているのか？

「いやいや、夜梨子奥さま。ここはひとつ冷静に」

あきれて見ていた光彦が、われに返って止めようとした。ところが押し入れのなかをさがしていた夜梨子が唐突に声を張りあげる。

「あったわ！　やっぱりあった！」

光彦が驚愕で目を見はり、美雪も絶句した。

夜梨子が高く突きあげたその手には、たしかに黒い頭巾がにぎられていたからだ。

でもなにがどうなっているのだ？　突拍子もない展開に頭がついていかない。

まだあるのだろうとばかりに夜梨子は押し入れのなかのものを片っ端から引っぱり出していく。呆然とする美雪と光彦の前で、なんと今度はぐしゃぐしゃに丸められた黒い着物が出てきた。女物の着物だ。しかしそれもまた美雪が見たこともない代物だった。

「着物まで！　もう言い逃れはできませんね！」

鬼の首を取ったかのように夜梨子が唇の両端をつりあげる。手足の長い彼女はいま、獲物を喰《く》らう女郎蜘蛛《じょろうぐも》のようだ。いまにも捕食されそうで、美雪は頭がくらくらする。

やがて遠くから近づいてくる車の音が聞こえた。おそらくは正義感に燃える警察官を何人も乗せているであろう車が。

桜小路光彦の見通し

「まったく、なんてざまだ……」

桜小路光彦は洗面所の鏡を見ながらひとりごちた。

鏡に映る青年の顔は青白く冷ややかで、その手はかたかたと微弱にふるえている。彼の姿はこういいたげだ。やっぱりいまのおまえには荷が重かったんじゃないのか、と。

外は夜。もうすぐ午後八時になる。

さきほど食堂で海堂家の家族と沈鬱な夕食をすませ、今日起きたことの当面の見解を述べて、多少の安心めいたものを提供したあと、なんだかいたたまれなくなって顔を洗いに来たのだった。本当は探偵なんて柄じゃないんだと思いながら。

「しばらくは通夜も出せないだろうな……」

光彦は痛ましく思い出す。

今朝の海堂月弥の一件が発覚したあと、まもなく到着した警察は現場を調べ、遺体を病院へ運んだ。嘱託医に調べてもらうためだ。

解剖の結果は正式には知らされていないが、途中から合流した海堂家のかかりつけ医である壇上医師によると、後頭部を石で強打されてからの絞殺ということで、ほぼまちがいないだろうという話だった。凶器はまだ見つかっていない。

八郎兵衛が目撃したという黒い頭巾の女は正体不明だ。一応その頭巾と女物の着物は美雪の部屋から見つかってはいる。だがそれで彼女が犯人だと考えるほど警察も単純ではない。

当然だろう。だれがそんな命取りになる証拠を自分の部屋に置いておくというのか？

もちろん光彦も美雪が犯人だとは思っていない。見えすいた罠だ。殺人者は月弥を殺したあと、就寝中の美雪の部屋に忍びこみ、身につけていたものを押し入れに仕込んだのだろう。あそこは和室だから襖を開くだけで入れる。それこそ夜梨子あたりでも簡単に実行できるのだが——息子を殺されて悲嘆のきわみにある彼女には動機がなかった。

証拠物件ということで、頭巾や着物などは警察に押収された。見立てに使われた道具もだ。おそらく指紋は出ないものと思われるが、意外な痕跡がのこっているかもしれない。たとえば髪の毛の一本でもまぎれこんでいれば手がかりになるだろう。

また、日々樹が確認したところ、たらい舟に入っていた大量の硬貨は光彦の予想どおり、別えびす神社の賽銭だったそうだ。

神主によると夜のうちに賽銭箱が破壊されていたらしい。彼は神社の住みこみではないから気づかなかった。賽銭箱は斧《おの》でこわされたようだという話だった。

そしてそれらの情報からは推察できることがある。

「つまるところ八郎兵衛さんは利用されたんだ。犯人のねらいは……」

光彦がひとりごちたそのとき、ふいにうしろに星馬が立ったのが鏡に映った。

「ちょっといいか、桜小路さん。伝言がある」

「伝言？　どなたからです？」

「お母さんから。九時になったら花鳥図の屏風がある部屋に来てほしいとのことだ」

「ははあ、初日に案内されたあの部屋か……。わかりました。行きます」

「よろしく頼む」

星馬が片足を引きずって遠ざかり、ふと思いなおしたようにふりかえった。しばらく逡巡《しゅんじゅん》して、なにかにつき動かされるように口をひらく。

「月弥兄さんは……もちろん欠点もあったが、それ以上の美点が多々あった。掛け値なしに愛すべき男だったよ。俺はひそかに尊敬していたんだ。だからこそ兄さんにあんな真似をしたやつを許せない。なんとしても捕まえてくれ、桜小路さん」

星馬はあまり感情を表に出さない冷静な男である。だがいま彼は光彦に「お願いします！」と頭をさげて懇願した。傑物と名高い彼らも、性根はやっぱり僕たちと変わらないのだなと思い、その兄弟愛に光彦は胸が熱くなる。

「ええ、心して取り組みます」

気づけば本気でそうこたえていた。

月弥と別れてひとりになると、光彦は屋敷内を歩きまわりながら思索にふけった。

やがて九時前に、はたとわれに返って、あわてて指定された場所へむかう。

この時間になると海堂の屋敷はひどく静かだ。使用人の由蔵とお鈴さんは帰宅しているし、日々樹と星馬もそれぞれ寝室のある洋館に移動ずみである。八郎兵衛は例によって土蔵だから、母屋である日本家屋には美雪と夜梨子しかいないのだった。

聞かれたらまずい話をするのにはうってつけだな、と思いながら光彦は襖をあける。

花鳥図の屏風のある座敷には夜梨子が正座して待っていた。彼女のとなりには手紙だろうか？　なにやら折りたたまれた白い紙が置いてある。

「お待たせしました、夜梨子奥さま。僕になんのご用でしょう？」

「先日の依頼についてです。まずはおすわりになってください」

「はあ、そうですね」

光彦は夜梨子の前に正座したが、なかなか話ははじまらなかった。張りつめた空気のなかで、これはやはり例の件だろうな、と光彦は心の準備をする。

「桜小路さん、まずはあなたに、あやまらなくてはいけません」

やがて夜梨子が予想外の言葉を口にした。

「あやまる？　なんのことです？」

「あなたにうそをついたことです。ひとつこれを見てくださいますか」

夜梨子は折りたたまれた白い紙に手をそえて、光彦のほうへ押しやった。光彦は紙をひろげて視線を落とし、「これは！」と声をあげる。

紙の一行目には「遺言」と書かれていた。参考のために見せてもらった、海堂右近の荒々しい独特の筆跡である。光彦は声に出して読んでみる。

「『海堂家の有する土地と建物、預貯金および株式の権利は、長男の八郎兵衛に相続させるものとする』……。なるほど、なるほどねえ！　そう来る気もしていました」

ただし八郎兵衛には意思能力が欠けているため、その財産の運用は夜梨子、日々樹、月弥、星馬の四人が相談して共同でおこなうこと――と、だいたいそんな内容が書かれた遺言書に光彦は苦い気分で目を通す。

真にうけたりはしなかった。なぜなら本物には押されていた右近の実印が、ここには影も形もない。よく見ると紙の質感も妙に新しい。

そう、つまりこれは偽物なのだ。夜梨子が偽造させていた理想の遺言書なのだろう。

「桜小路さん、それがあなたに依頼した『もう一通の遺言書』です。といっても、まだ完成してはいませんけれどね。仕上げの途中で取りよせました。とてもそんな状況ではなくなってしまいましたから」

沈んだ声で夜梨子がいい、やはりそうだったかと光彦は得心する。

じつは昨日、別えびす神社に行ったときから、その可能性は頭にあった。あの神社は実際にはなにもない名ばかりの場所で、夜梨子も実情を知っていた。にもかかわらず、あえて行かせたのはなぜかと考えているうちに思いいたったのだ。

夜梨子はもう一通の遺言書――つまり自分がつくった偽物を「隠されていた本当の遺言書」として光彦が神社から見つけたという筋書きにしたいのではないか？　そのための下見に行かせたのではないか、と。

もしもその考えが当たっていたら、文書偽造の罪はもとより、亡き家族の思いをふみにじる邪悪のきわみだろう。どうやって夜梨子を翻意させればいい？　まともに話しても契約を打ち切られて、ほかの者に出番がまわるだけだ。強攻策に出てもいいが、できれば穏便に取りさげてほしい。うまく説得する方法はないかと考えているうちに没頭しすぎて周囲が見えなくなり、時間が経《た》ってしまった。そこに今朝の月弥の一件があって失念していたのだった。

「結局のところ、あなたは僕に『物語』を考えてほしかった……。ちがいますか？」

光彦の指摘に夜梨子は大きく目を見ひらき、

「まさにおっしゃるとおりですよ、桜小路さん」

そういって魂を吐き出すような長いため息をついた。

「もともと右近の、あんな異常な遺言書を認めるつもりなどなかったのです。腕のいい業者に依頼して、右近そっくりの筆跡で書かれた偽物を捏造《ねつぞう》するつもりでした。ただ、それをあとから本物として提示するのは、とてつもなく困難な仕事です。だからこそ探偵であり、民俗学者であり、さらには小説家でもある桜小路さんに依頼したのです」

「まあ……学者としては認められてませんが、小説の評判は上々ですからね」

光彦は苦い顔で言葉をついだ。

「だから僕をわざわざ東京から呼んだわけですか」

「そんな条件をかねそなえた人材、ほかにいませんから。いい知恵を授けてほしかったのです。さきほどのあなたの言葉を借りるなら物語を考えてほしかった……。海堂家と別えびす神社の関係にからめて、隠されていた本物の遺言書を発見するという、劇的でそれらしい物語を」

夜梨子の本音を聞いた光彦は無言でかぶりをふった。たしかにいまの世のなかには、そういった汚れ仕事を引きうける、裏の便利屋のような探偵も多いのだ。

夜梨子は「なんらかの理由で海堂右近が神社に隠していた本物の遺言書を光彦が見つけた」ことにしたかった。光彦は民俗学者で小説家だから、はったりのきいた理由を創作できるし、話の細部の肉づけも得意だ。そういう作風なのである。それによって皆を誘導して、前の遺言書を無効にする方向へ持っていきたかったのだろう。

いまとなってはすべて無意味だが。

作成中だった偽の遺言書はこうして業者から引きあげられ、いま目の前にある。夜梨子のなかで、この計画を断念せざるをえない心境の変化があったからだ。

「月弥を殺したのは屋敷のだれかです。美雪さんかもしれないし、日々樹かもしれないし、星馬かもしれない……。いずれにしても、もはや遺言書をでっちあげているような状況ではなくなったのです。桜小路さんには早急に殺人者を捕まえていただきたい」

「不正な依頼はとりやめて、新しい依頼をしたい。今後は月弥さんを殺《あや》めた犯人の特定に全力で取り組めということですね？」

「ええ……。わたしのことを恥知らずだとお思いでしょうが、おっしゃるとおりです。なんとしても捕まえていただきたいのです」

「なるほど」

光彦は静かにいった。

「わかりました。そういうことならお引きうけしましょう。遺言書の捏造に手を貸すのは、いくら大金をつまれてもごめんですが、間近で起きた殺人事件から逃げるのは探偵の沽券《こけん》にかかわる。僕自身が許せないんです。だからやりますよ。それに星馬さんにも頼まれましたからね。絶対に捕まえてくれって」

「あの子はやさしい子ですから」

「ひとは見かけによりません……って、ああ、すみません！　つい失礼なことを。ともかく事件は引きうけましたから」

光彦が若干しどろもどろでうけおうと、夜梨子はあくまでも礼儀正しく、

「本当にありがとうございます、桜小路さん。月弥のとむらいのためにも必ず犯人を見つけてください。どうかこのとおり、よろしくお願いいたします」

そういって畳に手をつき、星馬のように神妙に頭をさげたのだった。

もうひとりの探偵

「やっぱり、そう簡単には見つからないか……」

その日の朝八時すぎ。不知火美雪は屋敷の敷地をきょろきょろ見まわしながら歩いていた。どこかに殺人者の痕跡がのこっていないか確認しているのだが、成果はない。

海堂月弥の殺害が発覚した翌日のことである。

昨日は身におぼえのない頭巾や着物が部屋から出てきて仰天したが、美雪が犯人ならこんな場所に隠すはずがないと光彦が主張してくれたおかげで、逆上していた夜梨子も頭が冷えたようだ。しぶしぶ同意して一応ことなきをえた。駆けつけた警官たちにも容疑者あつかいはされなかった。

しかし、もちろん安心はできない。殺人者は正体不明でいまも野放しだ。そしてそれは十中八九、同じ屋敷で暮らす住人なのである。

それにしても――動機はなんなのだろう？

遺産のために結婚の競争相手を殺害したのか？

これが通常の殺人なら美雪はそう考える。犯人は日々樹か星馬のどちらかであり、どちらであっても、美雪をめぐって引き起こされた悲劇で深く悩み苦しむところだ。

しかし見立ての問題がある。

結婚の邪魔者を排除するだけなら、わざわざ死体を別えびすに見立てる必要はない。彼らにはあんなふうに月弥の死体をおとしめる趣味も理由も存在しなかった。光彦もいっていたが、やはりあれは恨みによるものだろう。だとしたら犯人はだれなのか？

正直いまは見当もつかない。しかし遺言書の公開以来、美雪は過酷な仕事からは解放されている。空いた時間で少しでも真相の究明に貢献できるといいのだが。

「あ」

そのとき、ふと屋敷の玄関から光彦が出てくるのが目に入った。ちょうどいい。探偵である彼の見解も聞いてみようと思い、美雪は近づいていく。

遠くから見る光彦は接しているときとは別人のようだ。どこかひとを拒絶するような暗く冷たい雰囲気をただよわせていたが、

「おはようございます、光彦さん」

「やあ、きみ！　おはようございます！」

口をひらくと、そんなふうに人懐こい好青年の印象になる。その急変に美雪は面くらい、いつものくせで機械じかけのように無表情でお辞儀をした。

「昨日はありがとうございました」

「いえいえ、探偵として当然のことです。ああそうだ！　美雪さんにちょっとお聞きし

たいんですがね。三ケ日町《みっかびちょう》には、どう行くのが一番早いですか」

「三ケ日町？　バスならすぐ着きますけど、お出かけですか？」

「うん、そう。いまからね。探偵のところに調査の依頼に行くんです」

美雪はつい真顔で「は？」と口をあける。

「探偵って……ご自分が探偵じゃないですか」

「もちろんそうです」

「探偵なのに、ほかの探偵に事件を依頼するんですか？」

「この事件、僕の手には余りますから！」

光彦がいい笑顔で情けないことをいった。美雪が真顔であきれていると、彼は両手で腹部を押さえながら顔を上にむけて、あははっと笑う。

「いやあ失敬！　冗談です。あまり笑えなかったみたいですけどね。もちろん僕だけでも解決はできます。でも解決をいそぐなら協力者がいたほうが効率がいい。これは単純な数の論理です。じつは前に一度いっしょに仕事をしたことのある探偵がいましてね。とても優秀な男なんです。近くに来たときは声をかけてくれといわれていたのを思い出したので、この際、手伝ってもらおうかと」

「なるほど、そういうことだったんですか」

それなら美雪も納得だ。きっと光彦には同業の知人があちこちにいるのだろう。

「腕利きで誠実で実績もある。どうして夜梨子奥さまは彼ではなく、わざわざ東京から僕を呼んだのかと最初は疑問に思ってたくらいでね。まあ僕はいろんな分野に手を出して名前だけがひとり歩きしてるからなあ」

光彦がやや複雑そうに苦笑した。

「よかったらご案内しましょうか、三ヶ日町」

美雪はそう提案したあと「あ、いえ」と口ごもり、一瞬考えて決意をかためる。

「わたしもつれていってくれませんか？　仕事の邪魔になるならやめますが、じっとしていられないんです。月弥さんのためにも、どうしてもなにかしたくて……」

本当は、ほかにも考えるべきことはある。

もちろんそれは遺言書による結婚問題だ。現状、日々樹か星馬のどちらかを伴侶に選ばなくてはならない。

この件を考えるときの美雪は彼らのどちらも殺人犯ではないと仮定している。彼らだって美雪が犯人だとは思っていないはずだ。

一応、だれとも結婚しないという決断も可能ではある。

しかしその選択をすればお金だけではなく、土地も建物も株式も事業の権利もすべて外部に寄付されて、海堂家はたちまち没落するだろう。美雪も彼らと一蓮托生《いちれんたくしょう》だから、自殺行為に近い。さすがにそれはありえなかった。極論すれば自分の感情を殺してでも、どちらかと結ばれる必要がある。そんなことはわかっているのだ。

この結婚には大勢の命運が託されていて、じつは美雪だけのものではない。すばらしい男性が相手の喜ばしき、そして呪わしき重圧の結婚なのである。

だが、まだどうしても踏ん切りがつかない。理性では早く相手を選ぶべきだとわかっているのに心身の実感がついていきてくれず――。

申しわけないが、いまは少しだけ目先を変えさせてもらおう。

月弥が殺された件で胸にわだかまる負の感情。つまりは奇怪な殺人事件に、まずは決着をつけたかった。むろん警察が早期に解決してくれるのが望ましいが、せっかく探偵が近くにいるのだ。手を貸すのも悪くない。ひとりで動くより協力者がいたほうが効率もいいだろう。さっきの光彦の言葉を借りるなら数の論理である。

「ははあ、そういうことですか」

光彦は数回まばたきしてから拍子ぬけするくらいあっさりと「じゃあお言葉に甘えて案内をお願いします」といった。そして僕についてこいとばかりに門を出て歩き出す。

「そうと決まればいそぎましょう、美雪さん！」

「あの、光彦さん。バス停は反対方向です」

「おっと」

じつはそんな気もしていました、などと光彦がいうので、これは案内しないと迷子になりそうだと思った美雪は「こちらです」といって足早に先導する。

バス乗り場には、ちょうどバスが停車していた。これさいわいと乗車して席につき、手動のドアが派手な音を立てて閉まると、のろのろとバスが走り出す。

「探偵、灰谷《はいたに》」

やがて光彦がいった。

「灰谷工介《こうすけ》という男でね。表の顔は便利屋なんですが、並行してやってる探偵業のほうがずいぶん前から活況で、便利屋は名ばかりの状態だと聞いてます。といっても探偵と便利屋が、どうちがうのかといわれたら、むずかしいところですけどね」

そういって笑う光彦のとなりの席で、美雪はまるでべつのことを考えていた。灰谷という苗字から想像力を刺激されたのだ。

ねずみ色の灰の印象。そして桜小路光彦の桜の花の印象。桜と灰というのはなんだか象徴的ではないか。

「……花咲かじいさん」

いつのまにか美雪はぽつりとこぼしていた。

「ああ、桜と灰だから？」

となりの光彦が即座にいたずらっぽい視線をむけてくるので、美雪は驚く。

「すごい。察しがいいですね。さすが探偵です」

「やあ、探偵はあまり関係ないかと」

「なんとなく苗字から連想したんです。すみません。思ったことがうっかり口から出てしまって」

「いえいえ、おもしろい発想だと思いますよ、花咲かじいさん。そうですねえ。桜と灰なら僕は桜島《さくらじま》を連想します。灰の降る町、鹿児島県《かごしまけん》。桜島の噴火というのは、それはそれは大変なものなんだそうですよ。静岡県はその点、よかったですね」

「なにがですか？」

「富士山《ふじさん》。あれは噴火しませんから」

「なるほど」

「日本の誇る霊峰富士。高さ日本一の山。しかも噴火の心配もない。ああ、なんていい山なのだろう。住人としても鼻高々でしょうね？」

　そんな見方もあるのかと美雪は内心新鮮に感じた。でも彼は少々わかっていない。

「光彦さん、決めつけは禁物です。下手すると命にもかかわります」

「え、なんですって？」

「たしかに静岡県民としては同意しますけど、山梨《やまなし》のかたは富士山を山梨県のものだと思ってますから。うかつな主張は争いのもとです。むしろそちらのほうが大噴火です」

「ははあ、美雪さんって意外とお茶目なかただったんですね」

「お茶目じゃないです。事実をいってるだけです」

「またまた」

そんな話をしながらバスに揺られているうちに三ヶ日町に着いた。車から降りて光彦の持参した地図と照らし合わせながら、雑然とした町を進む。

たすきがけの主婦が乳母車の前で赤子をあやし、荷物をかついだ行商人が通りすぎ、水鉄砲をもって駆けまわる少年たちの姿があった。質屋や甘味処なども目につき、住人はそれなりに多いと思われる。かつて三ヶ日町には本陣があったためだろうか。

本陣というのは江戸時代に身分の高い人間が宿泊した公認の旅宿だが、もちろんいまは影も形もない。それでもなにかしら今日《こんにち》にも影響があるのかもしれない。

ややあって灰谷の便利屋事務所にたどりつくと、光彦が頓狂な声をあげた。

「ええっ？　そんな」

美雪もまったく同じ心境だった。というのも便利屋の表記はどこにもなく、木の板で入口がふさいであったからだ。貼り紙には「廃業しました」と簡潔に書かれている。

「ということは……。え？　どういうことだ？　なにがあったんだろう」

光彦はうつむいて考えこんでしまった。二宮金次郎《にのみやきんじろう》の銅像にでもなったかのようだ。

彼が微動だにしないので少しそっとしておいてあげようと思い、美雪は建物のまわりを見てまわる。わりあい大きな建物だった。うしろにまわると裏口があって、使われた形跡が見てとれる。いまも民家として、だれかが住んでいるらしい。

　ふいに裏口がひらいて六十歳くらいの婦人が出てきた。いや、白髪が多いからそう見えるだけで実際はもっと若いのかも知れない。

「おやまあ、うちになにかご用ですかね？」

　白髪の多い婦人が美雪に声をかけてきた。

「はい！　ええと……灰谷工介さんに会いに来たんです。便利屋さんはもうやっていないみたいですけど、いまはどちらに？」

「息子なら他界しました」

「えっ？」

「だからもう便利屋は、やりたくてもやれないんです。あたしはここで息子と暮らしてたんですが、仕事のほうは、すっかりまかせきりだったもので」

　白髪の婦人は灰谷工介の母親だったらしい。美雪はあわてて頭をさげる。

「すみません、亡くなっていたなんて知らなくて」

「いいんですよ。それにもう一年近く前のことですから」

　灰谷の母と美雪が話していると、やがて建物の正面にいた光彦もやってきた。

「はじめまして。僕は桜小路光彦という者です。すみませんが、いまの話……灰谷工介さんは亡くなられたんですか？」

「ええ、去年の四月です。あたしは殺されたんじゃないかと思ってますけどね」

突然ぎくりとするようなことを彼女が口にして、美雪と光彦をたじろがせる。

「殺された？」

「まあまあ、こんなところで話すことでもありませんし、せっかく来てくれたんです。息子に線香の一本でもあげていってください」

灰谷の母親は裏口へむかい、美雪たちに「どうぞ」と手招きする。

迷ったが、ここはやはりお邪魔するべきだろう。美雪と光彦は顔を見合わせ、灰谷の家へ神妙に足を踏み入れた。仏間に通されて、まずは仏壇に線香をあげる。

遺影のなかの灰谷工介は、ぼさぼさ頭で柔和そうな顔立ちの男だった。まだ若く、せいぜい三十代だろう。仏壇に手を合わせているあいだも美雪の頭からは、さっきの言葉がはなれなかった。殺されたと思っているとはどういうことだろうか？

美雪と光彦は四畳半の茶の間に移動すると、灰谷の母と正座してむかいあった。

「それで、おふたりは工介とはどういったご関係なんでしょう」

「僕は東京から来た、灰谷さんと同じく探偵業にたずさわる者です。彼女は……」

光彦がちらりと美雪を見た。

「探偵の助手です」

美雪がそういうと、光彦がうなずいて話を引き取る。

「そんなところです。じつは現在ある事件を調べてるんですが、これが非常に難物でしてね。敏腕で知られる灰谷さんの力も借りたいと思って今日は来ました。というのも僕は前に一度、灰谷さんと組んで仕事したことがあるんです。ここに来たのは今日がはじめてですけどね。桜小路光彦という名前を彼から聞いたことはないですか？」

光彦の問いに灰谷の母は力なくかぶりをふった。

「すみませんねえ」

「そうですか」

「あたしは旦那が病死して以来、ずっと息子に頼りっぱなしで……。当時は神経がやられていたんです。気がふさいで寝たきりだったところを工介がいっしょに暮らそうといってくれました。それで思いきって引っ越してきたんです。ここは事務所と住居をかねてるんですよ。仕事には口を出さないでほしいといわれていたので、そちらはなにもわかりません。依頼の内容も同業者のことも、いっさいなんにも」

「そうでしたか。彼は母親思いの心やさしい男だったのですね。本当にお悔やみを申しあげます」

光彦が睫毛を伏せていった。

つらいなと美雪は思う。大切な息子を失った灰谷の母はもちろん、光彦もだ。頼れる助《すけ》っ人《と》を呼びに来たにもかかわらず、予想もしない悲しみに直面した。いまの世のなかにはこんな出来事ばかりがあふれている気がする。

「ところで、さきほど気になることをおっしゃってましたが、彼はどうして亡くなったんでしょう？　さしつかえなかったら聞かせていただけませんか」

「溺死です」

灰谷の母の言葉に光彦が目をみはる。

「溺死？　溺れたのですか」

「ええ、一年ほど前のことです。工介は仕事のあと、屋台でお酒を呑んで酔っぱらいました。それで帰り道に前後不覚で足をすべらせて、土手から川に落ちたんだそうです」

「川といいますと……」

「そこの湖につながる宇利山川《うりやまがわ》です。春にしてはやけに肌寒い夜でしたよ。その冷たい水で心臓発作を起こして溺れたのだろうと警察のかたはいっておりました。屋台の親父《おやじ》さんの話ですと、工介は仲間と楽しそうに呑んでいたそうで、とくに不審な点はなかったとのことです」

「ふむ。となると……帰り道でなにかあったんでしょうか？」

「いやあ、じつはそれもよくわからないんです。さびしい夜道で、工介が溺れるのを見たひとがだれもいなくて。まあ見ていたら助けたでしょうからね。屋台のひとたちの話から、酔って土手から滑落したことになっただけですよ」

「なるほど」

「あの子は昔から泳ぎは全然だめでした。酔っていたら、なおのことでしょう……」

灰谷の母が深いため息をつき、茶の間に重々しい沈黙が立ちこめる。

でも、と彼女がふいに顔をあげた。

「前後不覚になるなんて、あの子らしくない。たしかにお酒は呑みますけど、いままで一度もそんなことはなかったんです。あくまでも、たしなむ程度でした」

「はい」

光彦がうなずいたが、その声には勢いが欠けていた。

理由はなんとなく美雪にもわかる。たしかにいままでの灰谷工介はそうだったのだろうが、今回はじめて呑みすぎたのかもしれない。屋台で仲間と盛りあがりすぎたのかもしれない。むろん母親がそう主張したくなる気持ちは、よくわかるのだが。

「……殺されると本人がいってました」

「え？」

灰谷の母がだしぬけに口にした言葉に、美雪と光彦はぎょっとする。

「いま取り組んでる仕事が厄介で、むこうも必死だから、もしかすると殺されるかもしれないと……生前そういってたんですよ。あの子もうっかり口にしてしまったようで、その後は冗談だと笑ってごまかしてましたけどね。母親のあたしにはわかりました。これは本音だ。途方もなく危ない仕事なんだって」

「そんな状況だったんですか」

光彦が驚きの表情でいった。

「ええ、だからあたしは何度もいったんです。無理な仕事なら断ってほしい。命あっての物種だからって。でもあの子は聞かなかった。俺は大丈夫だから心配するな。うまくいけば大金が手に入るから、もっといい家に移ろうなんていって」

死んでしまったらなんにもならないのにねえ、と灰谷の母が肩を落とす。

痛ましい話だ。なぐさめの言葉に迷ったらしく、光彦がしきりに頰や鼻をかいている。

胸のふさがる思いで美雪は口をひらいた。

「いったいどんな事件だったんでしょう。殺されるかもしれないと予感するだなんて」

「それがねえ、くわしい話は聞けずじまいだったんです。たずねても教えてくれませんでした。工介は心根のやさしい子です。危険なことはあたしに知らせないようにしていたんだと、いまならわかります」

灰谷の母がわずかな間を置いた。

「ただ……部屋のくずかごに入っていた書きつけなどを見る限り、女のひとについて調べていたようです。どうも工介はそのひとの過去を探っていたみたいで……。仙波《せんば》晶子《あきこ》という女性です」

「仙波晶子」

　美雪は口に出してみたが、まったく心当たりのない名前だった。

「どんなかたなんですか？」

「恥ずかしながら、よくわかりません。あちこち出かけて、あたしなりに聞きまわってはみたんですけどね。なにぶん素人なもので、どう調べたらいいのか……」

　ふいに灰谷の母が「そうだ！」とつぶやいた。そしてなにか心を決めたように光彦に顔をむける。

「桜小路さん、あなたは生前の工介とごいっしょしたこともある探偵さんなんですよね？　だったら——大変ぶしつけですが、調べてもらうわけにはいきませんか」

「え？　といいますと」

「工介の本当の死因です。あの子が最後にどんな事件にかかわっていたのか、どこのだれの依頼だったのか、どうしても知りたくて」

　むう、と光彦がうなり声をあげた。灰谷の母が熱意をこめてつづける。

「事故死でかたがついたといって警察はそれっきりです。でも、あたしにはわかるんですよ。事故死じゃありません！　工介は仙波晶子というひとを調べるうちに、知ってはいけないことを知ってしまったんです。だから事故に見せかけて殺されたんですよ」

「はあ」

困り顔の光彦が「ちなみに、なにか具体的な証拠みたいなものは？」といった。

「ありません。母親の勘です」

灰谷の母にきっぱりと断言されて、光彦がますます弱った顔になる。

困っているひとを突きはなせない性格なのだろうなと美雪は思った。やがて両手で頭をかかえて悩みはじめる光彦を前に、灰谷の母は「あっ、ちょっと待っててください。工介の持ちものが……。ひとつだけのこってるものがあります！」といって茶の間を出ていく。家の奥で、ものをひっくり返すような音がつづき、小走りにもどってきた。

「この女のひとです。ごらんになってください」

灰谷の母が勢いよく写真を差し出し、とまどい気味に光彦がうけとった。美雪もなにげなくそれを見て、刹那、どきっと胸が鳴る。

なんだ？　どういうわけだ？

写真には二十代後半くらいの女性が写っていた。顔写真だ。目もとがすっきりしていて彫りの深い、神秘的な雰囲気の美人である。もちろん美雪は会ったこともない。

だが見おぼえがあった。

「このひと、知ってる……！」

美雪がそう口走ったのは、同様の顔写真を拾ったことがあったからだ。

あれはたしか去年の二月下旬くらいだ。屋敷の敷地に写真が一枚落ちていて、いま見ているのと同じ女性——仙波晶子が写っていた。印象的な顔だから、よくおぼえている。距離や角度は多少ちがうが、被写体はまちがいなく同一人物だ。あのときは深く考えずに屋敷のだれかの落としものだと思って、夜梨子にその写真を渡したのだが。

灰谷工介の件は、じつは海堂家とも関係があったのか？ 予想もしない展開に美雪は混乱する。

「ご存じなんですね！ ああ、どれだけこの日を待ち望んだか……。きっとあの子が導いてくれたんでしょう。こうなれば、なおさらです。工介がそのひとのなにを探っていたのか調べてくださいませんか？ このとおり、どうかお願いします！」

灰谷の母が畳に両手をついて深々と頭をさげる。

「ち、ちょっとちょっと！ そんなことされましても！」

美雪と光彦はあわてて止めるが、灰谷の母は頑として顔をあげなかった。

外部からの殺人者

「やあ、こんなことになるなんてねえ。まさに吉と出るか凶と出るか。ものごとは予定どおりに進まないものです」

光彦がそういって吐息をつき、美雪は「大吉はなかなか出ないですよね」と応じた。

ふたりは海堂家の廊下を夜梨子の部屋にむかっている。さきほど三ヶ日町から帰ってきたところだった。

目当てだった腕利きの探偵、灰谷工介はすでに亡くなり、それどころか彼の母親からの新しい依頼を光彦は結局引きうけていたが、流されたわけではない。賭けに出たのだろうと美雪は考えている。吉と出るか凶と出るか。うまくいった場合は月弥殺害の有力な手がかりを見つけられるかもしれないということだ。

灰谷が調べていた女性、仙波晶子と海堂家に関係があった場合は、こんな可能性も考える必要が出てくる。——やったのは屋敷の人間ではなく外部犯かもしれない。

実際、仙波晶子を調べていた探偵の灰谷は死んでいる。事故死かもしれないが、彼の母親は殺されたのだと信じていた。そういう勘はなおざりにできない。もしかすると、灰谷を殺した者が月弥殺害にもかかわっているのではないか？

見立て殺人だから屋敷の者が犯人だと決めつけるのは、よく考えると短絡的だ。美雪は海堂家の別えびすの伝承を知らなかったが、ほかの者たちは全員把握していた。だったらそんなふうに外の人間に伝承を教えればいい。見立て自体はだれにでもできるし、それによって屋敷の住人の犯行だと思わせることができるではないか。

だいたい、いくら遺言の内容が異常でも、家族を自分の手で殺めるのは無理がある。外部の者に依頼したと考えるほうが、まだ人間の心理として納得がいった。

美雪がそんなことを考えているうちに夜梨子の部屋の前に着く。

「夜梨子奥さま、いまよろしいですか。少しうかがいたいことがありまして」

光彦が障子の前でそうたずねると、すぐに声が返ってきた。

「どうぞお入りください」

障子をあけ、さらにそのさきに進んで襖をひらくと、花鳥図の屛風が飾られた夜梨子の座敷だ。彼女はそこで花を活《い》けていた。美雪と光彦は彼女とむかいあって正座する。

「それで、わたしになんのご用でしょう」

「仙波晶子という女性をご存じですか？」

光彦がいきなり核心を切り出した。わざとだ、と美雪はひそかに驚く。心の準備をしていないところに突然名前を出して、反応を見るつもりだろう。

はたして夜梨子は顔の筋肉をいっさい動かさなかった。まったくの無反応だ。

やがて首をわずかにかしげて、はて、と口を動かす。

「いったいどなたでしょう。聞いたことのない名前ですけれど」

本当に知らないのか、とぼけているのか、美雪にも判断がつかなかった。光彦はいわずもがなだろう。彼は灰谷の母親から借りてきた写真を取り出して、

「このかたです。見おぼえありませんか？」

そういって畳の上に置く。夜梨子が写真を手に取ってまじまじと眺めた。

「さあ……どうでしょうねえ。どこかで見かけたような気もしますし、見ていない気もしますし、なにぶんわたしは、ひとの顔をおぼえるのが苦手なもので」

美雪が観察する限りだと、夜梨子の表情は自然なままだった。だが名前はともかく、仙波晶子の顔写真をたしかに夜梨子は以前見ているのである。

「そうですか。じゃあ美雪さん、ちょっと証言をお願いします」

光彦がこちらを見るので美雪は口をひらいた。

「たしか去年の二月下旬です。おぼえてませんか、夜梨子さま。屋敷の敷地に落ちていた写真をわたしがお渡ししたことがありましたよね？　あれに写っていたのが、この仙波晶子さんなんですけど」

美雪の言葉に、夜梨子がほんの一瞬だけ頰をひくっと動かす。

「そんなことがあったかしら？」

「ありました。わたしははっきりおぼえてます。まちがいありません」

美雪が断言すると、夜梨子は「あらそう」とあっさりうなずいた。

「ではあったのね、そういうことが。さすが几帳面《きちょうめん》な美雪さん。わたしは忘れっぽいから、おぼえていませんでしたよ。渡されたその写真とやらも、どこへ行ったものか。おおかた捨ててしまったのでしょうけどね」

夜梨子はじつに落ちついた声でいい、美雪はそう来たかと思いながら話をつづける。

「敷地に仙波晶子さんの写真が落ちていたのは、まちがいない事実です。だとすると、この家のだれかと彼女にかかわりがあることになります。この仙波晶子さんというかたは、どなたのお知り合いなんですか？」

「さあ、わたしは知りませんよ。見たこともも聞いたこともありません、そんなひと」

「でしたら、この家の全員に訊くことになりますけど……」

「どうぞご自由に、訊けばよろしいんじゃないですか？　わたしが知らないのに、ほかの者が知ってるはずがないとは思いますけどね。だいたいその写真だって敷地に落ちていただけでしょう？　風に飛ばされてきたのかもしれませんよ。猫がくわえてきたのかもしれない。あなたはひとを疑いすぎて、疑心暗鬼になってるんじゃないですか？」

美雪は言葉につまった。夜梨子の発言は白々しいが、まるで通らない理屈というわけでもなく、やはり彼女を問いつめるのは難題だと実感する。

そんな美雪の思いを察したかのように、となりにすわる光彦が口をひらいた。

「なるほど、なるほどねえ！　大変よくわかりました。ありがとうございます」

元気よく礼をいい、光彦が美雪の耳に顔を近づけて小声でささやく。

（いまのところはこれでいいでしょう。つぎに行きましょうか、美雪さん）

（ん……。それもそうですね）

たしかにこの場で夜梨子にこだわるより、皆を幅広く調べたほうが成果がありそうだ。

美雪と光彦はそろって立ちあがると「失礼しました」といって座敷を出る。

廊下を歩きながら光彦が「さて、おつぎはだれにします？　そもそもだれを調べるんでしたたっけ？」と素っ頓狂なことを口にした。

「ええと……」

本気で見当がつかないわけではなく、たぶん考えを照らし合わせたいのだろう。

「夜梨子さまをのぞくと、屋敷にいるのは長男の日々樹さんと三男の星馬さん。それから使用人の由蔵さんとお鈴さん。あとは土蔵に八郎兵衛さんがいます。でも写真はあくまでも敷地に落ちていただけなので、じつは来客のものだという可能性もあるかと」

「ははあ！　美雪さんが写真を拾った日にお客さんがあったんですか？」

「ないです。そういうわけではないのですが、屋敷に頻繁に来るかたがふたりいて、その週もやっぱり来ていたはずです。すみません……正確な日付はおぼえてなくて」

「いいんですよ。でも気になりますね。そのふたりというのは？」

「海堂家のかかりつけ医の壇上医師と、日々樹さんの婚約者の麻里子さんです。たぶんあのおふたりは使用人をのぞけば、一番わたしたち家族に近い存在じゃないかと」

「調べる価値ありですね。じゃあ、まずは屋敷のかたから行きますか」

それから美雪と光彦は、いま挙げた屋敷の住人に会い、仙波晶子についてたずねていった。ひとりくらい知っている者がいるだろうと思っていたが、意外にも皆無だった。

名前はおろか、写真を見せても首をかしげられるだけで、唯一、おっと思わせる反応は使用人の由蔵のこんな言葉だった。

「せんば……。千歯こきなら知っとりますけども」

「農具！」

光彦が目をかっと見ひらいたが、もちろん手がかりにはならなかった。

ともかく屋敷の全員とは話をすませた。のこるは壇上医師と麻里子だけだ。

「うん、まずはここまで。おふたりのところには明日うかがいましょう」

「そうですね。光彦さん、このあとなにか用事が？」

なんだか彼が妙にそわそわしているように見えたのである。

「ちょっとね、過去の新聞記事を調べてみたくなりまして。無駄足かもしれませんが、少しでも仙波晶子さんにつながる情報があったら、もうけものですから」

これでも調べものは得意なんです、といって光彦は足早に近くの図書館へ出かけていった。たぶんひとりのほうが読むのに集中できて、はかどるのだろう。

美雪はこれからどうしようかと迷った末、いつものくせで使用人の仕事をしに行った。とくに命じられてはいないが、体を軽く動かしていると落ちつくのだ。

掃除しているうちに日が暮れて、海堂家の家族の夕食の時間になった。今夜の献立は鯛の塩焼きだそうだ。なじみの業者から届いたものが氷式の冷蔵庫にたくさん入れてあった。海堂家の食事がすんだあと、美雪はいままでと同じように使用人のまかない部屋で、由蔵とお鈴さんとともに質素な夕食をとる。そのほうが気が楽なのである。

食べ終わって自分の部屋へもどると、妙なものが鏡台の上に置かれていた。

美雪に宛てた封筒だ。なかの手紙を取り出し、美雪は小さく声に出して読む。

「『外部から来た人間を面前に、先刻は本当のことを告げられず、申しわけなかった。仙波晶子さんのことなら知っています。あなたには真実を教えてもかまわない。夜九時、ひとりでぼくの館へ来てください。海堂日々樹』……」

手紙を読んだ美雪は衝撃をうけた。

日々樹はその場に光彦がいたから知らないふりをしていただけで、やはり海堂家と仙波晶子にはつながりがあったのだ。どんな関係なのだろう？　外部の人間に教えたくないということは醜聞めいた事情でもあるのか？

いままでは半信半疑だったが、俄然《がぜん》、殺人者の正体が外から来た者に思えてきた。

盗み見る者

海堂家の母屋は巨大な日本家屋で、その四つの角には小さな洋館が併設されている。見た目は一体化しているが、連結部分は一階だけだ。つまりそれぞれの洋館の一階には母屋につながる扉と、外につながる正面扉のふたつの出入口がある。洋館は海堂家の子息たちが、おのおの個別のはなれとして使っていて、寝室もそこの二階にあった。

その一軒、長男の日々樹の洋館の前に、いま美雪はいる。

もうすぐ夜九時だ。だれかに出くわさないようにいったん屋敷の外へ出て、指定どおりひとりで来たが、なかなか踏ん切りがつかない。

「……いや、さすがにそろそろ行かないと」

どのみち引き返しはしないのだから、と自らを鼓舞して正面扉をあけると、床に敷かれた赤絨毯《じゅうたん》のさきの階段の踊り場にだれかがいた。

「よく来てくれた、美雪」

朗々とした声でいったのは、赤絨毯と同様の赤い着物を身につけた日々樹だった。

美雪を出むかえるために待っていたらしい。館の内装と着物の色調は絶妙に合っていて、かつての鹿鳴館《ろくめいかん》というのはこんな雰囲気だったのではないかと美雪に空想させた。

「こんばんは日々樹さん、手紙ありがとうございます。読んでから、ずっと気になってました。部外者の桜小路さんには聞かせられない話みたいですけど、わたしは平気です。心の準備もできているので、教えてください」

「まあ待て。そんなにあせらなくてもいいだろう」

日々樹がギリシャ彫刻のアポロンのような彫りの深い顔に苦い色をにじませた。

「立ち話ですむほど短い話でもない。部屋へ行こう。じつはほかにも聞かせたいことがある。こちらも相応に興味深い話のはずだ」

「そうなんですか？」

「保証しよう」

美雪と日々樹は階段をのぼって二階に行き、廊下のつきあたりの談話室に入った。あたたかな照明がともる重厚な内装の部屋で、奥には猫足のテーブルと椅子がある。

「そこの椅子にかけて楽にしてくれ」

「では失礼します」

美雪がテーブルにつくと日々樹は片手を軽くひろげた。

「さきほど、ほかにも話があるといったが……そうだな。やはり選択権は聞く側の美雪にある。選んでほしい。大事な話と重要な話、どちらから聞きたい？」

「え……。それはどうちがうんですか？」

「言葉の解釈による」

日々樹が真顔でそうこたえるので美雪は困惑する。とはいえ、どのみち両方聞くのだから、ここは順番どおりに行こうと考えた。

「じゃあ大事な話からお願いします」

「了解した。それではまず贈りものを渡そう」

日々樹が棚に置かれていた黒い箱を持ってきて、テーブルの上にことりと置いた。

「これだ。あけてみなさい」

どうしたものかと迷って日々樹の顔を見ると、「早く」といいたげな微笑みを浮かべていた。とりあえず美雪が箱のふたをあけると反射光がきらめく。

「えっ？」

思わず声をあげたのは宝石が入っていたからだ。装飾品にうとい美雪でも、ひと目でわかる美しいダイヤモンドだった。きらきらしていて大きく、美雪の指より幅が広い。チェーンが付属していて、ペンダントとして首にかけられるようになっている。

「結婚には指輪がつきものだからな。最高級のダイヤモンドを用意させてもらったよ。ところがだ。うかつにも、おまえの指には大きすぎることに購入したあとで気がついた。しかたがないから指輪ではなくペンダントにしてもらった」

「こんな高価なもの、もらえません！」

美雪は思わず声を大きくした。

「気にするな。これとはべつに指に合ったものも贈るつもりだ。今夜のところは、いずれ贈られる正式な指輪の予告編だと思ってうけとってほしい。せっかくのダイヤが無駄になってしまう」

「そういう問題じゃ……」

躊躇《ちゅうちょ》せざるをえない。これをもらうのは大ごとだ。日々樹の言葉を借りれば予告編だが、うけとった瞬間に本編への道筋がつくられてしまう。これは正式な求婚の前置きなのだ。さすがは実行力に定評のある日々樹。うっかりしたふうを装いつつ、よく考えていると美雪は思った。

とはいえ、そういう話なら気になっていたことがある。この際だから訊いてみよう。

「その前に、わたしとしてはやっぱり麻里子さんのことが気になるのですが……」

「なるほど。道理だな」

日々樹はうなずくと、テーブルをはさんだ対面の椅子に腰をおろして言葉をつぐ。

「知っているとは思うが、麻里子とは別れた」

「そうですよね。理由をうかがってもかまいませんか？」

「もちろんだ。婚約までしていた以上、そこは気になるだろう。別れたのは彼女がぼくの倫理原則に反したからだ」

「倫理原則？」

「いいかえれば、ゆずれない一線というところか。遺言書が公開されたあと、麻里子はぼくにこういったのだよ。不知火美雪と結婚してほしい。そして財産を相続したら事故を装って殺してしまいましょう。その上でわたしと再婚すればいいからと」

「えっ」

美雪は冷水を浴びせられた気分になる。心胆を寒からしめるとはこのことだ。まさかとは思っていたが、麻里子は本気で美雪の死を望んでいたらしい。

「ぼくは戦争に行った人間だ。この世の地獄をあそこで見た。だから多少の悪行は気にしないが、ひとの命をないがしろにする者だけは許せない。婚約破棄したのはそういうわけだ。けっして復縁する気はないよ」

「そんなことがあったんですね……」

きっと日々樹は戦地で凄絶な体験をしたのだろう。上官にないがしろにあつかわれる兵士たちを目の当たりにして、許せないと激しく憤ったにちがいない。

かかりつけ医の壇上医師は戦場で日々樹に命を救われたそうだが、それは日々樹のかかえた怒りの裏返しのような正義感が発揮された結果だったのかもしれなかった。

欲に駆られた麻里子は、そんな日々樹の大切な価値観を踏みにじってしまった。事情を知らなかったとはいえ、これは婚約破棄されても、しかたがないだろう。

「戦争のこと、ありがとうございました」

気づけば美雪はねぎらいの言葉を口にしていた。いまの日本は連合国軍に統治されている状態だから、だれかに聞かれたら非難されるのだろうが、正直な気持ちだった。

「さあ、いまとなってはなにをしたのか。本当になんだったのだろうな」

日々樹が不思議な表情を浮かべた。

「ぼくのなかでは、いまでもまるで消化できていないのだよ。きっと一生かかえていくのだろう。でも日本はここからだ。これから必ず復興していく。アメリカを手本として学び、いつか肩をならべる日が来るはずだ。ゆえに、この世界は崩壊する」

「え？」

予想もしない話の流れに、どうして、と美雪は口を動かした。

「アメリカは資本主義を至上のものとするからだ。今後の日本はそれを模範とするわけだが、この資本主義というものは基本矛盾をはらむ。いずれは必然的に自己崩壊するのだよ。矛盾が限界に達したときに終わりが来る」

日々樹の発言は美雪の理解の範疇《はんちゅう》を超えていた。

「すみませんが、よくわかりません……」

「わからないほうがいい。角を立てずに生きていきたいなら、忘れることだ」

「そうなんですか？　つまりどういうことなんでしょう？」

「ぼくのこの考えかたはまちがっている。いまの日本では明確にそういうことになっているからだよ。己の心身でそれを考えるためにも、ぼくは戦争に行ったのだ。結局なにもわからなかったがね。しかし五十年後、百年後はまた事情がちがうかもしれない。この仕組みが本当に正しいのか、いつの時代も考える者があらわれるだろう」

「むう……」

ますますよくわからず、美雪はこめかみを押さえた。

だがわかったこともある。これが日々樹の精神の核心だったのだ。

日々樹はしばしば世界は滅び、いずれ避けがたい終末が来るのだと持論をとなえるが、それは戦地の体験だけが理由ではない。日本が今後歩んでいくであろう、アメリカ式の資本主義社会への独自の見解があったからなのだった。それが正しいか誤りかはともかく、ふだん表に出さない彼の本音を知れたのはよかったと思う。

「この世は一瞬の幻影で、いずれ終焉《しゅうえん》のときが来る。月弥が死んで、より強くそう実感するようになったよ。だからこそ限りある人生――この選択の集合体において、最良のものをかさねていきたい」

日々樹が静かにそういって美雪と目を合わせた。

「ぼくはこれを最高の婚姻にしてみせる。結婚してくれ、美雪」

日々樹にそう告げられた瞬間、心臓がどくんと音を立てた気がした。

彼の言葉に偽りのないことが直感的にわかったからだ。日々樹はやるといったらやりとげる男。結婚したら、まちがいなく理想的なすばらしい内容にしてくれるのだろう。

でも――。

「どうかな、美雪」

日々樹がダイヤモンドの入った箱を美雪にそっと渡そうとする。

「わたしは……」

美雪は下唇を噛むように強く引き結んだ。

ところがその瞬間、信じられないことが起きる。いきなり日々樹が顔をこわばらせて息をのんだ。不思議に思った美雪が日々樹の視線を追ってふりかえると、閉めていたはずの部屋の扉が少しひらいている。

扉のすきまからは不気味な男の目がのぞいていた。美雪はぞっと鳥肌が立つ。

「ひゃああっ！」

絶叫がひびいたが、声をあげたのは美雪ではなく、盗み見ていた男のほうだった。見られていたことに気づいた日々樹が弾丸のように突進して、扉をあけはなったからだ。

直後に予想もしない光景が目に入る。日々樹が「え？」と気のぬけた声を出した。

「お父さん？　どうしてこんな場所に」

「あう……。あううっ」

意外にも、のぞいていたのは彼の父親の八郎兵衛だった。

わけがわからずに美雪は混乱する。八郎兵衛はいつも土蔵のなかにいるはずでは？

ともかく八郎兵衛は驚いて動転していた。日々樹は言葉をつくして安心させ、やがて落ちつきを取りもどした八郎兵衛は、胸もとから懐中時計を取り出して息子に渡す。

「時計……？　ああ、これはぼくの時計じゃないか。そういえば母屋に置きっぱなしだったな。お父さん、どうしてこれを？」

「お、落ちてた。土蔵の前に」

「なんだって？」

それから八郎兵衛が語った話をまとめると――。

さきほどまで彼は例によって土蔵のなかで寝ていた。ところが突然、いつも外からかけられている扉の鍵がはずれる音がしたのだという。怪訝に思って外に出ると、だれもいなかったが、この時計が落ちていた。イニシャルが刻まれているから日々樹のものだとわかる。

ということは日々樹が土蔵の鍵をあけ、しかしなにか急用ができて引き返したのだろう。そのときに時計を落としたのだと考えて八郎兵衛は届けに来たのだそうだ。

「そうだったのか。わざわざすまない、お父さん」

日々樹が礼をいうと、八郎兵衛はうれしそうに「えへ」と笑った。

「だが、ぼくは土蔵の鍵なんてあけてないぞ。美雪とここにいたのだから」

いったいだれがこんなことを、と日々樹があごをつまんで考えこむ。

美雪も不思議だった。母屋にあった日々樹の懐中時計を落としたわけだから、屋敷の人間のしわざなのは確実だが、なにを思ってこんな真似をしたのだろう？

「わからないな……。まあいい」

日々樹がため息をついて美雪にむきなおった。

「美雪。悪いが、ぼくはお父さんを送っていく。もう夜もおそいし、おまえは自分の部屋へもどりなさい。お母さんや星馬に見られたら、妙な誤解をされて火種になるかもしれない」

「そうですね。そういうことでしたら」

「つづきはまた明日話そう。今夜と同じように九時に来てくれ」

「わかりました」

「うむ。では行こうか、お父さん」

日々樹は八郎兵衛をつれて歩き出し、美雪も洋館を出て屋敷の自室へもどった。

部屋で寝る支度をしながら、だれが土蔵の鍵をあけたのか美雪は推理しようとした。

しかし、なんだか集中できずに気づけばべつのことを考えている。

当然だった。求婚されたことのほうが、ずっと重要だ。その優先順位があやふやになるほど本当は混乱していたのだった。

日々樹になんとこたえよう？　明日どんな言葉を口にすればいいのだろうか？

迷っているうちに眠りに誘われる。そのことで頭がいっぱいで、仙波晶子の話を完全に聞き忘れていたことに気づいたのは睡魔に捕まったあとだった。

そして意識を失った瞬間から恐ろしい悪夢がはじまる。

おどろおどろしい、血も凍るようなおぞましい惨劇がふたたび幕をあけるのだった。

光彦の素顔

その日の夜十二時になる少し前のこと。

目が冴《さ》えてどうしても眠れず、ひそかに屋敷をぬけ出した桜小路光彦は敷地内をひとりで散歩していた。

静かだった。もう屋敷の人間は全員眠ったらしい。虫の声すら聞こえない。

月明かりの下、静寂の日本庭園を単身そぞろ歩いていると、もの狂おしく心身が研ぎすまされていく。月光が虚飾を引きはがし、むきだしの自己を露呈させる。

そう、本当の自分を忘れるな、と光彦はつぶやく。

けっして彼らを助けるために来たわけではない。その逆の行為をしなくてはならない。追いつめて追いつめて、地獄の底へ突き落とすためにこの地へ来たのだ。

自らにそういい聞かせていると、いつのまにか右手に刃物が握られている。隠し持っている折りたたみ式のナイフだ。手持ち無沙汰で無意識のうちに、もてあそんでいたらしい。それは強固なつくりで切れ味も鋭く、人間の喉笛くらい簡単に切り裂ける。

気づくと光彦の体はかたかたと微弱にふるえていた。

「切り裂けるんだ……」

月の光にナイフをかざすと、刃に映る青年の顔は、ぞっとするほど冷ややかだった。

どす黒い悪夢ふたたび

夢のなかで不知火美雪は一面の黒い世界にいた。

まただ、と美雪は思う。幼いころからつきあってきた特殊な悪夢がまたはじまった。この夢のなかでは美雪にかかわりのある何者かが死に、近日中に正夢になる。近日というのが何日なのか、期間には毎回ずれがあるが、結果はいくら変えようとしても変えられない。いわば確定した未来の一幕なのである。

やがて闇のなかに人影が浮かんできた。

だれかはわからない。この夢のなかでは、どういうわけか個人を特定できないのだ。

突然、その人物がうしろから殴りつけられた。たちまちその場に倒れ、抵抗するひまもなく首を紐でしめられる。

あの紐だ、と美雪は衝撃のなかで思った。

前に見た夢のなかで月弥を殺した者がこれと同じ紐を使っていた。この夢は必ず正夢になる。つまり確実に起きる未来である。だから殺人者は、つぎも同じ紐を凶器として使う。うしろから殴る手口だって同じだ。これは同一犯によるものなのだ。

首をしめられた人物は、やがて口から血の泡をぶくぶくと噴いて――。

「……はっ！」

その瞬間、美雪は夢から覚めた。

時刻は朝の六時すぎ。心臓がどくどくと激しく打っている。

恐ろしい夢を見てしまった。殺人の正夢だ。月弥を殺害した何者かが、もうすぐ同じ方法でだれかを殺す。いや、いつ正夢になるのかは決まっていないから、じつは夜のうちに殺している可能性もある。月弥のときがそうだった。

どうしようかと少し迷ったが、やはりここは探偵の光彦に相談するべきだろう。しかし夢のことにふれずに、どう説明したらいいだろうか。

常軌を逸した声がひびいたのは、美雪がそうやって頭を悩ませていたときだった。

「うわあああっ！」

なにごとだろうか？　すさまじい異様な叫び声だった。見たばかりの悪夢のこともあって、また殺人だと思った美雪ははじかれたように外へ走る。

全速力で日本庭園にたどりついたが――おかしい。とくに異常は見あたらない。

一瞬考えて、うっかりしていたことに気づいた。殺人が起きるという先入観から月弥が見つかったのと同じ場所に来てしまった。完全に思いこみだ。よく考えるとさっきの声は屋内から聞こえた気もする。

あわてて引き返すと屋敷が騒がしい。一階の大浴場のほうに皆があつまっている。

大浴場に足を踏み入れると、光彦と夜梨子。使用人の由蔵とお鈴さん。それから浴場の床にすわりこんでいる星馬の姿があった。

星馬は顔面蒼白《そうはく》で、ひとりでは立ちあがれない。足を怪我しているからだ。

月弥の死体が見つかった日、庭に駆けつけた星馬は片足を引きずっていたが、それは由蔵たちの絶叫に驚いて階段から落ちたからだ。のちに壇上医師に診てもらったところ、足首の骨にひびが入っているらしい。ひびでも医学的には、れっきとした骨折の一種である。だから星馬の右足は現在、添え木を当てて包帯できつく固定してある。杖《つえ》がなくても歩けるが、走ったりはできない。治癒には数週間かかるという。

しかしそれは治るからいい。世のなかには取り返しのつかないことが存在する。その最たるものを、いま皆が目の当たりにしていた。

「なんてことを……」

美雪はつぶやく。異様な光景に寒気が止まらなかった。

大浴場の浴槽にはたっぷりと水が張られ、そこに円形のたらい舟が浮かんでいる。

古い硬貨を敷きつめたその木製の舟のなかで、ちょこんと滑稽なくらい行儀よく正座しているのは、赤い着物を着た男だ。月弥のときと同じように帯に釣りざおが差してある。えびすの面で顔は隠されているが、首には紐でしめられた痕がのこっていた。

ぴくりとも動かず、どう見ても生きてはいない。

海堂家の別えびすに見立てられた死体であった。

「どなたか……あの面を」

夜梨子が充血した目を見ひらいていう。

「僕がやります」

恐怖で真っ青な顔をした光彦がいい、ふるえながら浴槽に入った。たらい舟に近づいて、えびすの面を取ると、あらわれたのは凄惨きわまりない日々樹の死に顔だった。

「ぎゃあっ！」

夜梨子が悲鳴をあげて後方にひっくり返る。美雪の表情筋も不自然に凍りついた。

日々樹は不気味に顔をゆがめ、ぎょっとするほど大きく白目を剝《む》いていた。いまにも眼窩《がんか》からこぼれて、ぼろりと落ちそうだ。食いしばった白い歯の間からは血があふれ、幾筋もあごに垂れている。

眉根はなぜか悲しげに寄せられていて、それが奇怪な滑稽さをかもし出していた。恐ろしいが、それだけではない。日々樹のさまざまな感情が最後の瞬間、猛然と爆発したのだろう。恐怖と怒りと無念と悲しみが入りまじった、筆舌に尽くしがたい表情になっていた。

「日々樹さん……」

なんなんだ、と美雪は思う。いったいなんなのだ？

体がぶるぶると小刻みに動いているが、恐怖のためだけではない。怒りがこみあげているからだと気づいた。殺人という理不尽な行為に本気で怒りを感じていた。

欠点がないとはいわないが、日々樹は立派な男だった。昨日じっくりと話し、ひととして尊敬できる相手だとわかった。その彼を殺め、そしてこれほど死体を冒瀆するなんて許されるはずがない。

だいたいおかしいだろう。遺言書の公開後、命をねらわれていたのはずっと美雪だった。蛇やスズメバチをしかけられたり、はしごに細工されたりした。

ところがどういうわけか、いつのまにか矛先が変わっている。月弥が殺され、つぎに日々樹が殺害された。思えば光彦が来てからだ。この屋敷でなにが起きているのか？

気づくと夜梨子が浴場の床に倒れたまま、ものすごい形相で美雪をにらんでいる。

絶対に許さない、といいたげだった。そうか、と美雪は思う。

たしか遺言では三人の孫が全員死んだ場合は、結婚しようとしまいと美雪に全財産を相続させることになっていた。たしかにこの状況では夜梨子でなくても疑う。三人の孫を美雪が殺し、だれとも結婚せずに海堂家の財産だけをうばおうとしているのだと。

「ねえ美雪さん……あなたがやったのよね？」

「や、やってません」

「うそおっしゃい！　こんな見立て……わたしたち海堂家への愚弄のほかに理由がないじゃないの！　ひと殺しめ！　わたしの息子を返せ！」

夜梨子が半狂乱で、蜘蛛のように長い手足をばたつかせる。

「ちがいます、ちがいます！　わたしは絶対にやってません！」

ここで引いたら本物の犯罪者にされてしまいそうだ。美雪は必死に反論し、そのかたわらでは光彦が警察を呼ぶように由蔵に指示している。ふたりめの兄を殺された星馬は別えびすに見立てられた日々樹の死体を、土気色の顔で呆然と眺めていた。

第三章　先住民論

長かった一日も終わりに近づき、真中湖の水面に夕日が照り返している。

その光景は気候によっては明るいだいだい色で美しいが、現在はやけに赤黒く見えた。どこか地獄の血の池のようだ。

その湖のほとりに建つ海堂家の屋敷では、いま桜小路光彦が美雪とともに長い廊下を歩いている。客間に一堂あつまって星馬が話をしたいと主張したからだ。

「あらたまってなんの話でしょうね。なんだかどきどきするな。美雪さんはおなか空いてませんか？」

「おなかはとくに空いてませんが、なんでまた？」

「やあ、長い話になりそうな気がしてね」

というより確実にそうなると光彦は確信している。星馬は混沌《こんとん》とした現状を少しでも整理したいのだろう。光彦は今日という長い一日の出来事を思い出す。

今朝の六時、海堂日々樹が何者かに殺されているのが発見され、海堂家は恐怖と悲嘆のどん底へ突き落とされた。

発見したのは三男の星馬だ。彼は現在、足首の骨にひびが入っている――医学的には骨折——のせいで入浴することができない。きれい好きで、ふだんは朝風呂に入ることもある星馬だが、当分がまんだ。今日はたまたま早起きしたため、眠気覚ましに寝汗をふこうと思い、右足を引きずって大浴場へ行った。そこで死体に出くわしたのである。

心臓が止まるかと思ったと星馬はいった。光彦が聞いた悲鳴もそんな印象だった。

それから警察と、かかりつけ医の壇上医師が屋敷に駆けつけた。

「むごいことを……。別えびすに見立てるなんて、馬鹿にするにもほどがある」

壇上医師は日々樹の遺体を調べながら男泣きしていた。日々樹は彼の命の恩人らしいから、さもありなん。

「犯人は私が突きとめます、日々樹さま……」

そんなことをいいながら丁重に遺体に接していた。

病院で解剖したわけではないが、壇上医師の所見だと、日々樹の死因は月弥と同じように後頭部を石で殴られたあと、紐で絞殺。殺されたのは昨夜の十時から十一時のあいだらしい。死後硬直の状態からわかるのだそうだ。

かくして警察は関係者をひとりずつ呼び、昨夜の行動を聞きとりはじめた。アリバイ調査というやつだ。もちろん光彦も取り調べをうけた。偶然というのは恐ろしい。

というのも夜の十二時ごろ、光彦は外へ散歩に出ているからだ。最初はごまかすつもりだったが、知らせておきたいことがあって結局は事実をそのまま伝えた。

自分が夜に散歩に出たこと。そしてそのとき、日々樹の洋館の窓にあかりが灯っているのを見たことを。

「それはつまり……なにをいいたいんですか?」

取り調べを担当する刑事が、やや警戒した様子で光彦にたずねた。

「壇上医師がいった死亡推定時刻がまちがってる……なんていいたいわけじゃないですよ。昨夜、自分の洋館にいた日々樹さんに予想外の急用ができた。だから部屋のあかりをつけたまま出かけたんです。実際はすぐにもどってくるつもりだったんでしょう」

「ふむ」

「日々樹さんが母屋から自分の洋館へむかったのは夜八時になる少し前でした。夕食のあと僕らは食堂で話をしてたんです。その場には星馬さんと夜梨子奥さまもいたから、たしかですよ。あとでご確認ください」

「わかりました。それで?」

「日々樹さんは夜八時に洋館へ行き、そして死亡推定時刻の……おそくても夜十一時までのあいだに犯人が日々樹さんを呼び出して、そこで殺害したわけです。洋館で殺さなかったのは見立てをおこなうためでしょう。日々樹さんは背が高い。あの洋館から母屋の大浴場まで運ぶのは、かなりの労働です」

光彦のその発言に刑事が目を光らせた。

「つまり犯人は筋力のない女性……。そういいたいわけですね？」

刑事がつづける。

「先日の海堂月弥さんの事件で、黒い頭巾の女が目撃されていましたが、それと同一犯であると」

「いやいや、そうはいってません！　筋力がなくても死体の足を引きずって運んだりはできますからね。月弥さんのときは屋外でしたから、土の上を引きずったあとを消すのも容易だったことでしょう。ただ今回は屋内です。屋敷の大浴場までひきずっていくのは、さすがにきつそうだ。玄関には段差もあるし、ぶつけたら遺体に痕跡ものこる。だったら見立てをする場所に呼び出したほうがいい」

「なるほど……。それを踏まえると、三男の海堂星馬は犯人ではありえないか」

刑事のその言葉には光彦もひそかに同意した。星馬の足の骨折は狂言ではなく、事実だからだ。壇上医師と結託している可能性もあるため、前に自分で軽く踏んで、たしかめたのである。

「痛ぁっ！　なにするんだ、桜小路さん！」

「すみません。ついうっかり」

「気をつけてくれ！」

まちがいなく本物の反応だった。片足を引きずる怪我をした状態で死体を運んだり、死体を正座させて舟に乗せたりする見立て作業をおこなうのは、不可能だ。

そう考えると疑う対象は相当しぼられる。

そもそも犯人は基本的に屋敷の人間でしかありえない。アリバイ云々《うんぬん》より見立て殺人であることが重要だ。この見立てと殺人の動機がどう関係するのか？　そこを調べたほうがいいと光彦は暗にほのめかした。

「ご協力ありがとう、桜小路さん。参考になりましたよ」

苦い顔で礼をいう刑事に「お邪魔しました」といって光彦は部屋を出たのだった。

その後、刑事は全員を調べ、結果的にほとんどが似たようなことを口にしたらしい。

夜梨子と星馬は夕食後、食堂で日々樹と光彦をまじえた四人で雑談していた。夜八時にそれぞれ自分の部屋に行ってからは寝るまでひとりですごしていた。

由蔵とお鈴さんは夜七時五十分に海堂家の仕事を終えたあと、それぞれの家に帰り、これまた寝るまでひとりですごしていたという。

いずれも日々樹の洋館には近づいていないそうだが、証人がいないから、うそかもしれない。もちろん、うそだという根拠もない。

そして美雪については驚愕の事実が判明した。彼女は夜九時に日々樹の洋館で彼と会い、なんと求婚されたのだそうだ。しかも日々樹は仙波晶子のことを知っていると匂わせてもいたらしい。美雪を呼ぶための方便かもしれないが、これには光彦も仰天した。

残念ながら途中で父の八郎兵衛が割って入り、肝心の話は先送りになった。八郎兵衛が洋館に来たのは夜十時になる少し前で、それから日々樹が父を土蔵へ送っていったのだという。

だから、いまのところ日々樹と最後に会った人物は八郎兵衛ということになる。

当然ながら刑事は八郎兵衛にも質問したが、

「日々樹が殺されるなんて……。ああ、日々樹いい……」

激しくそう泣きじゃくって、まともな話にならなかったそうだ。

ただ、八郎兵衛の土蔵には外から鍵がかかっていた。美雪と八郎兵衛の話を照らし合わせると、送っていった日々樹が施錠したわけだ。無論のこと、施錠された土蔵のなかにいた八郎兵衛に殺人は不可能である。

「となると……決め手がない」

刑事が舌打ちした。

結果的にこの日、警察は殺人犯を特定できなかった。月弥の事件と同じく捜査を継続する。まずは日々樹の遺体を嘱託医に調べてもらうということで引きあげたのだった。

また、警察が帰ったついさきほど、意外な訪問客があった。

麻里子である。

日々樹の元婚約者に、まさか知らせないわけにもいくまいと思って夜梨子が連絡したそうだが、電話ではひたすら無言だったという。よほどの衝撃だったのだろう。それからほどなくして麻里子は海堂家へ直接やってきたようだ。

「日々樹さん……ヒビキさん」

ぶつぶついいながら屋敷にあらわれた麻里子は、ぎょっとするような姿だった。

泥だらけのワンピース姿で、くせのある長い髪は爆発したように放射状にひろがっている。顔は道化師のように白く塗りたくられており、口紅だけがやけに赤い。

「日々樹さんひびき……ビキビキ……死んだ芯だ芯シン」

麻里子は心の均衡を失っていた。

「ま、麻里子さん！」

美雪が青ざめて近づくと、麻里子は暴れてふりはらう。その勢いにはすさまじいものがあり、まるで触手をふりまわす海中のたこのようだった。見ひらかれた目のなかでは収縮した小さな黒目が痙攣《けいれん》するように動いていた。

「ヒビキびき……ヤマビコのキビのビキ……サトウビキで引いた団子の吉備《きび》の日日ヒヒビキビビキ、日々の狒々《ひひ》、河童《かっぱ》カッポレ、アッパッパ」

麻里子は意味不明なことを歌いはじめて、やがてむかえに来た家族に車で病院につれていかれた。

その後はいろいろとあったようだが、結論からいうと、麻里子の心はもとにもどらなかった。いくら治療しても効果がなく、医者もさじを投げたのだ。悲劇としかいいようがない。やがてひとびとの噂《うわさ》のまとになり、それに家族も耐えかねたのか、最終的には土地をはなれ、辺境の僻地《へきち》の村で暮らすようになるのだが――。

麻里子はそれだけ日々樹が好きだったのだろう。善人ではないし、その恋心には打算もあっただろうが、根幹の気持ちに偽りはなかった。だからこそ彼の死で精神が破綻したのだ。もしも来世というものがあるなら、そこでは結ばれてほしいと光彦は思う。

「さて……」

そんな回想をしているうちに、光彦たちは屋敷の客間の前にたどりついた。襖をひらくと皆があつまっている。光彦は美雪とともに足を踏み入れた。

探偵あざやかに謎を解く

「ご足労申しわけない。皆にあつまってもらったのは、事態の混迷を打破するためだ。ひとつ打ちあけ話をしたい。それによって、ある仮説が導かれるが、警察に伝える前に合意を取っておきたいからな」

皆に声をかけた張本人の星馬が口火を切った。

人形のようにととのった顔と鋭い目が印象的な黒髪の星馬は、いつも冷静で落ちついているが、いまの彼からは抑制された怒りがにじみ出ている。兄たちを無残に殺されて堪忍袋の緒が切れそうなのだろうと光彦は考えた。

客間には海堂家の屋敷の人間がそろっていた。光彦は一座に軽く目を走らせる。いっしょにここに来た美雪。その彼女を敵視している夜梨子。土蔵からつれてこられた八郎兵衛。それから使用人の由蔵とお鈴さん。三兄弟でただひとり生きている星馬。それに光彦を合わせた合計七人がいま、畳の上に輪になっている。右足を骨折している星馬だけが持ち運べる椅子に腰かけて、ほかの者は正座していた。

「星馬さん、打ちあけ話というのは？」

光彦はたずねた。

「犯人と、そうではない者を区別するための秘密の開示だ。じつは日々樹兄さんのあの見立てから、気づいたことがあってね」

「例の別えびすの見立てですね？」

「そうだ。犯人は前の月弥兄さんのときと、まったく同じ見立てをおこなっている。だからこそ、ちがうんだ」

「だからこそ、ちがう……？　どういう意味ですか？」

眉をひそめる光彦に星馬がつづける。

「海堂家の本物の別えびすがなんなのか、犯人は知らないということだ。すまない、桜小路さん。一昨日、日々樹兄さんが教えた別えびすの話。じつはあれはうそなんだ」

「なんですって？」

「もちろん日々樹兄さんが、うそをついたわけじゃない。天が地球を中心にまわっていると信じてる人間がそれを語ったところで、うそにはならないからな。だが俺はまちがいであることを知っていた」

「ははあ」

光彦はひどく驚いたが、ほかの者たちも青天《せいてん》の霹靂《へきれき》だったようだ。美雪と由蔵とお鈴さんは大きく目をみはり、八郎兵衛はそんな彼らを首をかしげて眺めている。

唯一、夜梨子だけが激しくうろたえていた。

「星馬！　おまえ……おまえ、どうしてそのことを！」

「すみません、お母さん。俺は前から知ってたんです。意図したわけじゃないが、偶然見つけてしまった。隠されていた別えびす神社の御神体を」

星馬の言葉を聞いた光彦は息をのむ。以前、別えびす神社の神主がいっていたことを思い出したのだ。

この神社にはなにもないのだと神主は語っていた。御神体や神社の記録といった大事なものは海堂家の屋敷のどこかに移されて、ひそかに保管されているのだと。

「星馬さん！　その御神体というのは」

光彦は思わず勢いこんでいった。

「まあ待ってくれ、桜小路さん。民俗学者でもあるあなたが逸《はや》るのはわかるが、少し話させてほしい」

星馬が冷静に光彦を押しとどめる。

「大丈夫だ、出し惜しみせずに全部話す。いまとなっては、それが俺の役目だからな。兄さんたちを冒瀆したやつを俺は絶対に許さない。ここからは俺が探偵役として動き、事態に終止符を打つ。だからいまは順を追って話させてくれ」

まさかの探偵宣言である。星馬は自分のほうが探偵役としても優秀だと確信しているらしい。光彦は内心複雑な気分になったが、口を閉じた。まずは出方を見よう。

「話は去年の秋にさかのぼる」

星馬の話に皆が無言で耳をかたむけた。

「その日はお父さんの誕生日だった。といっても家族でなにかするわけじゃない。お父さんは土蔵のなかだし、誕生日のことなんてみんな忘れてる。俺はいつも不憫《ふびん》に思ってたが、まあ事情が事情だからな。どうにもできない。それで去年は、せめて俺だけでも祝ってやろうと思って土蔵に酒を持っていったんだ」

まだ蒸し暑い九月の夜だった、と星馬はいった。

「土蔵のなかで俺とお父さんは酒を呑みかわした。べつに意味のある話をしたわけじゃない。でも楽しかったよ。お父さんもたっぷり呑んで上機嫌だった。そのうちお父さんはいびきをかいて寝てしまった。ささやかな宴《うたげ》の終わりだ」

　その日を思い返すように星馬が言葉を切った。

「帰る前に、俺は土蔵のなかを軽く見てまわった。すると奥の棚の下の段から、はみ出しているものが目に入った。隠してあったものを見つけたのか、あるいは逆に隠そうとしたのか……。ともかく俺が来たから、お父さんはあわてて、もとの場所にもどそうとしたらしい。それは古びた木製の文箱《ふばこ》でね。気になって俺はふたをあけてみた。そこに無造作に入っていたんだ。御神体と書かれた紙が」

「御神体というのは紙だったんですかっ？」

　光彦は驚いていった。

「ああ。いつの時代のものかは不明だが、恐ろしく古い紙さ。折りたたまれたその紙をひろげていくと、やけに大きい。そのうちどす黒い染みが見えてきた。全部ひろげてみて俺は啞然としたよ。大きい紙なのは当然だった。それは魚拓だったんだ」

「魚拓！」

「鯛の魚拓だ。細かい形は墨でつぶれていたが、まずまちがいなく、あれは鯛だった」

　星馬が一呼吸はさんでつづけた。

「箱のなかには、御神体以外にも古文書が入っていてね。それに書いてあったんだよ。

本物の別えびすの伝説が」

「本物というと……」

「皆が知っている別えびすの話とは、ちがう話。忌まわしい呪いの記録だ。本当のことは、とても公にできない。何百年も前の出来事とはいえ、あまりに罪深いからな」

その古文書の内容をいまから要約する――と星馬は前置きして語りはじめた。

「室町時代、この真中湖の浜辺に、ひとを乗せた大きなたらいが流れ着いた。これは日々樹兄さんの話と同じだ。真中湖周辺のたらい舟の起源だな。それに乗っていたのは言葉を話せない、釣りざおを持った笑顔の男で、これも日々樹兄さんの話と同じ。でも肝心なところが大きくちがっていたんだ」

「……なにがちがっていたんです？」

「語られていないことがある。実際には、二個のたらいが流れ着いたんだよ。ふたりの人間が漂着したんだ」

その言葉に光彦は殴られたような衝撃をうけた。星馬がつづける。

「流れ着いたふたりの男は言葉が不自由だったが、身ぶり手ぶりで、多少は意思疎通ができたらしい。兄と弟。ふたりは兄弟だった」

「別えびすは兄弟神だったのか……！」

「そして弟のたらいには大量のお金が、兄のたらいには大量の締めた鯛が入っていた。

貧しかった海堂家の祖先にとって、これはもう、のどから手が出るほどほしい。かくして俺たちの祖先は兄弟を家につれていき、心づくしの酒宴でもてなした。浴びるように酒を呑ませて、歌って踊って三日三晩楽しませた。そして最後にふたりを殺して、鯛とお金を奪ったんだ。こうして海堂家は神社をはじめる元手の財を手に入れた。結果的に祀るべき神も獲得した」

　星馬がそこまで語り終えると、客間は水を打ったような静寂に包まれた。

「……まるで民俗学の古典的な説話だ」

　光彦はうめく。いまより日本がはるかに貧しかった昔、われわれが思っている以上に頻繁にそんなことが起きていたのではないか？　漠然とそう感じた。

「この話には皮肉な後日談があってね。もともと俺たちの祖先は長年子どもができずに悩んでいたらしい。そのころ夫は齢《よわい》四十すぎで、なかばあきらめていたそうなんだが、この兄弟殺しのあとに、なんと三つ子を授かったんだそうだ」

「えっ！　ということは……」

「ああ、桜小路さんの想像どおりだ。三日三晩の酒宴の最中に交わったんだよ。笑顔の兄弟と海堂家の妻がね。その血が現代まで脈々とつづいている。つまり俺たちの体には実際に別えびすの血が流れているんだ」

「ああ……」

「つまりいまの海堂家の血というのは、漂着した異邦の海の民の血でもあるわけだ」

星馬が露悪的な笑みを浮かべて光彦と視線を合わせた。

「なるほど。海民《かいみん》というのか海人《かいじん》というのか……機会があったら柳田先生にも聞いていただきたい話です。でも納得だ。屋敷の石灯籠のえびす像が、なぜ二種類あったのか、これでわかりました」

光彦は深く得心してうなずいた。

海堂家の敷地には二十基ほどの石灯籠があって、どれも頂点にえびすの石像がついている。そのうちの十基が「お金を持ったえびすさま」で、のこりが「鯛を持ったえびすさま」だが、それは別えびすがふたりいたから。つまりは古《いにしえ》の兄弟殺しの名残だったのだ。ある意味では供養かもしれず、それは少しずつ礼賛や崇拝へ移り変わっていったのだろう。その二体の石像が祀られていることで、明確な意味はわからなくても無意識のうちになにかを感じ、影響をうける可能性がないとはいえない。

ときに神性は、そういった曖昧さを含む。殺戮《さつりく》も簒奪《さんだつ》も長い年月を経て、ありがたい神さまへと解釈が変わることもあるのだ。

いや、考察している場合ではない。光彦はかぶりをふる。

「本当に興味深い話でした。論文に書けたらいいんですが、さすがにいまは無理ですね。まずは殺人犯を特定しなくては。ところで星馬さん。別えびすの真実についてはわかりましたが、これが現状とどう関係するんですか？」

「あの見立てがまちがってることの証明になるだろ。日々樹兄さんの死体を思い出してくれ、桜小路さん」

「えっと……別えびすに見立てられてましたね。釣りざおを持たされて、たらい舟に乗せられていた。舟には古い硬貨がたくさん入ってました」

「それだ。おかしいだろ」

「なにがですか？」

「どうしてお金が入った舟なんだ？　兄なら魚が入ってるべきだろ。そこは鯛であるべきだ」

「あっ！」

光彦はまたしても意表をつかれた。そういうことか。

たらいに乗って流れ着いたのは兄弟で、弟のたらいには大量のお金が、兄のたらいには大量の鯛が入っていたという——。そして月弥は弟で、日々樹は兄なのである。

「おぼえてるか、桜小路さん？　日々樹兄さんが殺された日の夕食を」

「鯛の塩焼きでしたね。あれはおいしかった」

「あの鯛は、なじみの業者の贈りものなんだ。食べきれなかった分が、まかない部屋の冷蔵庫にまだたくさん入っていた。天の啓示だと俺なら思っただろう。こんな偶然に出くわして鯛を使わないほうがおかしい。だが殺人者は使わなかった。本物の別えびすの伝説を知らなかったからだ」

「なるほど……なるほど！」

見立てという儀式的な行為をおこなう以上、踏まえられる史実は踏まえるべきだ。そうでなくては見立てる意味がない。非常に納得のいく推理に光彦は膝を打つ。やるじゃないか星馬とひそかに思った。おかげで犯人とそうでない者がすっきりと区別される。

「犯人は本物の別えびすの伝説を知らない者だ！　で、だれになるんです？」

光彦の問いに星馬はあくまでも冷静に反応した。

「本物の伝説のほうは知ってる者のほうが少ない。そうですね、お母さん？」

「ええ……もともとは海堂家の後継者にしか知らされない決まりです。本来なら八郎兵衛さんですが、湖で溺れて頭のねじがはずれてからは、わたしも知らされました。こんな忌まわしい話、知るべきではないのです。わたしの代で葬り去るつもりだったのに」

夜梨子が意気消沈して息を吐き、星馬が話を引き取る。

「つまり知ってるのは、お父さんとお母さんと俺の三人だけだ」

「とすると……」

光彦は一座をすばやく見わたす。犯人は本物の別えびすの伝説を知らない者。

この顔ぶれから八郎兵衛と夜梨子と星馬を除外すると、犯人の条件に当てはまるのは美雪と由蔵とお鈴さんしかいない。

「それに月弥さんの事件のときに目撃された黒い頭巾の女の話もある。これも踏まえると、女性である美雪さんとお鈴さんのどちらかが犯人。そしてふたりのうち動機があるのは、財産の取り分が大きくなる美雪さんだけ。見立てをおこなったのは蓄積した海堂家への恨みというところでしょうか。じつに明快な消去法です。つまり美雪さんが犯人だといいたいわけですね？」

光彦は星馬にそう確認した。

「わたしじゃありません！　光彦さん、ひどいです！」

案の定、美雪が青ざめて反論する。

「いやしかし、消去法ではそうなるわけで」

困ったな、などといいつつも光彦は美雪が犯人だとは思っていない。そもそも美雪は月弥が死んだ時点では、別えびすの伝説そのものを知らなかったのだ。見立て殺人などできるはずがない。

しかし、いまはあえてそこにふれず、星馬の考えを聞いておきたかった。星馬が美雪を犯人だと思っている場合、非常に興味深い展開になるはずだからだ。

海堂右近の三人の孫で唯一生きのこった星馬。はたして彼は殺人犯と結婚しようとするだろうか？

ふつうはしない。しかしいまなら遺産相続の関係上、結婚するかもしれない。殺人犯は最後は獄中へ行くから、結局まわりまわって星馬が全財産を掌握することになるのではないか？　実際にどんな経緯をたどるのかは正直、予測不能だが。

ところが思わぬ展開になる。星馬が落ち着きはらって笑った。

「その程度か、桜小路さん。やはり俺のほうが探偵役にはむいているようだ」

「え？」

「考えてもみろ。美雪はだれかと結婚するだけで財産の大半が手に入る。兄さんたちを殺しても影響は微々たるものだ。とても殺人とは見合わない。それより、犯人の条件に当てはまる人間がもうひとりいるだろ。この場にはわざと呼んでないが」

「もうひとり？」

「壇上医師だ」

星馬がきっぱりと口にした。

「彼は別えびすの伝承を知っている。偽物のほうだけどな。おぼえてるか？　壇上医師は日々樹兄さんの死体を見たとき、こう口にした。『別えびすに見立てるなんて、馬鹿にするにもほどがある』と」

「あっ！」

そういえばたしかにいっていた。

壇上医師は日々樹と非常に親しい。別えびすの話も聞く機会があったのだろう。

実際の話、かかりつけ医の彼は海堂家に自由に出入りできる立場にある。この広大な屋敷と敷地だ。どこかに隠れて夜まで待っていればいい。深夜に皆が寝静まったあと出てくれれば、いくらでも殺人をおこなえる。

「やったのは壇上医師だ」

星馬が決然といい放ち、「ああ、それから」とつけくわえる。

「さっきの消去法についてだが、俺は頭巾の女の件は犯人が男だと示していると思う」

「それはまたどうして？」

「わからないのか？　あれは黒い頭巾と女物の着物をつけただれかを、お父さんが土蔵の窓から見ただけ。わざと見せたんだよ。女が犯人だと思わせるために体よくお父さんを利用したのさ。たぶん、かつらなんかもつけて変装していたんだろう。頭巾で隠れてろくに見えなかっただけで」

「なるほどねえ」

感心した声をあげつつ、じつは光彦も同じことを考えていた。わざわざ八郎兵衛に姿を見せた理由は素直に考えればそんなところだろう。光彦はつづける。

「おっしゃるとおり、壇上医師なら可能でしょう。でも動機がわかりません。だいたいなぜ見立て殺人なんて面倒なことを？」

「見立て殺人の理由は明白だろ。別えびすの伝説は、あまりにも印象的だ。これを利用して海堂家の内輪もめだと思わせるためだよ。そもそも知ってるのは海堂家の関係者だけなんだからな。身近な者に対する積もり積もった憎しみが、別えびすに見立てるという冒瀆につながった。警察にそう思わせるためだ」

「なるほど、筋が通ってる」

光彦がうなずき、星馬は説明をつづける。

「動機はいくつも考えられるが……まあ金だろう。事件が起きたのは遺言書の公開のあとだからな。あの馬鹿げた遺言が悪い。おそらく陰で糸を引いたのは日々樹兄さんだ」

「日々樹さんが？」

「ああ。美雪と結婚するために、俺と月弥兄さんを排除したかったんだと思う。美雪の気持ちがどうあれ競合相手がいなくなれば、のこった者と結婚するしかない」

「ははあ。それでまずは月弥さんを」

「さいわい日々樹兄さんには実務に長けた優秀な手駒がいた。壇上医師は戦場で日々樹兄さんに命を救われて信奉者になったと聞く。殺せといわれて実際に殺したんだろう。自分に疑いの目がむかないように別えびすに見立てて」

「壇上医師は部外者だからこそ、部外者にはわからないはずの見立てをおこない、自らを安全圏に置いたと」

「そういうことだ。ただ……おそらくはその件で衝突が起きた」

星馬が思案しながら言葉をついだ。

「ここからは想像になるが、日々樹兄さんは、壇上医師が月弥兄さんを本当に殺すとは思わなかったんじゃないだろうか？　というのも、日々樹兄さんは本気なのか比喩なのか、わかりにくいところがある。この世の終わりがどうこうみたいな話をよくしているからな……。家族の俺でもそう思うんだ。他人ならなおさらだろう」

壇上医師は読みまちがえたんだ、と星馬がいった。

「この結婚の競争から脱落させろという意味の比喩を真にうけてしまったとか、そんなところだと思う。日々樹兄さんが月弥兄さんを殺せなんて短絡的なことを命じるはずがないんだ。そこは捕まえて本人に聞くしかないが……とにかく行きちがいがあった。これが第二の殺人の動機になる」

「というと？」

「たぶん日々樹兄さんと壇上医師は大喧嘩《げんか》になったんだよ」

「ああ……仲たがいからの仲間割れですね」

「愛と憎しみは紙一重だからな。争いのなかで壇上医師の敬愛は憎悪の念に変わった。結果的に日々樹兄さんを殺してしまう。こうなっては、もうしかたがない。日々樹兄さんの死体も別えびすに見立てて、自分から容疑をそらしたわけだ」

「ふむ」

大筋に矛盾はないなと光彦は思った。もちろん動機は星馬の想像だが、仲間割れというのはありそうな話だ。いま思えば、日々樹の死体を調べながら壇上医師は男泣きしたりして、わざとらしかった。元軍医にしては大げさだ。

結局のところ動機は本人にしかわからない。あとは壇上医師に直接訊くべきだろう。

「みんなはどう思う？」

星馬が一座に問いかけると、美雪も由蔵もお鈴さんも「わたしは異論ありません」「同じく」「わたしもそう思います」と同意の言葉を返す。

「名探偵、海堂星馬の誕生……か。いいんじゃないでしょうかね」

光彦も苦い顔でうなずいた。

「意見は一致したな。じゃあ警察に電話してくる」

いまの仮説を警察に検証してもらうために、星馬が電話をかけに座敷を出ていった。

警察は星馬の話に強い興味を示したそうだ。すぐに壇上医師のところへ話を聞きにむかった。

だが結果的に、それは実現しなかった。予想もしないことが起きたのである。

刑事たちが壇上医師のもとを訪ねると、なぜか彼は急に逃亡してしまった。あまりにも突然で、刑事たちにも防ぎようがなかったらしい。

その日の夜七時すぎに警察から海堂家に電話が来て、そんな報告をされたのだった。

逮捕ではなく、話を聞きに行っただけなのに思いもよらない奇行である。壇上医師はどんな思考を経てそんなことをしたのだろう？

わからないが、この行動は結果的に壇上医師が犯人だと示している。少なくとも海堂家の人間は犯人が確定したと考えた。

かくして事件は探偵役の海堂星馬が、あざやかに快刀乱麻を断ったという結論に落ちついた。行方をくらませた壇上医師の足どりは不明だが、警察から逃げた以上、いずれ捕まる以外の結末はあるまい。

星馬は一躍、今後の海堂家を背負って立つ、中心人物と化した。逆に光彦はとくに悪いことをしたわけでもないのに、妙に肩身のせまい気分になったのだった。

みたび黒い悪夢

壇上医師が失踪したその夜、不知火美雪はふたたび夢を見た。美雪の知っているだれかが死に、近いうちに正夢になる例の悪夢だ。

一面の黒い世界に放りこまれた美雪は恐怖で叫びたくなる。

きっとまた石で後頭部を殴り、紐で首をしめる光景を見せられるのだろう。壇上医師は逃亡先でも、まだ犯行をくり返すつもりらしい。

ところが今夜はこれまでと様子がちがう。闇のなかに、ぼうっと浮かんできた人影を見て、美雪は息をのんだ。

すごい速さで落ちている。なんと今回の人物は落下中だったのだ。

どこか高い場所から落ちたのだろう。落下するそのひとは宙を泳ごうとするかのように両手を必死にふりまわしている。もちろんその行為は実を結ばず、すぐに地上に達して、もんどり打って倒れた。しばらく痙攣していたが、やがて動かなくなる。

死んだようだった。

身を投げたのか、あるいはだれかに突き落とされたのか。原因は不明だが、ともかく高所から落ちてそのひとは死んでしまった。

いったいどこのだれなのだろう？　見きわめようと美雪は近づくが、やはりこの夢に出てくるのは、いつもの特殊な人間だ。まったく識別できない。どんな顔でどういった服装をしているのか。身長も体重も性別すらもわからなかった。

ただひとつ目に留まったものがある。

「これは……？」

死体の近くに小物が落ちていた。よく見ると竹の皮でつくった鳥だ。

とても写実的なつくりで、素人の作品とは思えない。耳のように頭の毛がぴんと立っているから、みみずくなのだろう。竹の皮でつくられた、みみずくの竹工品だった。おそらく盗品だと思う。そのひと本来の所有物ではないから、ちゃんと見えるのだ。そんなことを考えていたとき目が覚めた。

「……朝だ」

恐怖で心臓がとくとくと打っているが、日ざしは明るい。今日は快晴である。しだいに動悸《どうき》もおさまってきた。時計を見ると、もう七時半だ。うわっと美雪は少し驚く。いつもなら朝の光で自然に早起きするのに寝坊してしまった。

事件がつづいて精神的に疲れているのだろうと思いながら、着がえて顔を洗い、まかない部屋で軽く朝食をとる。

その後、さきほどの悪夢の意味を考えながら屋敷の外を歩いていると、ばったり光彦に出くわした。色素の薄い柔らかそうな髪が寝癖でふわっと横にはねている。

「やあ、きみ！　おはようございます、美雪さん」

「あ、はい……おはようございます」

元気のよさに面くらいながら美雪も挨拶した。

いや、ふだんの光彦はだいたいこんな感じである。自分がさっきの悪夢に引きずられているから、ずれを感じるのだろう。光彦は表の長屋門へむかうところらしい。

「光彦さん、お出かけですか？」

美雪が彼の頭の寝癖をさりげなく眺めながらたずねると、「ええ、ちょっと仕事に。探偵というのは多忙なものですから」と彼は人懐こく微笑んでいった。

「え？　でも……事件は事実上、もう解決しましたよね？　昨日、名探偵の星馬さまが真犯人をあざやかに特定してくれました。光彦さんのほうは、わたしを犯人あつかいする愚行を披露してくれましたけど」

「愚行！」

光彦が苦い顔で笑った。

「すみません、いいかたが意地悪でした。でも少しだけ昨日の仕返しをしたくなって」

つらい目にあわされても忍耐強くがまんできる美雪としては、こんな欲求をいだくこと自体が珍しい。なぜか光彦には、ささいなことでも反応してしまう。

「いえ、愚行、けっこう！　まさにそのとおりです。昨日の僕は愚行を働きました。わざとですけどね。思えば僕は幼いころから愚行ばかりしてきたものだ……」

寝癖を美雪に見られていることに気づいた光彦が、柔らかそうな髪をかきまわして、照れ隠しの咳ばらいをはさんで語り出す。

「それというのも、身近に飛びぬけて優秀な者がいたからです。そういう人間を見ていると、自分の地道な歩みが愚行に思えてしまうことがある。ほんとは愚行なんかじゃないのにね。ゆえに、まちがってしまうんだ。砂糖のかけらを運ぶアリが少しずつ巣へむかう……その歩みのどこに愚かしさがあるだろう？　こつこつ進む美徳の尊さを、ときにひとは忘れてしまう。そしてそれこそが真の愚行なんです」

「はあ」

意外といいことをいっているように美雪には思えた。たぶん気のせいなのだが。

「わたしもアリの行列を見るのは、けっこう好きです」

「われわれの知らない真理をアリは知っている。そういうことでしょうな」

きまじめに光彦がうなずいた。それから彼は両手をうしろで組み、うろうろと美雪の前を行ったり来たりしながら黙考して、やがて口をひらく。

「じつは事件は解決していないんです。壇上医師は犯人ではなかったんですよ」

「えっ！」

驚く美雪に「さっき警察に電話して聞きました」と光彦はいった。

「僕は警察庁に知り合いがいましてね。そのひとの名前を出したら教えてくれたんです。昨日、壇上医師が逃亡したあと、警察は近所で聞きこみをおこなったらしい。すると事件の夜、彼にはアリバイがあることがわかった。犯行は絶対に無理なんだそうです」

「そんなまさか」

「壇上医師には行きつけの居酒屋がある。死亡推定時刻に、その店で多くの人間が彼を見てるんです。月弥さんのときも、日々樹さんのときもね。不自然なアリバイ工作ではなく習慣で、しばしばその店にいるようですから、どうもこれは実際にやっていないのだと思われます」

「そうなんですか……」

美雪は放心気味につづけた。

「だったら、なんで逃げたりしたんでしょう?」

「それはわかりません。ただ、事件は依然として未解決だということです。壇上医師が見つかったら一気に進展するんでしょうがね。簡単にはいかないはずだ。気をつけて」

「わかりました」

状況の混乱には、さらに拍車がかかったらしい。しかし壇上医師が殺人者でないなら犯人はだれなのだろう? そしてあの悪夢はだれの死を意味しているのか?

美雪が不安に駆られていると、気をまわしたのか光彦がふいに陽気な声を出す。

「ところで話は変わりますが、どうするんです?」

「なんの話に変わったんですか、急に?」

「やあ失敬! 海堂右近氏の遺言書の話です。いまのところ事件は混乱のきわみにありますが、結婚問題のほうは、またちがうのかなと」

「あ、その件ですか」

「現状、美雪さんは星馬さんと結婚すれば海堂家の全財産が手に入ります。故人の分も委譲されるということでしたからね。まあ、そうでなくても孫の代まで豪遊して暮らせる金額でしょう。もう星馬さんからは求婚されたんですか？」

光彦の質問に、どういう意図で訊いてきたのかな、と美雪はちらりと思った。とはいえ、重要事項にはちがいない。ちがいないのだが――じっくり考える余裕がなかったというのが正直なところだ。

遺言書が公開されて以来、短期間で衝撃的な出来事が起こりすぎた。はっきりいって異常だ。そのせいで心の日常的な部分がなんだか麻痺してしまっている。

いわずもがな、星馬と結婚しなくてはいけないのは頭ではわかっている。ほかに相手がいないのだから唯一の解答だといっていい。

しかし、それでいいのかと心の片隅で声がする。逆らいがたい巨大な力に流されて、自分ではなにもしないうちに将来が決まってしまい、それで本当にいいのかと。

もちろん星馬のことはきらいではない。彼以上の男なんて全国をさがしても、ほとんどいないだろう。にもかかわらず、自分のこの煮え切らなさはなんなのか？

突きつめればいまだに決断できないのは、わたしという人間の問題ではないか？　心に重大な欠陥があるのではないだろうか？　美雪はしだいに胸が苦しくなってくる。

「……わからないんです」

「え？」

「光彦さんはわかりますか？　ひとを本当に好きになる気持ちが。わたしはずっと悩んでます。生まれてから一度もそういう経験をしたことがないんです」

よほど意表をつかれたらしく、光彦は目をまるくして絶句していた。

あわてて美雪はわれに返る。

自分はどうしてしまったのか？　いつもわりあい冷静なのに、回答ではなく逆に質問を返してしまった。しかもこれはあまりにも個人的な内容だ。光彦だって困るだろう。

ごまかしたいが、いい言葉が思いつかずに美雪は無言で赤面する。

「大丈夫」

光彦は落ちついた微笑を浮かべてつづけた。

「それは自然に動くものだから」

「動く……？」

「ええ。たとえばきみは甘いものが好きだとします。なんで甘いものが好きなのかと訊かれて説明できますか？　そりゃ多少はできるでしょうけど、説明できない部分はのこる。一番大事なところです」

「といいますと？」

「自然に心が動くってことです。頭で理解するんじゃなく、感じるんです。目をあけて耳をすませてね。ひとは生きていれば、いろんなものに出会う。そのとき心が動いたら自然にわかりますよ。だからきみはいまのままで大丈夫。あせらなくてもね」

美雪は視界がひらけるような感覚を味わう。いまごろになって腑に落ちた。

そうか。自分の心はまだ動いていなかったのだ――海堂家の三兄弟に対して。

それがないと好きだという感情もはじまらない。だからこの結婚話を具体的に考えていくことができなかったのだろう。心を動かし、動かされる相互干渉が必要だったのだ。

もしかすると、だからこそ、この世界のさまざまなものごとに遭遇することには価値があるのかもしれない。

ささいなことでもいい。意味のない、ちょっとした会話だったり、遊びだったり仕事だったり。それは無意味ではない。無意味のなかにも有意の種がまぎれていて、芽吹くことがある。心を揺り動かし、ときには恋の花が咲くこともあるのだろう、たぶん。

昔からなんでも理屈で考えるのが好きだったから、不覚にも気づかなかった。

そう、ときには頭ではなく、気持ちのままに動いてもいい。

「光彦さん！」

珍しく張りのある声が出た。

「はいっ？」

光彦がのけぞり、「すみません、よけいなお世話でしたね」などとのたまう。

「いえ、とても参考になりました。よかったら、わたしもつれていってくれませんか」

「どこに？　お手洗いですか？」

「探偵業務です！　いまから仕事に行くんでしょう？　逃げた壇上医師の足どりを追うんですよね？　わたしにも手伝わせてください。そうしたいんです」

いまはなんだか無性に行動したくてたまらないのだった。勢いこんだ態度の美雪を前に、光彦は目をぱちぱちして「はあ」とつぶやく。そして、

「やあ、それは助かります。じつは助手がいたら心強いのにって思ってたんですよ」

そういうと両手で腹部を押さえながら顔を空にむけて、ははっと独特の笑いかたをする。美雪は胸が華やいだ。

この感覚――心に生まれた小さな動きを見のがさないようにしよう。これが最終的にどこへたどりつくのか見きわめたい。

いまのところ、この心の動きは恋愛につながるような甘い感情ではなく、好奇心に近いものだと美雪は考えている。

彼が民俗学者で、探偵だから？　いや、ちがう。危険だからだ。

光彦自身は気づいていないだろうが、彼はどこか不均衡であやうい。なにかの拍子に突然消えてしまいそうな雰囲気がある。初対面のときからそう思っていた。頼りになるかと思うと繊細で、人懐こいかと思えば冷たく、つかみどころがない。

桜というのは美しいが、あっという間に散るから死を連想させる花でもある。つまり

自分は、彼の謎めいた二面性に興味を刺激され、それが消えてなくならないように心配もしているのだろう。

「うん、じゃあ行きましょう」

光彦にいわれて美雪はうなずく。

「まずはどこをさがしますか？」

「おっと！ 壇上医師のことなら、さがしません。それは警察の仕事です」

「はい……？」

「今日の仕事は、もうひとつの依頼のほうです。ほら、灰谷工介さんのお母さんに頼まれてたでしょう？ 息子が最後にどんな事件に取り組んでたのか調べてほしいって」

「あ！」

「灰谷さんは仙波晶子さんという女性のことを調べてました。じつはその件、図書館で新聞を調べたら、なんと情報が見つかったんです。地方紙の小さな記事だから、素人では見つけられなかったんでしょうね。その経過報告に行こうと思いまして」

その件をすっかり忘れていた美雪は光彦を見なおした。なるほどと思う。

というのも、これは単なる別件ではなく、打開策かもしれないからだ。

さきほどの光彦の話では、壇上医師は犯人ではないという。つまり外部犯の可能性が依然としてのこっている。以前、仙波晶子の写真が屋敷の敷地に落ちていたのはたしかだから、彼女は海堂家と関係があるのだ。実際、日々樹はじつは仙波晶子のことを知っていると手紙に書いていた。その内容を聞く前に彼は殺されてしまったが――。

仙波晶子と灰谷工介の件は、海堂家の連続殺人と無関係ではないと光彦は考えているのだろう。たしかにそこに活路があるのかもしれないと美雪も思った。

奇妙な置き土産

「ああ、そうだったんですか。それはまた本当にお気の毒なことで」

灰谷の母がしんみりした口調でいった。

三ヶ日町にある灰谷の便利屋事務所である。廃業した現在はただの住居だ。その屋内の茶の間で、美雪たちは灰谷の母親とむかいあっていた。ちょうど光彦が地方紙で調べた仙波晶子についての情報を話し終えたところだった。

彼女はもう死んでいる。

地方紙によれば、なんでも昨年の三月二日、浜松市《はままつし》の料亭「美登里《みどり》」の個室で会社員の仙波晶子が倒れているのを店の女将が発見した。仙波晶子は搬送されたさきの病院で死亡が確認された。現在くわしい状況を調べている――ということだ。

その後どうなったのかはわからない。掲載された新聞記事がこれだけだからだ。

正直いってなんともいえない。誤飲などの事故なのか、病気なのか突然死なのか？　続報がないのは事件性がないからだろう。それにしてもあたりさわりのない、どこか表面的な記事だと美雪は感じた。せめてもう少し事件の背景の情報がほしい。

「思うに灰谷工介さんは、仙波晶子さんが死亡した経緯を調べてほしいと依頼されたのでしょう。灰谷さんが亡くなったのは去年の四月。仙波さんの一ヶ月後ですからね」

光彦が灰谷の母に告げた。

「そうなんでしょうか……」

「倒れているのを女将が発見したのなら、仙波さんは個室をひとりで使ってたことになります。同席者がいたら知らせているはずですから。ただ、写真で見た仙波さんは若い女性でした。料亭で個室を使うでしょうか？　そこがちょっと引っかかります」

「なるほど。だからですか」

灰谷の母が得心した顔でいった。

「それにこの記事、どことなく配慮した印象があります。料亭で食事中に死んだら死因くらいすぐに突きとめられる気がするんですよ。責任問題ですからね。この記事を読んでも一般の読者はなんのことやらでしょう」

「ああ、そうかもしれません」

「じつは料理に不手際があったんじゃないか？　なんて疑ってしまいます。あちこち抱きこんでの隠蔽というやつです。それで僕はこの美登里という料亭を調べてみようと思いました。でも残念なことに店はもうありませんでした」

「えっ、そうなんですか？」

「はい。事件のあと、まもなく畳んだようです。ほかの方面からも調べてはみたんですが、現状めぼしい手がかりがない。従業員の行方を知るのはむずかしそうです」

「そうですか……」

灰谷の母がため息をついた。

「まだ調査はつづけます。ただ、いまのところこんな状態で、正直かんばしくありません。絶対的に情報が足りないんです。なんでもいいから手がかりがほしい。なにか思い出したことがあったら、ここに連絡をください」

光彦が海堂家の電話番号を書いた紙を渡すと、灰谷の母は「お手数かけます。ありがとうございます」といって両手でそれをうけとった。

「それでは今日はこんなところで。また進展があったらご報告にうかがいます。じゃあ失礼しようか、美雪さん」

「はい」

立ちあがった光彦に美雪もつづいた。灰谷の母が見送りについてくる。

この家屋の出入口は、いまは裏口だけだ。下足箱のそばに古ぼけた木の棚が置かれていて、その上には長年かけて収集したとおぼしき、あちこちの民芸品がずらりと飾られている。木彫りの熊や赤べこ、こけし、張り子の虎などが多々ならんでいた。

「あれ？」

そのとき美雪はふと気づく。奇妙なものが目に入った。

いや、それ自体は奇妙ではない。おそらく先日来たときも同じものが置いてあったのだろうから。奇妙に感じるのは美雪のなかに変化が生じたためだ。

「これは……」

民芸品のひとつに美雪の目は釘づけになる。

竹の皮で写実的につくられた、みみずくの置物だった。今朝の例の悪夢のなかで死体の近くに落ちていた、あのみみずくの竹工品だ。

「きみきみ、急にどうしたんです？」

光彦が困惑した声を出す横で、美雪はすばやく灰谷の母にむきなおった。

「すみません、この鳥のことなんですけど！」

すると灰谷の母もはっとした顔になり、「そっか、忘れてました。いま思えば、それもそうでした」と口にする。あきらかに意味ありげだ。

「このみみずくの置物はなんなんですか？」

美雪が内心興奮してたずねると「息子が持っていたものです」と灰谷の母はいった。

「灰谷工介さんが？」

「はい。死んだときに服のポケットに入っていたんだそうです。遺品ですね。さすがに捨てられませんから、ほかの民芸品といっしょに飾っておきました。棚の上にこう、ずらりとならんでるのに目がなじんで、お教えするのを忘れてましたけども」

「なんと！」

光彦が両手を顔の横でひろげる。しゃれた驚きかただ。

「民芸品だと知ってるからには詳細をご存じなんですね？　産地はどこです？」

光彦が灰谷の母にたずねた。

「ああはい、このあたりでは、まずまず知られたものです。そうですねえ……ここからバスで一時間ほど北に行ったところに土隠山村《つちごもりやまむら》という村がありまして、そこには昔からみみずくがよく飛んでくるんだそうです。竹林も豊富にあって、それで竹皮のみみずくの置物がつくられるようになったんだとか」

「ははあ！　みみずくが！」

どんな深山幽谷なのだろうと、いかにも過剰な想像をふくらませている表情で光彦がぶつぶつとひとりごとをいう。

「そのみみずくの置物が灰谷工介さんの遺体のポケットに入っていた。いったいどういうわけだろう？　なぜ彼は死の間際にその村へ行ったのか……」

「さてねえ」

灰谷の母が頬に手を当てて首をかしげながら、やがて言葉をつぐ。

「でも、いわれてみれば解《げ》せない気もします。山奥の村ですよ？ あんな辺鄙《へんぴ》なところになにしに行ったんでしょう。ちょっと想像がつきません……」

「ふうむ」

光彦が両手をうしろで組み、せまい場所で円を描くように歩きまわりはじめる。美雪は彼が間近に来たところで確信をもって口をひらいた。

「村に秘密があるんだと思います」

「うん？ そりゃまたどうして」

「土隠山村には昔から不思議な昔話があるんです。近くに土隠山《つちごもりやま》という山があるんですけど、そこには天狗《てんぐ》が住んでるって子どものころによく聞かされました。悪いことをすると、遠くの山から天狗が飛んでくるって」

「天狗？」

光彦が形のいい眉を大きく持ちあげた。

「やあ、まさか昭和のこの時代にそんな話を聞くとは！ あっちの事件も民俗学、こっちの事件も民俗学だ。やっぱり民俗学に現地調査という手法は有効なんですねえ」

腕組みして何度もうなずく光彦を前に、話の選択をまちがえたと美雪は思った。

「すみません。いまのは遠い日のわたしの思い出話です。聞き流してください」

「はあ」

「わたしは仙波晶子さんの死と土隠山村には、なにか因縁があるんだと思います。灰谷さんは探偵として調査に行ったんじゃないでしょうか？　あの村では珍しい山菜や変わったきのこが採れると聞きます。料亭の食材に村から仕入れたものが使われていたとか。たしかトリカブトも自生しているそうですし、まちがって混入したのかも……」

美雪は少し考えて言葉をつぐ。

「いえ、憶測でものをいってもしかたありません。たしかなのは灰谷さんの遺品が非常に数少ないこと。そのうちのひとつが特殊な民芸品で、土隠山村にしか売っていないものだということです」

説明しながら美雪は強い思いに駆られていた。

もしかすると自分が見るあの独特の悪夢は、難事件を解決するための端緒だったのかもしれない。しかるべきときに役立つ道しるべであり、予行演習のようなもの。すべてはこの事件のために身についていたんじゃないか？

根拠はないが、いまなぜかそんな気持ちでいっぱいなのだった。

「情報が足りなくて手づまりなのでしたら、調べたほうがいいと思います」

「なるほど、なるほどねえ……」

光彦が低くうなって「美雪さん。きみ、僕の代わりに探偵やりません？」といった。

「助手のほうが気楽でいいです」

「そうでしょうね。でもまあ、たしかに僕もきみと同意見だ。やはり探偵は足を使わなきゃいけません。行きましょう。きっと空気もおいしいだろうし、健康にもいい！」

こうして方針が定まったのだった。

変わり者の村

灰谷の母のもとを辞去した美雪と光彦は、近くのバス停から土隠山村へむかうバスに乗った。一時間ほどかかるそうだが、まだ午前中だから余裕は充分にある。

ちなみに例のみみずくの置物は灰谷の家に置いてきた。参考のために持っていきたいと光彦が主張したが、美雪が頑として止めたのである。

「ここに置いていってください。土隠山村に着いたらいくらでも買えます。荷物は増やさないでおきましょう」

「ええ？　荷物っていうほどのものかな」

「むこうで落としたら大変です。灰谷さんの大事な形見でもありますから」

何度かやりとりした末、「それもそうか」と光彦が置物を棚の上にもどした。

たぶん堅物だと思われただろうが、美雪としては光彦にそれを持たせたくない。あの悪夢が現実になったとき、死ぬのが光彦だったという結末では後味が悪すぎるからだ。もちろん村に着いたあとも、売店などで購入しないように注意する必要がある。

一時間ほどバスに揺られて終点に着いた。

人里はなれた本物の田舎だ。近くの看板に、ここから坂道を三十分ほど進むと土隠山村に着くという旨が書いてある。

美雪も実際に行くのは今日がはじめてだ。ふたりはならんで歩きはじめる。

あたりには背の高い木がそびえ立ち、枝を旺盛にひろげ、晴天だというのに薄暗かった。地面には落ち葉が堆積して、犬歯のようにとがった岩がときおり突き出ている。これではたしかに車は通れない。忍者のまきびしのように、わざと通行の邪魔をしているわけではないのだろうが。

「ん？」

ふいに美雪は足を止めて背後をふりかえった。

「どうしました、美雪さん？」

「いえ……」

うしろに妙な気配を感じたのだった。いま木陰にだれか隠れなかっただろうか？

美雪はその木にしばらく目をこらしていたが、とくに異常はない。

「すみません、少し過敏になっていたようです。気のせいでした」

ふたたびふたりは歩を進める。光彦が口をひらいた。

「山の気配は独特ですもんねえ。わけいっても、わけいっても、青い山」

「山頭火《さんとうか》の俳句ですね。……いえ、まだそんなにわけいってないです。歩きはじめて、ほんの十五分くらいです」

「充分、わけいってるでしょう」

光彦が笑い、その後、なにもいわずにいる美雪の顔をちらりと見ていう。

「いま、『東京育ちの男は軟弱ですね』……と思いましたね？」

「思ってません。あと、わたしの口真似《くちまね》をするなら、もっと感情をこめていってください。わたしはそんなに坦々とした棒読み口調ではありません」

「わたしはそんなに坦々とした棒読み口調ではありません……」

「ま、真似しないでください！」

「自分でいうように、うながしたんじゃないですか！」

そんな話をしていたとき、牛を引いた商人の男が前から歩いてくるのが見えた。近くまで来たので美雪は挨拶し、道はこれで合っているのかと確認の意味で訊いてみる。

「あんたたち、あの村に行くの？」

「はい」

「やめときな、やめときな。ろくなとこじゃないよ、あそこは！」

きょとんとする美雪に男はつづけた。

「住民は陰気だし、閉鎖的だし、顔役の頭がかたいのなんの。商売くらい自由にさせろっての。まったく、あれじゃ変わり者の村なんて陰口たたかれても、しょうがないよ」

どうもこの男は商談がうまくいかずに村から引き返してきたところのようだった。

「いろいろとお疲れさまでした。飴《あめ》でもひとつ、いかがでしょう」

美雪は手提げかばんから缶を取り出し、なかの飴を一粒つまんで見せる。

「あ、これはかたじけない。お嬢ちゃん、よく見ると美人だねえ」

美雪のあげた飴をなめているうちに、男の仏頂面も心持ちおだやかになった。

「話には聞いてたんだが、思った以上だったよ。もともと面倒な村なんだ、あそこは。村長の仙波家と、山の神さまを祀る猿田《さるた》家の一派が対立していてねえ」

「いまなんと？　仙波といいました？」

光彦が顔をずいっと男に近づけた。やたらと距離が近かったので男もたじろぐ。

「……どうした二枚目の兄ちゃん。仙波さんちに用でもあるのかい？」

「まさしく！　その仙波家には以前、晶子さんというかたがいませんでしたか？」

「晶子？」

男が訝しげな顔でしばし考え、「いやあ、わからん」と首を横にふった。

「悪いが、俺はあの家のことはくわしく知らねえんだ。ただ、怖い女が当主をやってるよ。仙波さゆりってひとだ。知りたいなら屋敷に行って直接訊いてみるといい」

「ははあ。仙波さゆりさん」

「まあ、せいぜい機嫌を損ねないようにな。お嬢ちゃん、飴玉ありがとよ！」

そういって牛を引いた商人は去っていき、のこされた美雪と光彦は顔を見合わせた。

「つながりましたね、光彦さん……！」

「うん、きみの勘が当たったよ。村長の仙波家か。やっぱり灰谷さんは仙波晶子さんの調査に来てたんだ。たぶん揉めたのだろうね。ともかく行ってみましょう！」

土隠山村の女傑

「探偵ですって？」

仙波さゆりが草刈り鎌のような形の眉をつりあげていった。

村でも、いちだんと小高く眺めのいい場所に仙波家はあった。美雪と光彦が使用人に事情を話すと、やがて村長で仙波家の女主人でもあるという五十歳くらいの女性が出てきて、開口一番そういったのである。

「わざわざこんな僻地に探偵がなんのご用でしょう？」

灰色の着物に身を包んだ仙波さゆりが厚い唇をゆがめてたずねる。

「やあ、風光明媚《めいび》でいいところだと思います。ぬけるような青空と畑と田んぼと案山子《かかし》に日本の原風景を感じますねえ。ああいえ、すみません。じつは僕らは去年亡くなったある人物に関する調査をしていまして」

光彦がやや意味不明気味に切り出すので、大丈夫だろうかと美雪ははらはらしていたが、話しているうちに彼は要領よく情報を整理して、終わってみれば非常にわかりやすく灰谷工介や、灰谷が調べていた仙波晶子のことについて説明することができていた。

「はあ、そうですか」

仙波さゆりが皮肉っぽい笑みを浮かべてつづける。

「よくもまあ、そうやって他人の家の事情に首を突っこみに来るものですね」

「一理あります。下世話なことです」

光彦がもっともらしくいい、納得してどうすると脱力しながら美雪は話を引き取る。

「申しわけありません。でもそれが探偵の仕事なので。こちらにも事情があるんです」

「まあ、そうなんでしょうけどね。残念ですが、その灰谷工介さんというかたのことは存じあげませんよ。考えたくもない。わたしは忙しいんです」

美雪は眉をよせた。考えたくもないということは知っているからでは？　仙波さゆりは見るからに海千山千のしたたか者だ。正直にこたえる気はないらしい。

「では仙波晶子さんについては？」

美雪はたずねた。

「……そちらはさすがに知らないとはいえませんね。晶子はわたしの娘ですから」

意外な返答に美雪は息をのみ、となりの光彦が前のめりになる。

「娘さんだったのですかっ？」

「ええ、とうに亡くなりましたけども。食事中の突然死だそうです。本当に親のいうことを聞かない子どもでしたよ、晶子は。よほど自立心が旺盛だったのでしょう。こんなさびれた村ではなく、街で暮らしたいといって家を飛び出したんです。それっきり音沙汰もなく、再会したのは死んだという連絡が来たときで……」

ようやく忘れかけていたのに、と仙波さゆりはつぶやいた。

「もう、あのときのことは思い出したくありません。帰ってください」

「そんな」

「帰って！」

仙波さゆりは鋭い目で美雪たちをにらむ。拒絶の意思を感じた。

その後、いくら言葉をつくしても彼女の態度は変わらない。きわめて強固で、千のつけようがなかった。最終的には筋骨隆々の大男の使用人を呼ばれて、半分つまみ出されるような形で美雪たちは仙波家をあとにしたのだった。

「やあ。まったく、なんて仕打ちだろう！　せっかくここまで来たのにね」

光彦が自分の頭を平手で軽くたたいていった。

「あのひとの気持ちを考えたら、しかたないです。娘さんを亡くしたわけですから」

美雪が自分を納得させるようにいうと、光彦が首をかしげる。

「そうだろうか。なんだか妙に冷たい感じもしましたけどね。死んだ娘さんに対して」

「ん……」

それは正直、美雪も思った。口調にどこかそっけないものがあった気がする。

だが当人にそんなことを告げられるはずもない。ただ怒らせるだけである。

美雪と光彦は、土隠山村のだだっ広い道をならんで歩いていた。

あたりには畑と水田がひろがり、かやぶき屋根の木造の民家がところどころに建っている。かやぶき屋根の材料はススキなどの植物だから、長年放置すると苔《こけ》が生えてくるが、この村のかやぶき屋根はそれを通りこして緑の草ぼうぼうだった。まわりの山から草木の種が風に運ばれてくるのだろう。いくらむしっても、きりがないにちがいない。

「それにしても天狗の姿は見あたらないなあ」

ふいに光彦が素っ頓狂なことをいうので、美雪はつい半眼になった。

「あれはあくまでも昔話です……。そこの田んぼに案山子ならいますよ？」

「そうですね。雨の日も風の日も、ひとり田んぼにたたずむ案山子。彼はだれを待っているのだろう？　いや、無駄口をたたいてる場合じゃない。仙波家がだめなら村人に訊いていきましょう」

美雪と光彦は手当たりしだい、村の住民たちに話しかけていった。

しかし結果は思わしくない。最初の挨拶こそ友好的だが、仙波晶子や灰谷工介の名前を出すともうだめだ。ひとが変わったように皆がかぶりをふる。

「知らん。なにも知らない」

「ええ？」

「よそ者は帰ってくれ！」

またしても目の前で家の戸をぴしゃりと閉められて、光彦が悄然《しょうぜん》と肩を落とした。

「はあ、牛を引いてたおじさんの話の意味がわかった気がします。なんて閉鎖的なひとたちだろう！　人間不信になりそうだ」

「きっと口止めされてるんでしょうね。特定の話題になると態度が変わるので」

とはいえ、このままでは埒《らち》が明かない。どうしたものかと頭を悩ませていたとき、ふと美雪は背後に視線を感じる。さきほども感じた気配だと思い、ふりかえった。

すると遠くの水車小屋の陰に、さっとだれかが隠れる。今度は気のせいではない。

「あの！　ちょっと！」

美雪は反射的に駆け出していた。光彦の「美雪さん？」という怪訝そうな声がうしろから聞こえるが、そのまま全速力で走る。

白昼堂々とつけまわすなんて、あまりにも怪しい。おそらく同じバスのなかにいて、ずっと尾行してきたのではないか？　事件の関係者かもしれない。その可能性はかなり高い。すぐに光彦も追いついてくるだろうし、まずは捕まえようと思った。

ところが水車小屋の角を曲がった瞬間、運悪く歩行者にぶつかってしまう。

「うわあ！」

「ひゃっ？」

おたがい地面に尻餅をついた。いそぐあまり、すっかり前方不注意だった。

痛みに顔をしかめつつ、見ると衝突した相手は七十代くらいの老人だ。そのすきに尾行者はまんまと遠ざかり、林のなかに飛びこんで逃げてしまった。

地面に倒れて「あたたた」とうめいている老人に、美雪はあわてて駆けよる。

「すみません！　大丈夫ですか？　立てますかっ？」

「酒……」

「え？」

酒はないか、と老人は大まじめな顔でいった。

山から来た男

「おお、うまいっ！　米がふっくらしておる。このおにぎりは絶品じゃ」

「それはよかったです。ごくふつうのおにぎりですけど」

提供したおにぎりを食べた老人が満足そうなので、美雪はほっとした。美雪のとなりにすわっている光彦が「いい景色はお米の味を引き立てます」などといっている。

水車小屋のそばにある木製の腰かけに、美雪と光彦と老人はすわっていた。

黒々と日焼けした禿頭の老人である。

痩せた体に、しわだらけの和服を着た老人は最初は酒を所望していたが、さすがに持っていなかったので「おにぎりならありますけど」と美雪は口にした。

すると急に腹が減って、もうだめだというので、屋敷を出るときに手提げかばんに入れてきたそれを差しあげたのである。口に合ったようで彼は上機嫌だ。おにぎりをぱくつきながら、自分は酒を買うために山からおりてきたところなのだと語った。

「山といいますと……」

「そりゃあ村の名前にも入ってる土隠山じゃな。ほれ、むこうの斜面に木で階段がつくってあるじゃろう？　そこが登山口で、のぼっていくと小さな集落がある。わしらはふだん、そこで暮らしておるのじゃ。こうして用があるときだけ下におりてくる」

まるで仙人のような話しぶりだと思いながら美雪は口をひらく。

「なるほど。上の集落にはお酒が売ってないんですね」

「いや、酒はあるよ。しかし、たまには下の酒も飲みたいではないか。はっはっ」

美雪はつい真顔になった。仙人なのか俗人なのか、よくわからない老人だ。

「ということは……」

光彦が興味深そうに話に加わる。

「ひょっとして、あなたは山の神さまを信仰しているかたですか？」

「いかにも。ゆえに山に住んでおる。土隠山そのものが神だから、おそばにいようというわけじゃな。まあ上も下も、区分けとしては同じ土隠山村なのじゃがね」

「ははあ。同じ村の住人ではあるけれど、平地は仙波家が、山の集落ではあなたがたが幅を利かせていると」

「平たくいうと、そうなるのう」

老人の話を聞き、そういえばそんな話だったのを美雪も思い出した。村長である仙波家と山の神を祀る猿田家の一派が対立していると牛を引いた男が話していた。

対立しているなら仙波家に口止めもされていないだろう。美雪はたずねてみる。

「仙波家の晶子さんというかたをご存じですか？」

「はて、晶子……？」

「仙波晶子さんです。もう亡くなられてますけど」

「あっ！　あの晶子さんか。もちろん知っておる。そりゃもう、きれいな娘さんじゃったよ。手足が長くて、すらりとしていてのう。いろいろあって結局は村を出ていってしまったが」

「ご存じなんですね！　そのかたのことをなんでもいいから教えてくれませんか？」

これで道がひらけたと思った美雪が勢いづいてたずねると、老人は口をぴたりと閉ざす。なぜかむずかしい顔で考えこんでしまった。どうしたのだろう？

「それは……わしから話すようなことではない。どうしても知りたいなら、自分で訊いてくれんか。当事者の猿田さんに」

「猿田さんに？　なにか事情があるんですか？」

「うむ。猿田さんはわしらの指導者なんじゃ。深い業を背負ってもいる。わしみたいな半端な者が気軽に、そのへんの事情を話すわけにはいかんのじゃよ。申しわけないが」

「あ、いえ……わかりました」

そういうことなら無理強いもできない。

いずれにしても仙波晶子は、山の集落に住む猿田家とずいぶん深いかかわりがあるらしい。それがわかっただけでも収獲だ。あとは猿田家で直接訊こう。

美雪と光彦がそんな意味の目くばせを交わしていたとき、ふいに老人が口をひらく。

「ところであんたたち、知っておるか？」

「なにをですか？」

「わしらのご先祖さまの素性。日本人はどこから来たと思っておる？」

「はい……？」

あまりにも唐突な話題に美雪はぽかんと口をあけた。となりの光彦も同様だ。

「これは猿田さんの持論のうけうりで、わしの発想したことではないが」

そう前置きして老人が語り出す。

「日本は単一民族の国家だと現代人の多くは考えておる。まあ、どこへ行っても日本語がだいたい通じるからのう。しかしそれは本当に史実なのか。時間をさかのぼって古代に帰れば、ちがう光景もあったのではないか？」

その考えを念頭に聞いてほしい、と老人はいった。

「はるか昔、この日本列島には先住民族がいたという。地方にはその名残があったりするんじゃ。いろんな連中がいたのじゃよ。それらを大ざっぱにひっくるめて、山の民とわしらは仮称しておる。その山の民と対比して、日本列島の外……つまり海を渡ってきた人間は、いわば海の民といえるじゃろう。この列島が文明化していくはるか昔から、長年、山の民と海の民は接触してきた。それは交流であったり、交易であったり、ときには交戦であったりしたかもしれぬ」

いきなりなにを突拍子もないことをいい出すのだろう？　酒も呑まずに酔っぱらっているのか？　光彦の例の特技でもあるまいし、と美雪はすっかりあっけに取られていたが、老人は気にした様子もない。

この村はかつて山の民の子孫の隠れ里だった——と彼はまことしやかに語る。

「山を崇《あが》める者の末裔《まつえい》が、ひそかに暮らしておったのじゃ。猿田の人間を筆頭にな。ところが何百年か前、ほかの村から仙波家の先祖がやってきた。当時の飢饉《ききん》はひどいもので、どうしようもなく一家で移住してきたのだという。村人たちは可哀想《かわいそう》に思ってうけいれたが、その仙波家のほうが長い年月を経て大きな力を持つようになった。結果として、もとの村人を邪険にあつかうようになったのは皮肉な話じゃ。まあ仙波家の人間は合理的な頭を持っていたのじゃな」

こうして立場が逆転した、と老人は苦笑してつづけた。

「歴史の流れというのか……。まあ山岳信仰というものは、文明に押しのけられていく定めなんじゃろう。明治のころには国にも禁止された。神仏分離に廃仏毀釈。本当ならわしらも信仰をとうに捨てていてもおかしくなかった。そうならなかったのは、ひとえに猿田家の人間が精神的な柱でいてくれたおかげなんじゃよ。山の親分として、導いてくれた。だからわしは猿田家のかたがたを深く尊敬しておるのじゃ」

老人がふうと息を吐いた。

「とまあ、そういういきさつで仙波家と猿田家は昔から対立しておる。表立って争うことがないのは、平地人と住む場所をわけておるからじゃろう。猿田家の知恵……つまり猿知恵じゃ。平地をゆずられた負い目から、仙波家も強く出られない。持ちつ持たれつ適度な折り合いをつけて対立しておるわけじゃな」

「はあ……」

長い話は終わったようだった。しかしどう反応すればいいのか美雪にはわからない。歴史認識というのか、自分とはあまりにも世界観がちがいすぎた。

そもそもこの仮説はどこまでが信頼に足るのだろう？　日頃のお酒の飲みすぎで妄想癖に拍車がかかってはいないか？　よく見ると老人の手は微弱にふるえていたりして、美雪は少し心配になる。

「なるほど、なるほどねえ！」

逆に光彦は、水を得た魚のように興奮していた。

「山人論だ。前に柳田先生から初期の構想を聞いたことがある。大和民族よりもさきに日本に住んでいた土着民の末裔。天津神《あまつかみ》に取ってかわられた国津神《くにつかみ》の血を引くひとたちです。あなたがいう山の民は、その山人にそっくりだ！」

立ちあがった光彦が手をうしろで組み、ぐるぐると円を描いて歩きまわりはじめる。

「でも先生は、わけあってその初期の山人論は放棄したといっていた……。まあ戦前のことだし、日本人の同一性にかかわるからでしょう。かくして先住民論を封印し、今度は精神医学的な説話としての山人論を先生はあらたに組みなおす。これぞ学者の営みです。そうやって自分の考えと現実を、冷静に再解釈するわけだ。素材を組みかえれば、新しい歴史物語の枠組みを創造することができる。ある意味、それは民俗学の醍醐《だいご》味ともいえるでしょう」

光彦がぶつぶついっているが、なんだか誇大妄想気味に美雪には感じられた。このひとも、いろんな意味で大丈夫なのだろうか？

しかし、それゆえに光彦と老人は意気投合したらしい。

「つまりじゃな。山はわしらの魂のふるさとじゃ」

「至言です！」

「耳をすませば山の呼ぶ声が聞こえてくる」

「そう思うひとは現代にも多い。なにせここは静岡です。静岡県民にとっては富士山こそが心のよりどころなんですよ」

得意げにうけおう光彦に、静岡県民の気持ちを勝手に代弁しないでほしいな、と美雪はつい無の表情になった。

とはいえ、仙波晶子と深い関係があるという猿田家のことは一応理解できた。簡単にいうと、ここの山に住むひとたちの指導者である。

美雪と光彦は、酒を買いに行くという老人に礼をいって山の集落へむかった。

襲撃者の正体

蛇行する細い渓流に沿った道を美雪たちは進んでいた。

薄暗い鬱蒼《うっそう》としたブナの森だ。山道の両脇はどこまでも緑色。背の低い草が少しでも多くの日光を浴びようと放射状に葉をひろげている。

人間の行き来で踏みかためられているせいか、道は歩きやすかった。目的地まではあと少しだ。美雪と光彦は順調に上へむかっている。

しばらく前にたどりついた集落で、美雪たちは猿田家の場所を住人に訊いた。なんでも山の集落は、あちこちに点在しているという。ここは一番下に位置し、猿田家の当主はふだん、もっと上のお籠り堂で修行していることが多いのだそうだ。

美雪たちは礼をいってふたたび山道を進んだ。ときどき途中の集落に立ちよって道を確認しながら。

やがて高さ六メートルほどの低い滝に行き当たる。岩に衝突してはじける白い水しぶきが見るからに爽快だ。

「やあ、滝だ」

光彦が美雪にくるりと顔をむける。

「歩きづめで疲れたでしょう？　ちょっと休んでいきませんか、美雪さん」

「たしかに少し疲れてはいますが、寄り道している場合でしょうか？」

「まあまあ、そんなにあせらなくても、お籠り堂はもうすぐです。顔でも洗ってさっぱりしていきましょう。てかてかと汗で光る顔で押しかけるのも考えものですから」

光彦の言葉に、美雪は思わず無言で自分の顔に手のひらでふれた。

「ああ、美雪さんの顔はいつもどおり、すべすべです」

「じゃあなんで、てかてかなんていったんですか」

「一般論として」

「……誤解させないでください」

しかし思い返せば今日は朝からあちこちへ行った。まだ充分に動けるが、それは一種の興奮状態だからだろう。実際には体力を消耗しているはずだ。そう考えると意図的に休みをとっておいたほうがいい気もする。

「でもそうですね。少しだけ休憩しましょう。水もきれいで気持ちよさそうですから」

美雪がそういって、持参した手提げかばんを近くの岩の上に置いたときだった。

「危ない！」

いきなり光彦が美雪をうしろに、どんと突き飛ばす。

虚をつかれた美雪はそのまま後方へ倒れた。直後に上からなにかが飛んでくる。

それは目の前の地面に、ざくっと突き刺さった。一瞬前まで美雪がいた場所だ。

見ると、片手であつかえる小さな斧だった。

「手斧《ておの》？」

背筋にぞくりと鳥肌が立つ。

光彦が突き飛ばしてくれなかったら、真っ赤なざくろのように頭が裂けていた。

「なるほど……そういうことだったのか」

ふいに光彦が別人のように冷ややかな声を出す。どうしたのだろう？　光彦の視線を追うと低い滝の上に見知った人物がいた。

「勘がいいな」

低い声でそういったのは、片目に黒い眼帯をした三十代なかばの男だった。

美雪は驚愕で目を見ひらく。

壇上医師だ。刹那、おびただしい疑問符が嵐のように頭のなかを乱れ飛んだ。

なぜ失踪中の壇上医師がここに？　手斧を投げた理由は？　もちろん殺すつもりだったのだろうが、それをする意味がわからない。壇上医師にはアリバイがあるから犯人ではないと光彦がいっていたのに。

「壇上先生、どうして！」

恐怖と混乱のただなかで美雪は叫んだ。

「知りすぎたからです。悪いが美雪さん。あなたはここで、その男と死ぬ」

なにをいっているのだろう。あまりの豹変《ひょうへん》ぶりに頭がついてこない。

「ずっとつけてきていたのか……。たしかに僕らは途中の集落で時間を食ったからな」

光彦がそういうと、滝の上の壇上医師がわずかにあごを引く。

「先まわりして待ち伏せるほうが、楽でいい」

ふだんとはまるでちがう、無感情な機械を思わせる口調だった。美雪と光彦を滝の上から見下ろして壇上医師がつづける。

「なにをどこまでつかんでいるのか探る必要があった。灰谷の家に行き、土隠山村へむかい、つぎはこの山……。最初の予想とはちがったが、もう時間の問題だ。すべてを知られる前に排除する。これでも慣れているからな」

壇上医師がそういって光彦と視線を合わせた。

ふたりは滝の上と下でにらみあう。しばしの沈黙を経て、壇上医師が口をひらいた。

「結局おまえは何者だったんだ？」

それは心の底から不思議に思い、どうしても問わずにいられないという口調だった。

「おまえは桜小路光彦ではないだろう。あいつはとっくに死んでいる」

えっと美雪は思う。

どういう意味だろうか。思わずふりかえって、ぎょっとする。

いつもやさしそうな光彦の表情が激変していた。まるで暗渠《あんきょ》の入口のような恐ろしく暗い目つきになっている。そして冷たい。凍りついたように顔色は青白く、人間の血が流れていない氷の悪魔のようだった。美雪は理解不能の異常な恐怖をおぼえた。

光彦は光彦以外のだれでもないと当然のように思いこんでいた。しかし壇上医師は桜小路光彦はすでに死んでいるという。本人に対してそんなうそをつくわけがない。信じられないが、本当の話なのだ。実際の光彦はとっくに死んでいるのだ。

だったら自分が光彦だと思って接してきた、いまここにいる彼はだれなのだろう？

「ちがうね……」

光彦が酷薄な顔でそういってベルトに隠していたケースを取り出す。なかには折りたたみ式のナイフが入っていた。

「そのことを知っているあんたを、切り裂くためにここに来た。僕が桜小路光彦だ」

光彦がナイフの刃を出し、かたかたと不気味に体をふるわせながらいった。

桜小路光彦の正体

桜小路光彦は小刻みにふるえながら壇上医師に近づいていく。

壇上医師は低い滝の上にいるが、滝の両側は土がむき出しで、曲がりくねった細い木がぐねぐねと何本ものびている。足場にすれば勢いよく上まで駆けのぼれるだろう。

やっと目的が果たせると光彦は思った。犯人の正体をつかみ、追いつめて、地獄の底へ突き落とすためにここへ来た。そして敵がやっと正体をあらわしたのだ。

といっても、さっきの話を聞く限り、壇上医師もまた踊らされてここに来たらしい。

「なにをどこまでつかんでいるのか探る必要があった」というのは、そういうことだろう。つまり彼は第三者に吹きこまれた言葉によってこちらの動きに気づき、しかも光彦が知らないことまで知っていると思いこんでいる。

だからこそ警察から逃げなくてはならなかったのだ。

「壇上。わざわざ醜態をさらしに来るなんて、哀れなやつ」

光彦は滝へ近づきながら冷笑する。事態の大枠はわかったが、詳細を確認するために口をひらいた。

「一年前、灰谷工介を殺したのはあんただったんだな？」

さきほどの発言――『灰谷の家に行き、土隠山村へむかい』という部分からわかるように、壇上医師は灰谷の家を知っていた。どんな方法で殺すのか構想しながら、灰谷の身辺を事細かに調べたのだろう。

灰谷の母によると、息子は屋台で酒を呑んで泥酔し、帰りに川に落ちて溺死したという話だった。前後不覚になるまで呑んだことなど一度もなかったのに——と。

それはそうなのだろう。灰谷は呑みすぎたわけではない。屋台で客にまぎれて近づいた壇上医師が、すきを見て酒のコップに薬物を注いだのだ。

灰谷は殺されるかもしれないと危惧していた。しかし屋台で酒を呑んで、くつろいでいるときなら警戒心も薄れる。ひとごみのなか、敵が変装でもしていればなおさらだ。

「医者なら睡眠薬の入手は容易だ。酒に混ぜればすぐに意識をもうろうとさせられる。帰り道にふらふらの灰谷を尾行して、だれもいない土手にさしかかったときに突き落とした。そんなところだろう？」

光彦のその推理を、壇上医師は否定しなかった。それどころか薄く冷笑した。

「だから？」

殺したからどうしたといわんばかりの不遜な態度だった。

「話はまだ途中だ」

光彦は、かまをかけながらの確認をつづける。

「あんたが灰谷工介を殺したのは口封じのためだ。死んだときに持っていたみみずくの置物から、ほぼ真相にいたっていたそうだからな。探偵の彼は仙波晶子の死因を調べていたことがうかがえる。仙波晶子はこの村出身だ。彼女の家族から灰谷は決定的な話を聞き出したんだろう。だからおまえは灰谷を殺す必要にせまられた」

　地方紙によれば、昨年、浜松市の料亭「美登里」の個室で、仙波晶子がひとりで倒れているのを店の女将が発見したということだ。

　これはやはり不自然だと灰谷も思っただろう。ひとりであるはずがなく、たぶん女将がうそをついている。だったら女将以外から真相を聞き出せばいい。そして彼は美登里の従業員から、じつは同席者がいたことを極秘裏に知ったのではないか？

　もちろんその同席者が仙波晶子を殺したのだ。

　いっしょに食事をしながら殺したわけだから、目をはなしたすきに毒を使った可能性が高い。元軍医の彼なら毒物のあつかいにも長けているだろう。

　しかし殺人の動機まではわからない。

　だから灰谷は仙波晶子の実家へ調査に出かけた。結果的に家族から壇上医師と仙波晶子のあいだになんらかの確執があることを聞き出した。それが殺人の原因だ。内容はいまのところ不明だが、とにかく壇上医師にとって致命的な事実を突きとめたのである。

　かくして一仕事終えた探偵の灰谷工介はその夜、屋台で祝杯をあげて酩酊し、帰り道で殺された──。

　さきほど会った仙波さゆりは、娘の晶子の話を光彦たちに聞かせてくれなかったが、案外それは灰谷という死者が出たせいかもしれない。ふたたび死人が出ないように村人にも口止めしたのかもしれない。

　もちろん口止めしたところで、対立している猿田家に行けば聞き出せるはずだ。いま対峙《たいじ》している壇上医師の件が片づいたら確認しに行こう。

「あんたが仙波晶子を殺した」

　光彦はそう告げると、さきほどの壇上医師の言葉を思い出す。——すべてを知られる前に排除する。これでも慣れていると彼はいっていた。

　きっと元軍医の彼は、戦地で瀕死の重傷をおったときに死生観のたががはずれてしまったのだろう。感情の底に穴があき、いくらでもひとを殺せる人間になったのだ。

「仙波晶子殺しを灰谷工介に知られたから彼も殺した。そうなんだろう？」

「ちがう」

　壇上医師が静かにこたえた。光彦は言下に「うそだ」と断じる。

「じゃあなんで警察から逃げた？　海堂家の殺人とあんたは関係ない。そこのアリバイがしっかりしてるのは確認ずみだ。残念だが、あんたに彼らは殺せない。にもかかわらず警察から逃げて雲隠れしたのは、一年前の灰谷工介と仙波晶子の事件の犯人なのが、ばれたと思ったからだろう？　そう思わせる出来事が警察が来る前に起きたんだ」

　逃げる必要もないのに逃げて姿をくらませ、いまはこんなところにまで光彦の動向を探りに来た。そしてその結果がさっき投げてきた手斧だ。このままではすべてを知られてしまうと思い、ひと気のない場所で光彦と美雪を始末しようとした。根拠は充分だ。

癪《しゃく》にさわったのか壇上医師が舌打ちする。

「……あの電話だ。あの話を聞いて動転した。なぜ知ってるんだと……。しかも直後に家に警察が来た。それで、もう終わりだと早合点《はやがてん》させられてしまった。だから逃げた」

「電話はだれから？」

「わかりきったことを。私はおまえの入れ知恵だと思いこんでいたんだ。全部おまえが突きとめて電話させたのだと……くそっ」

一生に一度の不覚だ、と壇上医師が忌まわしげに吐き捨てた。

「逃げたあとで頭が冷えて、おまえがどこまで知っているのか一応確認しようと考えた。だから尾行した。まさかまだ真相をつかんでいなかったとは思わなかったが」

壇上医師は心の底から無念そうだった。

ともかくこれで確定したようだな、と光彦は思う。仙波晶子も灰谷工介も殺したのは壇上医師で、それを警察に知られたと誤解したから逃亡した。海堂家の敷地に落ちていた仙波晶子の写真は壇上医師のものだったのだろう。

「それより私にもひとつ教えろ」

壇上医師が押し殺したような声でつづけた。

「おまえは本当に何者だ？」

なんだ、そのことかと光彦は思う。壇上医師が渋面でこめかみを押さえた。

「そもそも前からおかしいと思っていた……。私と日々樹さまは電話でこまめに連絡を取っている。桜小路光彦という探偵が屋敷に来たと聞かされたときは、わけがわからなかった。だれがなんの目的でそんな真似をしているのか、あまりに意味不明だからな。隠れて屋敷の様子を見に行くと、知らない若い男がいる。騙《かた》りや詐欺師のたぐいにも見えない。私はしばらく様子を見ることにした。殺人事件が起きてからは様子を見る余裕もなくなってしまったが」

ずっと正体がつかめなかった、と壇上医師がうめく。

「だが桜小路光彦が死んでいることはたしかだ。それは絶対にまちがいない。一年前に私が殺したのだから。この目で直接確認した。やつが宿泊している旅館の女中をだまして、シガレットケースに青酸カリ入りの煙草を入れさせたんだ。私の前でそれを吸ってやつは血反吐《ちへど》をぶちまけて死んだ」

彼のその言葉を聞き、光彦は自分の瞳孔がひらいていくのを感じる。

ああ——。

わかってはいたが、やはり実際に殺した者の口からそれを聞くと衝撃があった。たちまち意識の底まで染みとおり、ふさがっていた心の傷がぱっくりとひらく。そして溶岩のように熱い憎悪の念がどろどろとわいてきた。

「やっぱりそうか。あんたが……あんたの目の前で、血を吐いて死んだのか」

光彦はひとりごちた。壇上医師が怪訝そうに片目を細める。

「結局、桜小路光彦というのは何者なんだ。あの女ではなかったのか？」

「あんたの前ではなんといっていた？」

「自分は桜小路光彦。民俗学者で、その研究を題材に小説も書いている。そして探偵でもあると……。見た目は女だが、名前は男だった」

「合ってる」

光彦はうなずいて言葉をつぐ。

「あれは僕の姉さんだ。本名は桜小路桜子《さくらこ》という」

「姉弟だったのか」

壇上医師が目を見ひらいた。

「作家名……いわゆる共同筆名だった。僕たちは、ふたりで桜小路光彦だったんだよ。アメリカにエラリイ・クイーンという推理作家がいるが、あれは従兄弟《いとこ》同士のダネイとリーの合作名だ。しかも作品の主人公の名前もエラリイ・クイーンだったりする。それに倣ったわけじゃないが、僕と姉さんも同じ作家名を共有していた」

光彦は思い出す。

もともとは姉の桜小路桜子が、弟である光彦の名前を使ったのが発端だった。光彦が遊びで書いた小説を断りなく出版社に送り、するとそれが酔狂な編集者に気に入られて、かくして桜子は「桜小路光彦」という筆名で文筆活動を開始したのである。

なしくずし的にはじめた共作だが、なぜか人気は上々だった。

いま、あらためてふりかえると作品の八割は光彦が無理やり書かされたものだ。でも題材は桜子が提供してくれたものが圧倒的に多い。書け書けと桜子がしきりに発破をかけてくれたから書けたわけで、そういう意味ではやはり一種の共作なのだろう。

桜子のそんな行動には、もちろん理由がある。

昔から光彦は体が丈夫ではなかった。長らく肺を病んでいたこともあって、部屋で本ばかり読んでいた。ほとんど習慣化していて、たとえ体調がよくても外に出る気になれない。だから、ずっと民俗学の師匠の家の床に根を張ったような生活をしていた。根を張るといっても、考えごとをするときは室内でぐるぐる歩きまわるのだが。

そんな閉じこもり気味な弟を、姉の桜子は心配していたのである。なにかと外に出るきっかけをつくろうと頭をしぼっていた。そのために光彦の名前で小説家になり、光彦の代わりに民俗学の現地調査に出かけ、あげくは探偵業まではじめてしまった。

つまるところ桜小路桜子は驚くほど器用で、天才肌の女性だったのだ。ちなみに外見は中性的で、顔のつくり自体は光彦と似ている。

桜子は探偵「桜小路光彦」として数々の民俗学的な事件を解決し、結果として各地に同業者の知り合いができた。

そして一年前、桜子は同業の探偵である灰谷工介に、難事件で困っているから助けてほしいと助力を乞われたのである。それが仙波晶子の事件だ。

桜子の話では、灰谷は静岡県で便利屋事務所を営む探偵。足を使った堅実な仕事をする腕利きで、仕事を一度手伝ってもらったことがある。困っているなら助けたいと主張した。こうして桜子はいつものように、くわしいことをなにも教えないまま静岡県へ出かけていき、やがて冷たい死体となって帰ってきたのだった。

葬儀の日は雨だった。探偵の桜小路光彦――本名、桜子の死をいたんで、天も涙を流しているかのようだった。

そのころ光彦は折悪《あ》しく入院中で、心身ともに最悪の状態だった。肺の病気が悪化して一時的に長野県《ながのけん》の療養所にいたのである。

光彦は病床で、いつか姉のかたきを取ることを決意した。犯人を必ず同じ目に遭わせてやる。警察は解決の見通しが立たないらしく、たしかに手がかりも現状ほとんどないが、灰谷工介の名前だけは知っている。便利屋の場所は調べればわかるだろう。体調が万全になったら会いに行き、ともに調査して犯人を突きとめたい。

光彦は病気を治しながら、少しずつ体を鍛えて準備した。犯人の心臓に突き立てるための、持ち運びに便利なナイフも用意した。

そして姉の死から約一年後のある日、予想もしない機会が舞いこむ。

それが海堂財閥の創業者一族として名高い、海堂家からの仕事の依頼だった。かかってきた電話で、光彦は海堂夜梨子に破格の報酬を提示されたのである。

共同筆名を使っているから、桜小路光彦の顔写真は公開されていない。もちろん探偵としての桜小路光彦もだ。片割れが生きている以上、死んだ発表もしておらず、だから夜梨子は依頼してきたのだろう。

これもなにかの運命――あるいは天の導きだろうと思った光彦は即座に心を決める。資料をあつめて東京駅から汽車に乗り、静岡県にある海堂家へやってきたのだった。

「と、そういうわけだ。これに見おぼえがあるだろう？」

光彦はポケットから鳥獣戯画が彫られた銀色のシガレットケースを取り出して見せる。

壇上医師の顔にたじろぐような緊張が走った。

「姉さんの遺品だ。僕がもらいうけた。今回は偶然がかさなったが、思えばこれが引き合わせてくれたのかもしれない。かたきを討ってくれと姉さんが望んでるんだ」

僕は煙草を吸わないからな、といって光彦はポケットにシガレットケースをしまい、ふたたび右手でナイフをかまえる。

「なぜ僕の姉さんを殺した？」

光彦がたずねると、壇上医師はこともなげに「口封じだ」といった。

「灰谷工介を殺した理由と同じだよ。仙波晶子の死の真相を突きとめられたからな」

やっぱりそうか、と光彦は思う。壇上医師がつづけた。

「おまえの姉は有能だった。実際のところ、事件はほとんどあいつが解決したようなものだ。料亭の美登里の店員にうまく取り入って、仙波晶子の死に際に同席していた者のことを聞き出した。この村に来て親に接触したのも、おまえの姉の先導だ。灰谷はただ感心して見ているだけだった」

ああ、灰谷ではなく姉さんが——と光彦は無言で考える。思えばたしかに話術にも長けていた。

「本当に惜しい人材だった。だが、おまえの姉はやさしすぎた。もっと非情な人間なら、ちがう未来があっただろうに」

「なに？」

「おまえの姉は、いっしょに警察に行って、すべてを話してほしいと私に頼んだんだよ。料亭の美登里で、私と対面して……。そしてその席で煙草を吸って死んだ。このとき毒入りを引き当てたのは単なる偶然だが」

壇上医師がかぶりをふって言葉をつぐ。

「おまえの姉も灰谷のように酔ったところを事故死を装って殺したかった。だが酒を呑まない。怪しい飲食物に手をつけない用心深さもある。とはいえ、喫煙者ではあった。

だから毒入り煙草という手段を使わせてもらった」

「なるほど」

光彦は深呼吸して、こみあげる怒りを抑制する。知りたいことはこれで全部聞いた。ほかに聞きたいのは憎い敵の断末魔の叫びだけだ。そしてそれはこれから聞ける。

「こたえ合わせは終わったな。壇上、もうあんたに用はない」

光彦はナイフを握って低い滝へ近づいていく。

壇上医師がいるのは滝の上だが、細い樹木を足場にすれば、すぐ上へたどりつける。そして心臓に刃を突き立てられる。

それはこのナイフの刃になるのだろうか？

どうだろうか。じつはベルトにもう一本、さらに殺傷力の高い武器を隠している。軍用ナイフだ。最初に囮《おとり》のナイフを印象づけておき、すきをついて本命の刃を突き立てる計画を以前から立てていた。必ず姉のかたきを討つ。

「姉さん……」

かたかたと体がふるえた。殺人なんてはじめてだから、しかたない。

そもそも探偵として自ら取り組んだ事件も、これがはじめてだ。まさに恐怖の連続だった。池で月弥の見立て死体に出くわしたときも、風呂で日々樹の見立て死体と遭遇したときも、ひたすら不気味で怖かった。

光彦にとっての本懐は姉の復讐《ふくしゅう》で、海堂家の殺人事件の解決はあくまでも二次的なものだ。内心何度も逃げ出したくなったが、そのたびに復讐心を燃やして自分を奮い立たせた。──僕はまだ生きている。姉さんのため、ここで逃げるわけにはいかないと。

そしていまの状況に結びつく。

結局、姉のような名探偵ぶりは自分には発揮できなかった。はじめてだからではなく姉の水際立った才能に純粋に追いつけなかった。分相応だ。しかしおそらくはその姉の怨念が影響し、運が味方してくれた。そしていまは、なんとか敵の尻尾を出させることに成功している。ずっと閉じこもっていた人間としては上出来だろう。

殺害後は自首すれば、事情もあいまって死刑にはなるまい。もちろん殺人は殺人だから罰はうける。姉の供養をしながら死ぬまで牢獄《ろうごく》で暮らそう。

「壇上っ」

光彦が低い滝の横を駆けのぼろうとしたとき、「待て」と壇上医師が鋭くいった。

「動くな、桜小路光彦」

見ると壇上医師が拳銃をかまえている。さすがに虚をつかれて光彦は立ち止まった。

「そんなもの持ってたのか？　どこで？」

「逆になぜ武器を隠し持っていないと思った？　安心を誘うために出さなかっただけだ。私が事件のことを洗いざらい話したのは、その情報をえさに真実を語らせるためだ。おまえの正体をずっと知りたかったのだからな」

「……なるほど」

光彦が一年前の事件の詳細を知りたかったのと同じように、彼はこちらが何者かを話させようとしていたわけだ。だからすべてを打ちあけ、本音を披露しあう流れへと誘導した。彼からすればそれでいい。いまこの場ではどんな真実を話しても問題ない。なぜなら話がすんだら殺してしまえばいいのだから——という理屈だろう。

かくして僕はここで撃ち殺されるわけか？

光彦の顔が自然と青ざめていったとき、美雪が無言で駆けよってくる。

「美雪さん……？」

光彦はすばやくかぶりをふった。

「だめだ、僕からはなれてろ。撃たれるぞ」

「はなれても無意味です。どのみちあのひとは、ふたりとも殺す気です！」

美雪は感情が高ぶっているらしく目が異様に輝いている。恐怖のせいだけではないように見えた。理由はわからない。でもきれいだ。この状況で考えることではないが、はっとするような魅力を感じた。ほかの場所で出会えていたらよかったのに。

「美雪さん、冷静になれ。きみだけなら逃げられる可能性はある。僕は銃弾一発で死ぬ気はないからな。すきを見て逃げろ」

「だめです」

「美雪さん？」

「わたしも光彦さんも生きていかなくては！」

ふいに美雪がナイフを持っていない光彦の左手を握った。

刹那、意外なほどの熱と力強さに光彦は驚く。理屈を超えて気づかされた。ここには生きる力がある。まだなにか希望があるのだ。でもこの状況でどうしろと？

彼女が光彦の耳に顔を近づける。

「これからなにが起きても驚かないで、心の準備をしてください」

「え？」

光彦がその意味を考えていると、壇上医師が銃口を光彦にむけなおす。

「そういう関係だったのか……？　まあ手間がはぶけていい。最初に桜小路光彦を。つぎに不知火美雪のひたいを撃つ」

壇上がそういって引き金に指をかけた瞬間、ぼおおおん、と異音がひびいた。

それは山の下の村まで届きそうな恐ろしく大きな音で、光彦も美雪もつい身をすくませる。それでも低音が頭からつま先まで伝わって、びりびりとしびれた。

見あげると、滝の上に鼻の長い天狗がいる。

いや、そうではない。長い鼻に見えたのは巨大な法螺貝《ほらがい》だった。修行僧のような服装の老人が長い法螺貝をかまえて吹いているのだった。

修験者だ、と光彦は思う。あるいは山伏。頭の上に丸い頭襟《ときん》をつけた、七十代くらいの老人だった。

その老人は、どうやら滝の上の茂みに隠れて一部始終を見ていたらしい。争いを止める方法を考えていたのだろう。そして壇上医師が銃を撃つ寸前、法螺貝で大きな音を出して驚かせた。たぶん、ほかにできることがなかったのだと思うが。

ともあれ、間近で轟音《ごうおん》を浴びた壇上医師は相当な衝撃をうけたらしく、ふらふらしている。手に持った銃からは、どうも弾丸が放たれたようだ。誤射したらしい。もちろん光彦たちには当たっていない。

見ると、とんでもない場所に当たっている。

滝の上の木の枝に、直径二十センチほどの茶色い球体がぶらさがっているのだが、表面に大理石のような模様が浮かんでいるから、これはスズメバチの巣だ。壇上医師の撃った弾丸はそこに命中し、巣の中央にぽっかりと穴があいていた。

まもなくそこから不気味な低い音を立ててスズメバチが出てくる。

「しまった」

壇上医師が顔色を変えた。

「来るな！　来るな、くそっ！」

たちまち彼はスズメバチの群れに取りかこまれた。

もう銃は役に立たない。両手で顔をおおって彼は逃げ出すが、滝の上で足をすべらせる。わっと短く叫んだ。ころんださきに地面はなく、その後はあっという間だった。

空中に投げ出された彼は背中から落下していく。宙を泳ごうとするかのように両手を必死にふりまわすが、なんの意味もない。

滝つぼではごつごつした巨大な岩が勢いよく白い水をはじいている。そこに彼は頭から激突し、それから手鞠《てまり》が弾むように激しくもんどり打って水面へ投げ出された。

低く激しい水しぶきがあがる。それが消えても彼が立ちあがる気配はなかった。

「……なんてことだ」

光彦はつぶやく。

どうやら美雪は、あの修験者が法螺貝を吹こうとしているのを目ざとく見つけ、光彦が早まらないように制してくれていたようだった。

だがこんな結果になるとは夢にも思わなかったのだろう。彼女は顔面蒼白である。

とにかく、もはや復讐どうこうではない。光彦はナイフをベルトにしまうと、水につかって倒れて痙攣している壇上医師のもとへ美雪とともに駆けよっていった。

天狗の老人

滝の上から落ちた壇上医師を光彦は背負って岸へ運んだ。彼は光彦の耳もとで、ぶつぶつと低くつぶやきつづけていた。

「……私……ではなく……ふた……」

「よせ。いまはしゃべるな」

川の岸辺に寝かせると、彼のポケットから小物がこぼれ落ちる。

「あっ！」

美雪が驚きの声をあげて拾いあげたそれは、例の竹皮のみみずくの置物だった。

「どうして壇上先生がこれを……」

「ああ、それはね」

光彦は美雪に顔をむける。

「僕らが灰谷さんの家を出たあと、立ちよって回収したんだそうだ。そうすれば、あの家とこの村を結びつけるものはなくなる。今度こそだれも追跡できない。不用心にも、家の裏口の扉には鍵がかかっていなくて、すんなり入れたらしい」

耳もとで壇上本人から聞かされた話を光彦が教えると、美雪が少し遠い目になった。

「あの夢はそういう意味だったんだ……」

「え？」

「あ、いえ、なんでも」

　美雪がそうこたえた直後、「おおい！」と遠くから声がする。

　顔をむけると、さきほど法螺貝を吹いた老人が駆けてくるところだった。健脚の持ちぬしのようで、滝の上から迂回《うかい》して斜面をくだり、もうここまで来たらしい。

「大丈夫じゃったか、ふたりとも！」

　息も切らさずに老人がいい、光彦は「ええ、おかげさまで！」と礼をいう。

　近くで見ると、やはり老人の格好は修験者そのものだった。年季の入ったぼろぼろの結袈裟《ゆいげさ》に鈴懸《すずかけ》。大きな法螺貝を片手にたずさえて、腰にはひょうたんをさげている。

　口ぶりこそおだやかだが、老人は赤ら顔で目つきが鋭く、独特の容貌だった。手足が長く、この土地の人間であることを如実に感じさせる。

　美雪が前に口にした、この村の天狗伝説もいまならうなずけた。

　きっとこの土地では昔から修験道が盛んだったのだろう。明治時代に国に禁止されても民間では極秘裏につづけられていた。その修験者を天狗という隠語で呼んだのではないか？　あるいはもっと昔から妖怪の天狗と混同されていたのかもしれない。

　光彦がそんなことを考えていると、美雪が前に出て老人にお辞儀した。

「本当にありがとうございました。おかげで助かりました」

「やあ、かまわんかまわん。お籠り堂で瞑想《めいそう》しとったら、物騒な話が聞こえてくるものでな。気になって来ずにはいられなかった。法螺貝を吹いたのは山の仲間たちに知らせるためじゃが、まさかこんな結果になるとは……」

音を聞いて皆がすぐここへ来るから警察を呼んでもらおう、と老人はいった。

「えっと、お籠り堂にいたということは……もしかしてあなたが猿田さんですか？」

光彦はたずねた。

「いかにも。わしが猿田家の当主、猿田道夫《みちお》という」

「ああ、よかった。さがしてたんです」

壇上医師は意識がもうろうとしているらしく、もはやまともに話せないが、かろうじてまだ息がある。しかし素人ではどうすることもできない。医者を待つしかなかった。

皆が来るのを待つ間、光彦と美雪は猿田道夫から話を聞くことにした。灰谷工介の死とからんだ一連の事情を軽く説明して、光彦は切り出す。

「だからどうしても知る必要があるんです。仙波晶子さんについて教えてください」

「かまわんよ。その話を聞きに来たのは、あんたがたがはじめてではないのでな」

「ああ、僕の姉さん——桜小路桜子と、灰谷さんのことですね？」

「桜子？」

猿田道夫が怪訝そうに少し眉を持ちあげてつづける。

「たしかに同じ苗字じゃが、あのおなごは桜小路光彦と名乗っておったがのう。男のような名前を使うあたり、さすがに都会の人間は進歩的じゃと思ったものじゃが」

「桜小路光彦は、姉さんと僕の共同筆名なんです。姉さんの本名が桜子」

「ああ、そういうことか。なるほど、合点がいった。いずれにしても、孫娘の晶子の死について調べておると聞かされては、祖父として協力しないわけにいかん」

「孫娘……？　祖父？」

一瞬、意味がわからずに光彦はまばたきする。

どういうわけだ？　仙波晶子は仙波家の人間であり、猿田家はそこと対立している山の集団の頭領だと認識していたのだが。

「晶子はわしの娘が生んだ子じゃ。事情があって猿田晶子にはならなかったが」

「ええっ？」

光彦はまさしく驚愕し、となりで話を聞いていた美雪も絶句する。

「ということは……」

「若い者同士の恋が実らなかったという、悲しい話じゃな」

猿田道夫が深いため息をはさんだ。

「仙波家の現当主は仙波さゆりさんという。そしてその前の当主は旦那の一郎《いちろう》さんじゃった。一郎さんはだいぶ前に病気で亡くなってしまったが、若き日の一郎さんと、わしの娘は恋仲であった。ひと目を忍んで、しょっちゅう逢引《あいびき》していたらしい。わしは不覚にもまるで気づかなんだ。やがてふたりの間には子どもができる。それが晶子じゃ」

わしの娘と仙波一郎は本来なら結婚するはずだったのじゃ、と猿田道夫はいった。

「本来なら……」

光彦はつぶやく。実際にはそうならなかった。亡き仙波一郎の妻、仙波さゆりは猿田道夫の娘ではない。

「ご存じのとおり、ここは平地と山が対立する特異な村じゃ。猿田家の娘と結婚するなんて絶対に許さんと仙波家は息巻いた。当時の仙波家はいまよりずっと勢力があって、わしらでは到底あらがえなかったのじゃ。こうして結婚はご破算になった。しかもそれだけではない。半分は仙波の血が流れているということで、晶子は仙波家に引き取られることになってしまった。だから仙波晶子なんじゃ」

「じゃあ……仙波さゆりさんと仙波晶子さんは、血がつながってなかったんですね」

死んだ娘に、どこかそっけない口調の仙波さゆりを思い出して光彦はいった。

「うむ。仙波さゆりさんというのは晶子が生まれたあとに、仙波家の一族が話し合って村人から選んだ者だと聞く。本人も内心おだやかではなかったじゃろう。ただ、あのころは、いまよりずっと貧しい者が多かった」

そして猿田道夫は「そしてなにより、わしが不甲斐《ふがい》なかった」と力なくいった。

「それで、あなたの娘さんは？」

光彦はおそるおそるたずねる。結婚を邪魔されて、子どもまで取られるなんて、これほど悲しい出来事がほかにあるだろうか？　因習に縛られた閉鎖的な村ゆえの悲劇だ。けっして許されない人権蹂躙《じゆうりん》である。

「出ていったよ」

猿田道夫がしおれた顔でいう。

「わしにも村にも愛想をつかしたのじゃろう。さようなら、と一筆書いて姿を消した。それきり一度も帰ってこない。生きているのか、死んでいるのかもわからん。でもまあ当然じゃろう。当時のわしは娘のもっとも大事なものを守ってやれない、力なき親父だったのじゃから。男手ひとつで育ててきたが、しくじってはいけないところでしくじった。本当に不甲斐ない父親で、申しわけないことをした……」

猿田道夫の話に、光彦は胸に寒風が吹きこんだような思いがした。

気のせいかもしれないが、生者にむけた言葉には感じられない。娘はどこかで自殺したとでも考えていそうな寂寥《せきりよう》感あふれる口ぶりだった。猿田道夫がつづける。

「その仙波家に引き取られたわしの孫娘……晶子もやがて村を出ていく。なんでも一郎さんが病死したあと、部屋で家系図を見つけたらしい。そこには母親の仙波さゆりと、自分の血がつながっていないことが記されておったそうじゃ。晶子にとっては衝撃であったろう。こうして、本当の母親をさがすために晶子は村を出た。街の暮らしにあこがれて出ていったと、仙波さゆりはでたらめを吹聴しておるが」

そういえばそんな話をされたことを光彦は思い出す。

彼女はどんな感情でいっていたのだろう？　だがまさか真実を明かすわけにもいかないだろうから、死んだ晶子への当てつけのような思いであるのかもしれなかった。

「晶子さんは村を出たあと、どこにいたんですか？」

光彦がたずねると「静岡市」と猿田道夫はこたえた。

「まあ、ひとをさがすのなら、近くの浜松市よりはそちらじゃろう。ずいぶんとはなれた場所で生活をはじめたものじゃが、ときどき手紙が仙波家に届いたらしい。小耳にはさんだところだと、晶子は記者として働きながら母親の行方をさがしていたそうじゃ」

「へえ、記者ですか。そりゃすごい」

「どんな方法でもぐりこんだのかは知らんがのう。ともあれ仕事は順調で、やがて恋人もできた。手紙に名前は書かれていなかったが、いい交際をしとったらしい。……あの騒動が起きるまでは」

「あの騒動？」

きな臭いと思った光彦は眉をひそめた。なにが起きたのだろう？

「一年ほど前、その恋人の仲間を名乗る男がふたり、仙波家に突然やってきたのじゃ。急に訪ねてこられて、仙波家の連中もさぞ驚いたじゃろう。内容はわからんが、激しい論争があった。金切り声がひびき、怒号が飛んで、揉めに揉めたと聞いておる。晶子が死んだと知らされたのは、その騒動のすぐあとじゃったよ。わずか一週間後じゃ」

「本当にすぐあとですね……」

「はたして関係があるのかないのか？　そんなことは、わしにはわからん」

あきらかに関係があると思っていそうな猿田道夫の口調だった。彼がつづける。

「人づてに晶子の死を聞いたわしは心が真っ暗になってしまってな。ひたすら酒を呑んだ。もう三日三晩、呑みつづけたものじゃ。……もともと猿田家は酒がまったく呑めない血筋でのう。酔っぱらって死んだ者もいる。子も孫もみんなそういう体質なのじゃが、どういうわけか、わしだけは例外じゃった。こうして生きながらえてしまった」

死ぬことは許さんという神の意志かな、と猿田道夫の言葉に吐息がまじる。

そこには自死の寸前まで近づき、立ち直った者ならではの深い感慨がこもっていた。

「あの……」

ある恐ろしい予感を胸に光彦は口をひらく。

「その仙波家を訪ねてきたひとたちというのは、もしかして海堂という苗字じゃありませんでしたか……？」

「おうおう、たしかそんな苗字じゃった。しかしあんた、どうしてわかりなさった？」

ああ――。光彦は鼻面をこん棒で殴られたような、すさまじい衝撃をうけた。

「そうか……そういうことだったのか」

日々樹は仙波晶子のことをじつは知っていると美雪に匂わせていたそうだが、あれは本当の話だったのだ。それにしても――。

天を仰ぎ、顔をしかめずにいられない。こんなことがあっていいのか？

光彦は地面にあおむけで倒れている壇上医師へ、ちらりと視線をむけた。

彼の痙攣はすでに止まっていた。目は大きく見ひらかれて、まばたきしない。さきほどまで苦しげに上下していた胸も、まったくぴくりとも動かなかった。絶命したのだ。

「なんて悲劇だ……。まるで原初の神話の世界のようだ。あまりにも……これはあまりにも残酷すぎる！」

いまや光彦は心の底から暗澹《あんたん》とした思いに囚《とら》われていた。

事件の内幕は把握できたが、だからこそ気持ちが沈む。わからないままのほうが幸せだった。知らずにいれば、少なくとも世界がこれほど無慈悲な場所だとは思わずにすんだだろう。もうなにも聞きたくないし、話したくもない。かつての自分を彷彿《ほうふつ》とさせる自閉的な思いに支配されて光彦はひとりごちた。

「僕たちは、いったいなにをしたのだろう」

「え？」

美雪が不思議そうに光彦を見る。

「いえ、いいんです。もう殺人は起こりません。ここだけじゃなく海堂家でもね。全部終わりだ。というより、とっくに終わっていたんだろう。悲劇というのは、おしなべてもっとも罪深い形で終わるものなのかな……」

残酷であることを知らない残酷さほど、悲しみを誘うものはないと光彦は痛感した。

不知火美雪の真実

土隠山村から海堂の屋敷に帰ってきたころには夜だった。

まずは汗を流したくて入浴し、それから軽く食事をとって、いま不知火美雪は白室のあかりをつけたまま、布団の上でぼんやりと天井を眺めている。白熱球があたたかくも気だるげに室内を照らしていた。

「長い一日だった……」

はあ、と息をゆっくりと吐いて美雪は思い返す。

あのとき土隠山村で猿田道夫と話しているときに、光彦には事件のあらましが理解できたらしい。仙波晶子の殺害と、海堂家の一族の殺害――いわば山の事件と海の事件だが、それらは同じ構造に含まれるのだといっていた。犯人もわかったのだという。

「そうなんですか？　いったいだれなんです、殺人犯は？」

美雪が思わず身をぐっと乗り出すと、

「……ほんとに聞きたいんですか？」

なにやら暗く落ちこんだ表情で光彦はそんな言葉を返す。

「正直、僕はおすすめしません。知らなくていいことも世のなかにはある。これは聞かないほうが幸せに生きられるたぐいの話です」

どういうことなのだろう？　しかし、と美雪は思う。

「だからって……ずっとだまってるわけにはいかないと思います。ほかのことはともかく、人の命にかかわる話です。犯人がわかってるなら教えてください！」

たまりかねて美雪がいうと、光彦は両手をうしろで組み、うろうろとその場で行ったり来たりしながら思案する。猿田道夫もぽかんとしていた。

さっきの光彦の話から察するに、どうもこれは家に閉じこもってせまい場所で歩きまわっていたために身についた習性らしい。ここは土隠山という広い山のなかなのだが。

「……明日まで」

やがて光彦がしぼり出すようにいった。

「明日まで考える時間をくれませんか？　それまでに結論を出します。僕が犯人を指摘することで皆さんの未来がどう変わるのか……。不幸な結末を避ける方法は本当にないのか、もう少しだけ検証したい」

意味不明ながらも、光彦が真摯な思いでいっていることは伝わってきた。

「わかりました。でしたら明日、聞かせてください。お願いします」

「ありがとう、美雪さん」

光彦が翳りのある微笑みを浮かべた。

まもなく猿田道夫の法螺貝の音を聞いた山の住人たちが駆けつけてきた。彼らは壇上医師の死体を見て、飛びあがって驚く。いそいで何人かが山をおりて駐在所の警官をつれてきた。現場を見て、これは予想以上の大事件だと再認識した巡査があわてて県警に連絡し、かくして村は大騒ぎになる。

山をおりた美雪たちは警察から取り調べをうけたが、壇上医師が死んだのは事故だと猿田道夫が証言し、遺体にもそれを裏づけるスズメバチの刺し傷があったため、意外とすんなり解放された。そして警察の車で海堂家へ送ってもらったのだった。

屋敷に着くと、ふたたび光彦は例によって敷地内をうろうろしはじめる。

いまは邪魔しないほうがいい。そっとしておこうと思い、美雪は入浴して食事をすませた。それから自分の部屋にむかって廊下を歩いていくと、やがて視線のさきの障子の前に星馬が立っているのが見えた。どうやら美雪が来るのを待っていたらしい。

「どうしたんですか、星馬さん？」

美雪は思わずまばたきしながら彼に歩みよった。

「ああ。大した用じゃないんだが、渡したいものがあってね」

星馬が「これを」といって差し出した黒い箱を美雪はうけとる。見おぼえがあった。

「これは、日々樹さんの」

「そうだ。なかには特製のダイヤモンドが入ってる。日々樹兄さんがきみのために用意したものだ。部屋に置きっぱなしなのを見て、哀れでね。もらっておいてくれないか」

「でも……」

さすがに美雪がためらっていると星馬が口をひらいた。

「今日も昼間に警察が来て、あちこち調べていった。捜査に進展はなかったようだが、こちらはずいぶん手間がかかったよ。いまにして思い知った。自分がどれだけ兄さんたちに助けられてたのか」

星馬がしんみりと言葉を切った。

「日々樹兄さんならもっと要領よく、月弥兄さんならもっと優雅に、万事とりしきったんだろう。俺はひとりでなんでもやれると思ってたが、じつは兄さんたちを心のよりどころにしていたんだ。いま、ふたりがいないことが、さびしくてたまらない」

うつむき、長い睫毛を伏せて星馬がいった。

「星馬さん……」

「いや、こんなことをいうつもりじゃなかった。ともかくその宝石は日々樹兄さんの形見だ。思い出の品ひとつうけとってもらえないんじゃ、気の毒すぎる。収めてくれ」

「わかりました。そういうことでしたら」

美雪が箱を持ってうなずくと星馬は満足そうに微笑んだ。

「ありがとう。きっと兄さんも喜ぶ。じゃあおやすみ」

星馬が身をひるがえし、骨折した右足をひきずって廊下を歩きはじめる。つまるところ彼はこれを渡すためだけに美雪の部屋のそばで待っていたらしい。

きっと今日の警察の取り調べのあいだ、何度も日々樹のことを考えたのだろう。亡き長男のため、なにかしたいと思った末にこういう行動になったようだ。

「そうだ。ひとついい忘れていた」

ふいに星馬が立ち止まってふりかえる。

「遺言書の件だ。日々樹兄さんと月弥兄さんが死んで、海堂右近の孫は俺しかいなくなったわけだが……俺はきみに結婚を申しこむ気はない」

「えっ？」

さすがに美雪は驚いた。

「突然すまない。でも勘違いしないでくれ。きみがきらいなわけじゃない。俺には好きな相手がいて、ほかの相手とはどうしても結婚できないんだ。ただそれだけの話だよ」

「はあ。そう……なんですか」

「一応いっておかないと、まずいかと思ってね。いまは状況が状況だから」

星馬がやや気まずげに言葉をいい添える。

「もちろん、だからといって俺たちの関係は変わらない。俺はこれまでずいぶん傲慢にきみに接してきた。罪滅ぼしは今後もつづけるよ。当面は仕事どころじゃないから明日も家にいるが、きみさえよかったら弁当をまたつくる。食べてくれるとうれしい」

「……ありがとうございます」

「うん。じゃあまた明日」

星馬は微笑み、右足をひきずって廊下を立ち去った。遠くでごとんと物音がした。

それが、ついさきほどの話である。

回想を終えた美雪は、自室の布団の上で天井を眺めながら吐息をついた。白熱球が、あたたかくも気だるげに室内を照らしている。

「星馬さん……好きなひといたんだ」

実際にはそれだけのことなのに、胸がもやもやするのはなぜだろう？　けっして星馬との結婚を熱望していたわけでもないのに。

たぶん、いずれ求婚されると無条件に思いこんでいたからだ。らしくもなく、根拠のない見こみちがいをしていた自分に対し、気恥ずかしさをおぼえているのだろう。正直ほろ苦いが、いい勉強になった。少し成長できた気がする。

　ただ、遺産の件はどうするのだろうか。遺言書にはこう書かれていた。

『三人の孫のだれかが生きているにもかかわらず、美雪が彼らのなかから伴侶を選ばなかった場合は、この相続はすべて取りやめて全財産をしかるべき団体に寄付する』

　星馬は美雪と結婚しないそうだから、遺産はすべて手放すことになる。海堂家の権勢も地に落ちるが、星馬はそれでいいのだろうか？

「ああ……でもそうか。星馬さんは仕事ができるひとだから」

　はたと美雪は思い当たる。

　彼は人並みはずれて優秀な男だ。海堂右近の遺産に頼らなくても、社会人として仕事で己の道を切りひらいていけるのだろう。べつに彼が勤務する海堂海運が倒産するわけではないのだ。経営権が奪われても会社自体はのこる。そこで結果を出し、自力で生きていけばいい。むしろ遺産に頼るほうが情けないと思っているのかもしれない。

　それは星馬らしい、勇ましく高潔な考えかただった。美雪は素直に感心し、うらやましくも思う。自分にはとても真似できそうにない。

「……そうかな？」

　ふと思った。

そうだろうか？　自分には本当にそれができないのだろうか？

いままでは朝から晩まで下働きに従事させられて、将来のことなんて考える余裕がなかった。母と同じく、自分もずっとこうして生きていくのだと思いこんでいた。

だが、いまの美雪はその固定観念からは解き放たれている。じつはもう縛られなくてもいいのだ。星馬があのように選択した以上、海堂家の没落は確定した。屋敷も手放すことになるだろうし、今後は各自ばらばらに生きていくことになるのかもしれない。

たぶん自分も家を出るときが来たのだ。

外の広い世界へ旅立つ、船出のときが。

今後どうやって身を立てていけばいいのかは、まだわからない。でも心が動くさきはある。凍りついた感情はすでに解けて、雪解け水のように流れているのだから。

この屋敷を出たら、わたしは――。

そんな考えをめぐらせていたとき、美雪の部屋の外でこんこんと音がした。

空耳ではない。拳で家具をたたいたような、人為的な音だった。なぜ声をかけないのだろう。屋敷にはいま、星馬と夜梨子と光彦しかいないが、どちらだろうか？

不思議に思いつつ、美雪が布団から起きあがって襖をあけると、無人だった。遠くで廊下を走り去る足音が一瞬聞こえた気がする。

「……あれ？」

ふと見ると、足もとに封筒が落ちていた。走り去っただれかが置いていったようだ。

封筒から便箋を取り出してひろげると、予想もしないことが書かれている。

『不知火美雪さまへ。あなたは自分の体に流れる血の秘密を知っていますか？』

心臓がどくんと大きくはねたが、それはほんの序の口だった。美雪にとってまさしく未曾有の衝撃的な内容がつづいている。

『生前の右近が厳重に口止めしていたことですが、あなたは不知火家の一族ではありません。血を引いていないのです。あなたは自分のことを不知火左門の息子である不知火小左郎とお弓さんの娘だと教わってきたでしょう？　それはただの体裁にすぎません』

文字は左手で書いたのか、かなりの金釘流《かなくぎりゅう》で、だれの筆跡かわからなかった。

「なにこれ……？　どういう意味？」

でたらめな手紙には思えなかった。突拍子もない内容なのに迫真性がある。けれん味のない坦々とした文章だからだろうか。抑制されているがゆえの高い知性を感じた。

『右近の義兄弟である不知火左門は子どもをつくれない体だったからです。だから左門の代で、実質的に不知火家の血はとだえています。それではあなたの父親である不知火小左郎は何者なのか？』

美雪は思わずのどを鳴らす。

『それは海堂右近の子です。海堂右近と、左門の妻とのあいだにできた子どもが不知火小左郎……。つまりあなたの父親なのです。自分が子どもをつくれないことを知っていた左門は、妻と敬愛する右近に頼んで、不知火家の子を誕生させるお膳立てをおこないました。そして小左郎が生まれたあとは不知火家の嫡男として育てたのです』

そんな、と美雪は口もとを押さえる。まさか父がじつは右近の子だったなんて。

ということは自分は海堂家の人間であり、海堂右近の孫に当たるのか。不思議なことに、うそだとは思えなかった。その理由を考えてすぐに納得がいく。だからか――。

あの異常な遺言書はこの秘密に起因するのだろう。ちゃんと理由があったのだ。海堂右近は自分の死後、いままで苦しんできた孫娘の美雪が、今度は逆に一番幸せになれるような救済措置を用意したつもりだったのかもしれない。

美雪は手紙の末尾に目をやった。

『ほかにも知りたいことが多々あるでしょう。真実を教えます。ひと目をはばかる話ですから、夜一時に屋敷の長屋門まで来てください。必ずひとりで来ること。もしもだれかにこの話をもらしたら二度と機会はありません。善意の助言者より』

美雪は強く唇を噛みしめた。

途轍《とてつ》もない吸引力をそなえていると同時に、危険な話だった。罠かもしれない。だいたい、なぜいまになって急にこんなことを知らせてきたのか？　きわめて不自然だ。

しかしこの機会を逃せないことも、また事実だった。

真実を知ろうとせずに手紙の誘いを無視したとしよう。その場合、身の安全は保証されるが、死ぬまで鬱々と後悔して生きていくことになる。はたして自分に耐えられるだろうか？　無理だった。たとえ罠かもしれなくても自分はこの誘いに乗るしかない。


夜もふけて、やがて約束の一時が近づいてきた。

美雪は悩みに悩んだ末、ひとりで長屋門へ行くことにした。

危険は承知だが、門の外へ出なければ海堂家の敷地内だ。屋敷まわりのあらゆる場所を自分は熟知していて、異常があればすぐに逃げられる。また、納屋で護身用の木刀も見つけた。逃げられない万が一のときは、これで身を守ろう。

屋敷を出た美雪は木刀を持ち、ひたひたと真っ暗な長屋門へむかう。

しかし門にたどりつく前に惨劇は起きた。暗闇から突然、悪魔が飛び出したのだ。応戦するひまもない一瞬の凶行だった。想像を絶する情念が具現化した。ふりおろされた凶器が頭を割り、おびただしい鮮血が夜気のなかに飛び散る。

かくして、むごたらしい最後の殺人がおこなわれた。

第四章　愛しき鎮魂の涙

「ぎゃあああっ！」

すさまじい悲鳴で桜小路光彦は目を覚ました。

いったいなにが起きた？　地獄の亡者の絶叫だろうか？

そんな不可解な思いが頭をよぎるほど、異常な激情を感じさせる声だった。

いまの光彦は布団の上にいる。まだ夜は明けておらず、室内は真っ暗だ。突然の覚醒で頭が少し混乱しているが、聞こえてきたのは、まちがいなく女の悲鳴だった。

心臓がどくどくと早鐘を打っている。美雪の声だった気がする。

「まさか……」

光彦が部屋のあかりをつけると、時刻は夜の一時五分だった。こんな深夜になにが起きたんだ？　もう殺人事件は発生しないはずなのに。

「あっ」

ふいに恐ろしい可能性に思い当たる。別種の悪魔が出現したのではないか？

その要因がひとつだけありうるかもしれないことに気づき、光彦は痛恨の舌打ちをする。とにかく急がなければ。悲鳴は屋敷の外から聞こえた。

脱兎《だっと》の勢いで夜闇のなかへ飛び出すと、また声がする。表の長屋門のほうだ。持ってきた小型の懐中電灯をつけることも忘れて星明かりの下を駆けていくと両手をふって叫んでいる者がいる。

「だれか！　来てください！」

その声にわずかに安堵《あんど》しながら光彦は駆けよった。

「大丈夫ですか、美雪さん！」

光彦が駆けよると、暗闇のなかで美雪が心底ほっとしたようにうなずいた。

「はい、わたしは……」

見たところ美雪は無事だった。怪我もしていないようだ。

ただ、手に吸いついてしまったかのように木刀を強く握りしめていて、はなす気配がなかった。たぶん常軌を逸した恐怖で、体の緊張が解けないのだろうと思うが。

「なにがあったんですか？」

そうたずねた直後、光彦はふと気づき、うっと短いうめき声をあげる。

美雪のことで頭がいっぱいで目に入らなかった。美雪が立っている場所の少しさきにだれかが大の字であおむけに倒れている。

光彦は懐中電灯をつけると、倒れている人物にそっと光をむけた。

「わあっ！」

光彦と美雪は同時に悲鳴をあげた。

あきらかに死んでいた。血に染まった顔面は恐ろしくも真っ赤だ。両目をかっと見ひらき、まばたきをしない。なにかべつの世界からやってきた自分の幽霊にでも会ったかのような、すさまじい驚愕と恐怖がその顔には浮かんでいた。凄惨な形相である。ひたいがぱっくりと割れて、肉のあいだから白い骨がわずかに見えていた。

死者は海堂星馬だった。近くに血だらけの大きな金づちが落ちている。

「これは……いったい」

光彦がつぶやくと、美雪が顔面蒼白でがたがたふるえながら口をひらく。

「手紙が来たんです」

「手紙？　どんな内容ですか」

「わたしの本当の父親は海堂右近だと書かれた手紙です」

「えッ？」

予想もしない言葉に光彦は意表をつかれた。その衝撃で頭がめまぐるしく回転する。

ああ――そういう家系図だったのか。

さすがにこればかりは考えてもわからない。だがその事実が発覚したことで、いままで見えていなかった構図が明瞭になった。だれがどんな意図のもとになにをしたのか、奇怪な血の系譜の因縁が手に取るようにわかる。あとは本人に確認するだけだ。

「美雪さんは、詳細を知りたいなら、ここへ来なさいと手紙で指定されたんですね？」

「はい。危ないとは思いましたが、どうしても無視できなかったんです。それで門にむかって歩いていると、突然うしろの茂みから、だれかが飛び出してくる音がしました。ふりかえると、そのひとが大きな金づちを打ちおろすところで……」

そこに星馬さんが飛びこんできたんです、と美雪がいって声をつまらせる。

「星馬さんは足を怪我してますから……それくらいしかできなかったんです。とっさにわたしを突き飛ばして助けてくれました。でも代わりに星馬さんが……金づちで」

「ああ――」

これほど無慈悲な偶然がほかにあるだろうか？　心底やりきれない。

光彦は自分の頭をわしづかみにして深々とため息をつく。

「目の前で星馬さんが殺されて美雪さんは叫んだ。その声で僕は目覚めたわけだ。犯人は予想外の相手を殺してしまって動揺して逃げたんですね。……顔を見ましたか？」

「見ました。……使用人の由蔵さんでした」

美雪が真っ青な顔で恐ろしいことを口にした。光彦は無言でうなずくと、屋敷に目をむける。いまや光彦の部屋だけではなく、夜梨子の寝室にもあかりがついていた。

「もう終わりにしなくては……。行きましょう、美雪さん」

「はい」

そこでようやく体のこわばりが解けたのか、美雪の手から木刀がごとんと落ちた。

ふたりは静まり返った夜の屋敷へもどると、夜梨子の寝室にむかって廊下を進む。

たどりついて襖をあけた途端、奇妙な光景が目に入った。

ごま塩頭の五十代の男が、背中をまるめて布団に顔をうずめている。由蔵だ。病気で高熱でもあるかのように体がぶるぶるとふるえている。声を殺して泣いているようだ。

そんな由蔵の背中を、そばで夜梨子が力なくなでつづけている。

夜梨子の様子も尋常ではなかった。怒りも悲しみも超越して、すべての感情を失ってしまった虚無の顔つきだった。こわれてしまった魂のぬけがらだ。ある種の神仏にも似ているような、そんな面持ちで夜梨子は由蔵を無心になだめているのだった。

「……やはりそういう関係でしたか」

光彦は悲痛な思いで言葉をつむぐ。

「ねえ、由蔵さん。星馬さんは……あなたの息子さんだったんじゃありませんか？」

光彦のとなりで、ぎょっとしたように美雪が息をのんだのがわかる。

由蔵が布団から顔をあげて光彦をふりむいた。

それは見たこともないような、くしゃくしゃの泣き顔だった。目のまわりがひどく赤い。いまも涙で光る小さな瞳を、ひたとこちらにむけて由蔵が「はい」とうなずく。

「私と……夜梨子さまの子でございます」

そう、わかってはいたのだ――と光彦はうなだれる。だが事実であることが確定したいまは、ただひたすらに痛ましい。光彦は顔をしかめ、唇を噛んで悲しみをこらえる。

「正直、言葉が見つかりません。本当になんといったらいいのか」

「私にとって、たった一度の……。ただひとりの息子でございます」

重い熱病に浮かされたかのように由蔵が語りはじめたのは、こんな話だった。


由蔵は十代のころから海堂家の使用人として働いてきた。身寄りも特技もなく、しかし体力だけはありあまっていたから、住みこみに近いこの仕事には適性があった。

五十二歳になるこの年まで由蔵が独り身を通してきたのは、夜梨子がいたからだ。

夜梨子が最初に屋敷に来たのは海堂八郎兵衛の恋人としてだが、このときに、ひと目ぼれしてしまったのである。

もちろん由蔵は海堂家に忠誠をちかっているから気持ちは慎重に隠していた。夜梨子と八郎兵衛の結婚後も、ずっと心にひた隠しにしていたが、二十五年前に一度だけ不義を働く。

その日、真中湖へ散歩に行きましょうと夜梨子に誘われたのだった。夜梨子は由蔵の感情にとっくに気づいており、退屈な結婚生活のささやかな刺激として、火遊びがしたくなったのである。静かな湖畔の草原で、当時二十代の由蔵は誘惑に勝てなかった。

ところが由蔵の長年のひそかな夢がかなったことで、恐ろしい悲劇が訪れる。

偶然にも八郎兵衛がちょうど湖でボートに乗っていて、ふたりの密会現場を見てしまったのだ。八郎兵衛は驚愕して、湖に落ちて溺れた。一命は取りとめたが、酸欠で頭のねじがはずれてしまい、以後は土蔵に閉じこもって暮らすようになる。

天罰だと思った由蔵は二度と誘惑に乗ることはなかった。だがその日に夜梨子は由蔵の子を身ごもり、それから約九ヶ月後に生まれたのが星馬なのだった。

「大事な、大事な……私の息子です」

由蔵は途切れ途切れに、そう話を結んだのだった。

星馬をしのんで

天井の照明が、ひんやりした光を室内に投げかけている。

夜の一時五十五分。海堂家の客間には関係者があつまり、無言で車座になっていた。といってもかぞえるほどしかいない。あれほど活気があったのに、いまや家族の大半が命を落とした。ここにいる海堂家の一族は夜梨子と八郎兵衛のみ。ほかの顔ぶれは光彦と美雪をのぞくと由蔵とお鈴さんだけである。

その合計六人が、息づまるような沈黙のなか、畳の上で正座しているのだった。

すでに警察に電話して事情は伝えてある。海堂星馬が死亡したこと。殺したのは使用人の由蔵で、逃げる気もなさそうだということ――。

警察はなるべく早く来るということだが、深夜だけに時間がかかる。だから光彦は皆をここにあつめた。なにがどうなっているのか説明しなくてはならない。というのも、由蔵は貝のように口をつぐみ、もうなにも話したくないという態度だったからだ。

由蔵からすれば、この悲劇について自ら語るのは拷問にも等しいのだろう。

気持ちはわかる。だから最後くらいは彼の意向を尊重して自分が代わりを務めたい。

光彦はすでに美雪から、説明するのに必要な細かい情報をすべて聞き出していた。

「もう少しすれば警察が来ます」

一同を見まわして光彦はつづける。

「あとはすべてをまかせてもいいのですが、それで終わりというのも、やはり酷でしょう。皆さん、わけがわからないでしょうからね。せめてもの心配りに、事件の全体像を僕から軽くお話しさせていただきます」

するとお使用人のお鈴さんが、うんうんと勢いよくうなずいた。

寝ているところを突然起こされ、殺人事件が起きたと知らされて屋敷につれてこられたお鈴さんからすれば、当然の反応だ。彼女は事件とは無関係である。ただ、なにも知らせないのも筋が通らないと思い、いっしょに来てもらったのだった。

「それから昨日、美雪さんとも約束しましたから。明日話すって。ずいぶん迷いましたけど、やっぱりこうなっては隠しておけないと思って」

「ありがとうございます。そういってくれるのを待ってました」

美雪がお礼をいい、「お願いします」とうながした。光彦はうなずく。

「紆余曲折《うよきょくせつ》があったんです。由蔵さんにも最初は殺すつもりなんてなかったんですよ。ほんの少し選択がちがっていたら、幸せな未来もあったのかもしれない……。それが僕には残念でなりません」

万感のこもった長い息を吐き出して光彦はつづけた。

「順を追って話しましょう。まずは第一の殺人、次男の月弥さんの事件。もともとこの殺人は計画ずみでした。月弥さんを殺したのは星馬さんです」

「ええっ！　そうなんですか？」

美雪が驚きの表情を浮かべる。

「信じられないのも無理ありません。星馬さんは、美雪さんとは結婚しないっていったわけでしょう？　つまり遺産はいらないという意思表示だ。それなのに、なぜ月弥さんを殺す必要があったのか」

「……なぜでしょう。わかりません」

美雪が呆然として首を横にふった。

「逆なんです。月弥さんを殺すために遺産の件を利用したんです。遺産は目くらましなんですよ。もともと星馬さんは月弥さんを殺す予定でしたが、その時期を入念に見はからっていました。下手なときに殺したら、すぐ疑われてしまいますからね。今回は公開されたばかりの遺言書が、あたかも殺人を誘発するような内容だったから、絶好の機会だと思って決行したんです。木を隠すなら森。いわゆる隠《かく》れ蓑《みの》というわけです」

「じゃあ星馬さんにとっての遺産は……」

「手に入れるべきものではなく、殺人の機会を与えてくれたもの、ということですね」

「そんな」

　美雪が信じられないという顔で絶句した。

「星馬さんには好きな相手がいて、美雪さんとは結婚できない。だから、まったくちがう方向で遺産の恩恵にあずかることにしたわけです」

　光彦は話をつづけた。

「さて、事件の日のことを思い出してみましょう。月弥さんは夜の十一時に日本庭園で美雪さんに求婚しました。そのあと土蔵のそばに行って、八郎兵衛さんに目撃されています。土蔵に行くのを窓から見た日々樹さんが『零時を少しすぎていた』といっていました。だいたいその時刻に月弥さんは、土蔵のなかの八郎兵衛さんが見ている前で、黒い頭巾の女に殺されたわけです」

　光彦がそういうと、八郎兵衛がこくこくとうなずいた。

「頭巾の女が、月弥を殺した……」

「あのときもそうおっしゃってましたね。でもそのひとは、ただ女物の着物を着ていただけで、性別の確認なんてだれもしてないんですよ。歌舞伎の黒衣が使うような頭巾をつけてたんです。頭部はすっぽりおおわれて見えません。そのための変装です」

「むむ？」

「つまり八郎兵衛さんは目撃者にさせられたんです。星馬さんは手紙かなにかで月弥さんを土蔵のそばの松の木まで呼んで、石で殴ったあと絞殺しました。その様子をわざと八郎兵衛さんに見せたんです。犯人は女だと印象づけて、証拠品を美雪さんの部屋の押し入れに仕込んだ。美雪さんが眠ってるうちにね」

「うそ！　星馬さんがそんな……」

　美雪が目を見はった。

「星馬さんなんです。最初は日々樹さんの可能性もあると思ってましたが、殺されてしまいましたから。あとで説明しますが、そもそも動機があるのは彼だけなんです」

　それに、と光彦はつけくわえる。

「月弥さんの死体が見つかった日の朝、星馬さんは階段から落ちて右足を怪我しました。これは狂言ではありません。骨にひびが入っていると壇上医師も診断してます。だから第一の事件のあとは、殺害時に変装する余裕がなかったんですよ。頭巾や着物の予備はおそらく用意してあったと僕は思いますね。ただ、使うことができなくなった。添え木を当てて包帯で固定された右足では、着替えそのものが大変でしょうから」

　光彦が一呼吸分の間を置いた。

「といっても、星馬さんに本気で美雪さんに罪をなすりつける気はなかった。いかにも偽装ですし、いざとなったら助け船を出すつもりだったと思います。彼は根っからの悪人じゃない。動機と死因を考えるとね。無実の美雪さんを殺人犯に仕立てあげるような真似はしないはずなんです」

「よくわかりません……。だったらどうしてこんなことを？」

　美雪が不可解そうに眉をよせる。

「ただの、かく乱だと僕は思ってます。美雪さんに軽く嫌疑をかけて、夜梨子奥さまと喧嘩《けんか》させるつもりだったのでしょう。実際そうなってます。本気で美雪さんを陥れる気はなくても、ちょっと怪しい程度の容疑者には存在してほしいわけです。今後のためにも状況はなるべく混乱していてほしい。夜梨子奥さまと揉めれば、事態はさらに混沌とする。もしかしたら真犯人は夜梨子奥さまで、美雪さんに罪をなすりつけようとしてるんじゃないか？　そう考えるひとが出てくる可能性もなくはないですからね」

「ああ……そんな理由で」

美雪の言葉に吐息がまじった。そこで光彦がくるりと由蔵へ顔をむける。

「由蔵さん、あなたはその殺人の様子を偶然見てしまったんでしょう？　制止する前に月弥さんは殺されてしまったが、犯人を逃がす気はない。あなたは頭巾の殺人者のあとをつけた。やがて殺人者が頭巾を取ると、あらわれたのは星馬さんの顔だった……。父親のあなたがどれだけ驚いたか、想像すると胸が痛みます」

由蔵は光彦に言葉を返さなかった。思い出したくないものを思い出させていることを自覚しつつ、光彦は悲痛な気持ちでつづける。

「もしも僕の発言がまちがっていたときは、どうか遠慮なく指摘してください。すべてを見ていたあなたには、その資格があります」

「……まちがいはございません。いまのところは」

由蔵がかわいた声でいった。そうですか、と光彦はつぶやく。

「あなたは息子の星馬さんが月弥さんを殺すところも、頭巾や着物を美雪さんの部屋に隠すところも見てしまった。そして恐ろしく危険な計画だと感じたことでしょう。あなたのほうが星馬さんよりも世間を知っている。だからあんな真似をしたんです」

見立て、と光彦は口にした。

「海堂家に伝わる別えびすの伝説に見立てたんです。たらい舟もえびすの面も釣りざおも、必要なものはみんな納屋にある。使用人のあなただからこそ知っていたわけです。

大量の小銭は、徒歩三十分の場所にある別えびす神社の賽銭箱をこわして手に入れた。あそこは夜ならだれも来ませんからね。そしてあなたは土蔵のそばに倒れていた月弥さんの死体を日本庭園に運んで、別えびすに見立てたんです」

「そういうことだったんですか！」

美雪が珍しく興奮した様子でいった。光彦は首をこくりと縦にふる。

「だからこれは正確には『見立て殺人』ではなく、べつべつの人間がおこなった『殺人と見立て』だったんです。死体遺棄とか損壊というふうに考えれば、よくある話かもしれません。死体から第三者がものを盗む行為とは逆に、ものをつけくわえたわけです」

「なるほど」

美雪が得心したようにいった。光彦はつづける。

「由蔵さんが死体を別えびすに見立てたのは、もちろん星馬さんが疑われないようにするため。これは海堂家に悪意を持つ者が犯人だと思わせるのがねらいです。前に美雪さんもいってましたよね？　別えびすの伝説になぞらえて死体を飾り立てるなんて冒瀆だって。犯人はよほど海堂家に恨みがあるのだろう……。だれだってそう考えます。由蔵さんはそれを想定して別えびすの見立てをおこなったわけです」

「由蔵さんとしては、星馬さんさえ守れれば、それでよかったんですね」

「おそらく。この見立てで、だれに犯人の疑いがかかるのかというところまでは計算する余裕がなかったでしょう。下手をすると自分が疑われていたかもしれない」

光彦の言葉に、由蔵はしんみりと沈黙を返した。これは肯定と見ていいだろう。

「しかし、よくとっさにこんなことを思いついたものです……。捨て身の親子愛の産物でしょうね」

光彦がつぶやくと、「そうするしかなかったんです」と由蔵が小声でいう。

「本当は死体そのものを隠したかった。山奥にでも埋めたかったのでございます。でも長年仕えてきた、敬愛する月弥さまの体です。どうしても勝手に処分するわけにはいきませんでした。傷つけることだって、はばかられたんです」

「ああ……」

つまるところ由蔵は、自分の身は二の次で星馬をかばいつつ、月弥の遺体も守りたかった。それで苦しまぎれに、見立てという突飛な発想にたどりついたらしい。

別えびすは海堂家の祖神だ。見立ては悪意の産物だと部外者は解釈するだろうが、由蔵にとっては、月弥は死んで神さまになったという崇敬の意味もあったのかもしれない。

「なるほど、納得です」

光彦は深々とうなずいて一拍置いた。

「ところがこの件、星馬さんにしてみれば理解不能でした。自分が殺した月弥さんの死体をだれがあんなにどぎつく飾り立てたのか？　不幸にも、というべきでしょう。星馬さんもまた美雪さんと同様、『これは冒瀆だ』と考えた。彼は怒っていたんです」

思い出す。月弥の死体が発見された日の夜のこと、洗面所で鏡を見ていた光彦に星馬はこう告げた。

——「月弥兄さんは……もちろん欠点もあったが、それ以上の美点が多々あった。掛け値なしに愛すべき男だったよ。俺はひそかに尊敬していたんだ。だからこそ兄さんにあんな真似をしたやつを許せない」

あれは本気だった。星馬は殺す必要があって月弥を殺しただけ。あんな真似——つまり死体を飾り立てて冒瀆した人間を本当に許せないと思っていたのだ。

「ああ……星馬さん」

美雪がなげくようにつぶやいた。光彦は深呼吸して頭を切りかえる。

「つぎは第二の殺人、長男の日々樹さんの事件に移ります。これもまた犯人は星馬さんで、殺すこと自体は前から決めていました。ただ、星馬さんは予定外の不運に見舞われています」

「足の怪我ですね」

美雪がいった。

「ええ。だからといって延期もできません。遺言書のいざこざの混乱を利用しているわけですから、執行される一ヶ月以内にかたをつけないと……。そうでなくても長男の日々樹さんは強敵です。事件が長引けば対策を打ってくるでしょう。混乱の渦中、まともに考えるひまがないうちに殺す必要があった。そして右足がまともに動かない星馬さんはきわめて限定的な、ねらいすました方法で第二の殺人をおこなったのです」

「ねらいすました方法？」

美雪が不思議そうにいった。

「足を怪我してる星馬さんは移動力がないため、待ち伏せして一撃でしとめる必要がある。だから日々樹さんが移動する経路を確定させたんです。八郎兵衛さんを使って」

「あっ、そういえばあの日！」

「そう。ダイヤモンドのペンダントの日です。あの夜、美雪さんは洋館で日々樹さんに求婚されました。夜の九時からお会いしてたんですよね。でも十時になる少し前に八郎兵衛さんの乱入で中断し、話は先送りになった……。あれは星馬さんがしかけたんです」

「星馬さんが？」

「ええ。確認してみましょう。八郎兵衛さん、思い出してください。あの夜、急に土蔵の鍵がはずれる音がして、外に出たら懐中時計が落ちていた。日々樹さんのイニシャルが入っていたから、届けに行ったとあなたはいいました。そうですね？」

「あう」

八郎兵衛がうなずいた。

「そのとき日々樹さんと美雪さんは洋館で話をしていた。だから屋敷にあった日々樹さんの懐中時計と、土蔵の鍵を持ってこられる人間はほとんどいないんです。土蔵の鍵があいたのは夜十時になる少し前。使用人たちはとっくに帰ってる時間ですし、殺す動機がない夜梨子奥さまをのぞけば、屋敷にいるのは星馬さんしかいません」

「ああ、いわれてみれば」

美雪があごに指先を当てた。光彦はつづける。

「八郎兵衛さんがやってきたら当然、日々樹さんは土蔵までつれていく。その後ひとりで洋館に帰ってきます。そこを星馬さんは待ち伏せしたわけです。日々樹さんの死亡推定時刻は夜の十時から十一時ということでしたから、ぴったりでしょう？」

「……ほんとですね」

「星馬さんはどこで待ち伏せしたのか？　死角があって、なおかつ必ず通る場所と考えると洋館の入口のすぐ横にでも隠れたんだと思います。館の内部までは移動したくないでしょうからね。隠れて日々樹さんのすきをついて、頭を石で殴る。倒れたあとに首をしめれば、その場から動かなくても殺せます。そして本当なら死体もそこにあったはずなんです」

光彦は由蔵へ顔をむけた。

「由蔵さん……このときもあなたが死体を別えびすに見立てましたね？　足を怪我してる星馬さんに、死体を運んで、たらい舟にのせるなんて不可能だ。あなたは殺人の一部始終をまたしても見ていたんです」

光彦がたずねると、由蔵はとくに抵抗する様子もなくうなずいた。

「おっしゃるとおりでございます。見とりました」

「偶然ですか？　それとも……」

「まさか、偶然なはずありません。もともと私は知っておったのでございます。たったひとりの血をわけた息子ですからね。いつも陰から様子を見とりました。近ごろ、黒い頭巾や女物の着物などを用意して、なにやらとんでもない計画を立てているようだということも……。ただ詳細がわからず、どうしても止められなかったのでございます」

「ああ、やっぱり」

「使用人の仕事が終わったあとも、帰宅後またこっそり屋敷にもどって、しょっちゅう夜の敷地内を見まわっておりました。お鈴は気づきませんでしたがね。とくに月弥さまの殺害を見てしまったあとは毎晩、気が気ではなくて……」

なるほど、そういうことだったのか。偶然ではなく必然だったのだと光彦は思った。

由蔵がぽつぽつと言葉をかさねる。

「日々樹さまは洋館の玄関の前にあおむけで倒れとりました。私は使用人として長年、肉体労働に従事してきましたから、人間のひとりくらいは簡単に運べます。皆が寝静まったのを見はからって、日々樹さまの遺体を屋敷の風呂場へ運びました。それから別えびすに見立てて、水面に浮かべたのでございます」

「そうでしたか……」

光彦はうなずいた。

そしてその見立てに悪意を感じた星馬はふたたび憤慨し、今度は自ら冒瀆者をあぶり出そうと皆をあつめて自説を披露したのである。この見立てはまちがっている、と。

星馬から聞いた話だと、本物の別えびすは兄弟神だ。兄のたらいには鯛が、弟のたらいにはお金が入っている。

前日の夕食は鯛の塩焼きで、冷蔵庫にはまだ未調理の鯛がたくさん入っていた。にもかかわらず、兄である日々樹の見立てに鯛を使わずに、お金を使ったのはおかしいと主張したのだ。

つまり本物の別えびすの伝承を知らない人間が見立てをおこなったのだと星馬はいい、それは壇上医師だと結論づけたのである。

結果的にはまちがっていたが、あのときは光彦も率直に感心したものだった。

いま思えば星馬は見立てをおこなったとおぼしき壇上医師に、冒瀆の報いとして殺人の罪も着せようとしていたのではないか？　どんな事情であれ、兄の死体をおとしめたことは許さない。濡れ衣を着せられてしかるべきだ。そう考えていた気がする。

由蔵が口をひらいた。

「星馬さまは……いや、もう取りつくろわなくてもいいでしょう。星馬は本物の別えびすの伝承を知らない者が偽の見立てをしたのだと主張しとりましたな。でもそれはちがうんです。私も星馬と同じように本物の別えびすの伝承を知っとったんですから」

「え、そうなんですか？」

光彦は意表をつかれた。

「はい。ひまがあれば陰から星馬を見ておった私です。土蔵で古文書を見つけたことも当然知っとりました。あとから私も土蔵に行って、古文書を読んだのでございます」

「本物の伝承を知っていたのに、どうして偽の見立てを……？」

光彦のその質問に、由蔵は顔をくしゃっとさせて苦笑いする。

「いやあ、そんなことをしたら本物を知っとる人間が疑われるだけじゃありませんか。私をのぞけば、知っているのは夜梨子さまと八郎兵衛さまと星馬の三人だけ。八郎兵衛さまは土蔵のなかですし、星馬と夜梨子さまが疑われては本末転倒ですからな」

「あ、そうか」

だから本物の別えびすの伝承を知っているのに、わざとまちがえたのか。よく考えたら当然だ。こんなことでは天国の姉に笑われてしまうなと思い、光彦は頭を押さえた。

悲劇の構図

「じゃあ最後に星馬さんの動機について。これは海堂家の事件と並行して取り組んでいた、もうひとつの事件を解決したことでわかりました」

光彦がいうと、なにも知らないお鈴さんが「もうひとつの？」と首をかしげた。

「一年前の事件です。海堂家とは一見、無関係なんですけどね。じつは僕は、もともとその事件に関心があって、だから今回思い切って静岡県に来たんですよ。一年前に姉の桜子が探偵として、その件にかかわっていたものですから」

「あらまあ、お姉さんも探偵さんだったんですか」

お鈴さんが驚いた顔をするので、光彦は力強くうなずく。

「姉は本物の名探偵でした」

いまの僕はその真似ごとをしているだけなんだ、とは口に出さずにつづける。

「こういう事件です。——昨年、浜松市の美登里という料亭の個室で、仙波晶子という女性が死んでいるのを女将が発見しました。死因はわかりません。新聞記事はそれだけで続報もなかった。まあ事件性はないと判断されたからでしょう。実際、母親の仙波さゆりさんに会ったときは、食事中の突然死だといってましたからね」

「はあ」

「でも、どういうわけかその話に納得していない者がいました。そのひとは探偵に事件を再調査させたんです。探偵は灰谷工介さんといいまして、この地方では知る人ぞ知る腕利きでした。この灰谷さんと僕の姉が知り合いで、共同調査をしたわけです」

正式に仕事の依頼をうけたのは灰谷工介で、桜子はあくまでも個人的に彼を支援しただけだ。姉は依頼人に直接会う機会がなかったのだろう。会っていたら、その後の展開はまったくちがっていたはずだと思いながら光彦はつづける。

「この仙波晶子さんの出身地は、いささか特殊な村でしてね。うそかまことか、かつては山の民の子孫の隠れ里だったというのです。柳田先生なら山人の末裔だといって興味を示すのかな……。いや、それはともかく僕と美雪さんは村へ行きました。そこで仙波晶子さんの母親と、祖父の猿田道夫さんに会って、事件の真相を知ったんです」

「ああ……なんという……」

夜梨子が顔をこわばらせて低くうめいた。

「どうしました？」

「いえ」

夜梨子が表情をさっと消し、光彦は静かにかぶりをふって話を再開する。

「どうして村で謎が解けたのかというと、追ってきた犯人と直接対決したからです。やるかやられるかでしたよ、ほんとに……。なにせ灰谷工介さんと僕の姉を口封じのために殺した男ですからね。滝から落ちて犯人は死にました。それが壇上医師です」

「……壇上先生が？」

夜梨子が唖然として目を見ひらいた。

「ん？　ああそうか。まだ知らされてなかったんですね。昨日の夕方のことだから」

「まさか。いったいなんだって壇上先生が殺人など……」

「恩人の頼みだからです」

「馬鹿な！　恩返しのために、ひとを殺したとでもいうのですか」

「日々樹さんに頼まれたら、彼は断れません」

光彦の言葉に、夜梨子は辻斬《つじ》りにでもあったかのような顔をした。

「壇上医師は戦場で片目を失う重傷を負って、そのとき助けてくれた日々樹さんに心酔しています。正真正銘の信奉者なんです。日々樹さんが本気で苦しんでいたら、相手を殺してでも排除するでしょう」

「そんな……たしかにそういう部分がないとはいいませんが……。でもどうして？

日々樹はなぜ壇上先生にそんなことをさせたのです？」

「さっきもいいましたが、口封じですね。仙波晶子さんの命を奪ったのが日々樹さんと月弥さんだからですよ」

「なんですって！」

夜梨子が激昂《げきこう》してつづけた。

「聞き捨てなりません、桜小路さん。元華族の生まれだからって、いっていいことと悪いことがあります！」

「でも事実なんです。僕らは仙波晶子さんの祖父である猿田道夫さんから、こんな話を聞きました。一年前、晶子さんの恋人の仲間を名乗る男がふたり、仙波家に突然やってきて論争したと。ふつうの口喧嘩《くちげんか》じゃありません。金切り声がひびき、怒号が飛んで、揉めに揉めたそうです。おそらく晶子さんに身を引かせたくて、親のほうからまるめこむ算段だったのでしょう。晶子さんが死んだのは、そのわずか一週間後だった。そしてそのふたりの男は、なんと海堂という苗字だったというのです」

「まさか！　それが……そのふたりが」

夜梨子の顔から血の気が引いていた。光彦はうなずく。

「日々樹さんと月弥さんです」

皆の心の衝撃をやわらげるように光彦は一拍置いた。

「その件を調べていた灰谷さんと僕の姉を、口封じのために壇上医師に殺させていますから、ひとりは日々樹さんで確定です。月弥さんは一番最初に殺された被害者なので、これも確定といっていい。日々樹さんと月弥さんは仙波家でいい争った末、なるべく早く本人に直接会って話すべきだと考えた。そして料亭の美登里で仙波晶子さんと会うんです。じつはそのとき、料亭の個室には三人の人間がいたんですよ」

光彦は最初、仙波晶子を殺したのは壇上医師だと思っていた。しかし土隠山で彼と対決したときに「ちがう」と否定された。あのときはうそだと早合点したのだが――。

ふりかえると、ほかのことでは彼はすべて真実を語っていた。この件だけうそをつく理由もない。まして生死のかかったあの状況だ。発言は事実だったと考えなおし、だとすれば仙波晶子を殺したのは壇上医師ではなく、その上にいる特別な関係のだれかだと結論づけたのだった。

壇上医師がそのひとのために口封じの殺人までするのだから、日々樹しかいない。日々樹は、ひとの命をないがしろにする者は許せない主義だそうだが、戦争経験のある元軍人だ。自分の命運をゆるがす敵対者への対応は苛烈で、容赦もないのだろう。

「そんな……そんな」

夜梨子はすっかり狼狽《ろうばい》している。対照的に美雪が思慮深い態度で口をひらいた。

「……たしかに海堂家の力があれば、店の女将にうその証言くらいさせられます。証拠隠滅のために、大金を渡して店を解散させることも不可能じゃありません」

でもどうして、と美雪が眉根をよせてつづける。

「信じられません……。わたしには、日々樹さんと月弥さんが結託して女性を殺すなんて思えない！　もちろん仙波家で大論争するくらい、なにかとても気に入らないことはあったんでしょう。でも、だからって」

「美雪さんのいうとおりです。さっきの僕のいいかたは事件の全体像をわかりやすくするための誇張でね。日々樹さんと月弥さんには、仙波晶子さんを殺す気なんてなかった。あれは結果的に死んでしまっただけの不幸な事故だったんです」

光彦は眉間にしわを刻んでいった。

「事故？」

「ええ、おぼえてますか、美雪さん。猿田家のひとはお酒が呑めないんですよ。基本的にね。『子も孫もみんなそういう体質なのじゃが、どういうわけか、わしだけは例外じゃった』みたいなことを猿田道夫さんがいってたでしょう？」

「いわれてみればたしかに……。あっ、まさか！」

「そうです。猿田道夫さんの孫娘である仙波晶子さんもその血筋上、まったくお酒が呑めません。日々樹さんと月弥さんはそのことを知らなかったんです」

「ああ……」

美雪が心底痛ましそうに眉間を押さえた。

「思うに、日々樹さんと月弥さんが無理やり呑ませたわけではないのでしょう。村での論争の件を踏まえるに、彼らは飲食を楽しむ感じではなかった。逆に晶子さんは有名な海堂家の兄弟に会えてうれしかったのかもしれません。気に入られたいと張り切って、本来なら呑めないはずのお酒を呑んでみせた。たぶん少しなら大丈夫だと思ったんでしょうが……アルコールをうけつけない体質の人間というのは意外と多いものなんです。急激に酔えば中毒を起こす。結果的に晶子さんはふたりの前で突然死してしまった」

これを悲劇といわずして、なんといおう？

光彦は吐息をついて話を再開する。

「いきなり死なれて日々樹さんと月弥さんは仰天したでしょう。わけがわからず、混乱したまま女将にひとまず虚偽の証言をさせました。海堂家の醜聞として騒ぎになるのも避けたかったでしょうしね。それであの新聞記事……料亭の個室で仙波晶子という女性が死んでいるのを女将が発見した、になるわけです」

「なるほど、それで」

「でも晶子さんの恋人は信じなかった。もともと彼女がお酒を呑めないことを知っていたからです。なんの理由もなく、料亭の個室でひとりで呑んだり食べたりするわけがないと考えた。だから探偵の灰谷さんに調べてほしいと頼んだんです」

「ああ……なんだか怖い。やっとわたしにもわかってきました。事件の全貌が」

美雪が体をふるわせ、細い息を吐き出して言葉をつぐ。

「その晶子さんの恋人というのは、もしかして――」

「ええ、美雪さんの想像どおり、星馬さんです」

光彦がそういった直後、ひっと悲鳴をあげて夜梨子が両手で顔をおおった。

「星馬さんの目的は遺産ではなく、恋人を殺された復讐だったんですよ。徹頭徹尾、それしか頭になかった。星馬さんにしてみれば一癖ある家族にちょっかいを出されるのがいやで、交際を秘密にしていたわけです。それなのに嗅ぎつけられて、恋人の実家まで押しかけられて、大騒ぎされて、あげくの果てに呑めないお酒を無理やり呑まされて、殺された。しかも彼らはその殺人を隠蔽した」

光彦は睫毛を伏せていった。

「僕の姉と灰谷さんが調べなければ、それらはだれにも知られませんでした……。そう考えれば怒るのは当たり前です。兄たちが事件を隠蔽したがゆえに、殺人だと断定して激怒し、この件についてては完全に客観性を失ってしまった。いつも冷静に見える星馬さんですが、内心では復讐の青白い炎が燃えていたことでしょう。愛憎の悪魔です。だから日々樹さんと月弥さんは殺されたんです」

海堂右近の、あの殺人を誘発するような遺言書は、星馬が一年前の復讐をするのに、うってつけの口実となった。まさしく連続殺人の引き金になったのだった。

光彦はつづける。

「下世話な好奇心で近づき、無理やりお酒を呑ませて恋人を殺した罪は、その命でつぐなわせる……。亡き晶子さんの復讐のため、星馬さんはどうしても兄たちを殺す必要があった。でもその一方で兄たちに敬意をはらってもいましたから、別えびすの見立てという冒瀆は容認できなかったんです。星馬さんは知恵をしぼり、見立てをしたのは壇上医師だと結論づけます。その動機まではわからなかったでしょうが、灰谷さんと僕の姉を殺した犯罪者ですし、日々樹さんと仲間割れをしたとでも思ったのでしょう。そして警察に通報するわけですが……」

そこで光彦はあごに手を当てた。

「興味深いのはその直前、当の壇上医師にも電話をかけていることです」

「え？　どういうことですか」

美雪が訝しげに目をしばたたく。

「だからこそ壇上医師は逃亡したんですよ。美雪さんは彼がこんなことをいってたのをおぼえてますか？」

──『あの電話だ。あの話を聞いて動転した。なぜ知ってるんだと……。しかも直後に家に警察が来た。それで、もう終わりだと早合点させられてしまった』

壇上医師の言葉を思い出しながら光彦が説明すると、「ああ！　あれはそういう意味だったんですか！」と美雪は驚いた顔でいった。

「壇上医師がもう終わりだと思うほどの秘密……殺人のことを知ってるのは、灰谷さんの依頼人である星馬さんだけですからね。おそらく星馬さんは灰谷さんから、壇上医師に殺されるかもしれないと聞かされていたんでしょう。一番心配させたくないであろう自分の母親にも灰谷さんは多少もらしていたくらいだから、切迫してたんでしょうね。注意喚起の意味でも星馬さんには詳細を伝えていたはずです。そして実際に灰谷さんは死んだ。これはもう、だれだって壇上医師のしわざだと考えます」

「たしかに」

「星馬さんは壇上医師に電話でその話をすることで逃亡を誘い、警察の心証を最悪にした。そして最有力容疑者としての体裁をととのえさせたんです。逃亡させるのと警察をけしかけるのを同時にやるあたり、さすがですよ。でも仮に壇上医師が逃亡しなくても海堂家の殺人の容疑で逮捕されるだけですからね」

「なるほど……」

美雪はすっかり得心した顔だった。

深夜の海堂家の客間に深い沈黙がおりる。

「最後に由蔵さんの殺人について……。これはもう完全に別件です。僕も想定外でした。壇上医師が死んだ時点で事件は終わったと思いこんでしまってたんです」

——もう殺人は起こりません。ここだけじゃなく海堂家でもね。

自分の言葉を思い出して光彦は心底恥ずかしくなる。馬鹿だった。海堂星馬という男の愛情を見くびっていたのだ。

　たしかに星馬は仙波晶子を愛していた。だが彼女の復讐をはたした以上、現実とむきあうだろう。美雪と結婚するだけで莫大な遺産が手に入るのだ。美雪だって星馬ほどの男に求婚されたら断るまい。

　そう思って光彦は小さな胸の痛みをこらえつつ、美雪の前では星馬が犯人だとはいわなかった。本当は美雪の幸せのためにも最後まで打ちあけたくなかったのである。

　しかし星馬の心のなかで、仙波晶子は生きつづけていたのだろう。美雪とは結婚できないといい、だからこそ、いまの状況がある。

「由蔵さんの動機は明快です。それは……美雪さんとは結婚しないと星馬さんが話しているのを聞いてしまったから」

　光彦は美雪から聞いた話を思い出す。――星馬がその件を美雪に告げて廊下を立ち去るとき、遠くでごとんと物音がしたという。つまりだれかが盗み聞きしていたのだ。

　由蔵は、いつも陰から息子の様子を見ていたそうだから、彼なのだろう。

「遺言書によると、『もしも一ヶ月以内に美雪が死んだ場合は、三人の孫で均等に財産をわける。その状態で、さらに孫のだれかが死んだときは、のこった孫で均等にわける』ということでした。つまりいま美雪さんが死ねば、遺産はすべて星馬さんのものになるんです。だから手紙で呼び出して殺そうとしたわけです」

由蔵にしてみれば、自分が殺人犯として逮捕されても、星馬さえ財産を相続できればそれでよかったのだろう。父の愛ゆえの捨て身の所業だ。極限の心理状況下、息子のためにという思いが強くなりすぎて暴走してしまったのだと思いながら光彦はつづけた。

「ところが夜中、美雪さんが屋敷を出て指定の場所にむかうところを偶然にも星馬さんが見てしまったんです。夜の一時なら、まあ起きてることもあるでしょう。星馬さんは不思議に思って、あとをつけた。そして暗闇のなか、とっさに襲撃者から美雪さんをかばったんです。由蔵さんも、まさか星馬さんがつけてきているとは思わなかった。どのみち、殺意をこめてふりおろした金づちは途中で止められなかったんです」

「はい……」

そのとおりでございます、と由蔵がいった。

いたたまれない思いで光彦はつづける。

「星馬さんは第一の殺人では美雪さんに濡れ衣を着せようとした。でも、やっぱりあれは本気じゃなかったんですよ。状況を混乱させたいだけだった。こうやって美雪さんをかばって亡くなったのが、なによりの証拠です。たとえ心のなかに仙波晶子さんという恋人がいても、目の前でだれかが殺されそうなら身を挺《てい》して助ける。そういう立派な男だったんです」

「はい……。そのとおりで……ございます」

由蔵が涙声で同じ言葉をくり返した。

「立派な息子で……。父親だと名乗るつもりもなかった。ただ、遠くから見てるだけでよかった。それなのに、そんな大事な息子を……！」

由蔵の目から涙があふれる。光彦は心を痛めるが、そもそもの最初から由蔵は限界だったのだろうとも思う。夜梨子の部屋に逃げこんだのが、なによりの証拠だ。

由蔵と夜梨子はかつて一度だけ関係を持った。一度ということは、これは過失であると両者ともに結論づけたわけだ。以後は慎重に距離をたもってきた。

にもかかわらず殺人のあと、由蔵が夜梨子の部屋にむかったのは、心の余裕が皆無だったからだろう。むきだしの本音が露呈してしまったのだ。また、父親の自分が最愛の息子を殺してしまったとき、一番最初に知らせなければならない相手は母親の夜梨子だとも思ったのだろう。その心中を想像すると、光彦も悲しみで胸がふさがる思いだ。

いや、同情している場合ではない。あとひとつ由蔵に伝えることがある。

光彦は背筋をのばし、ふたたび口をひらいた。

恐ろしき血の因縁

「由蔵さんは陰から息子の星馬さんのことをいつも見ていました。なにかしら恐ろしい犯罪を目論《もくろ》んでいることも察していました。ただし知らなかったこともあります」

光彦は一拍の間をはさんだ。

「星馬さんが知らないことは当然、由蔵さんも知りえません。日々樹さんと月弥さんなら知っていたことでもね」

「それは……どういう意味でございましょう?」

由蔵が泣きはらした目を光彦にむける。

「持っていた情報に差があるんです。日々樹さんと月弥さんは、仙波晶子さんのことで星馬さんが知らない情報を知っていた……。料亭で会ったのは、それを踏まえてのことなんです。けっして末弟が秘密にしている恋人に、下世話な興味でちょっかいを出したわけじゃない。日々樹さんと月弥さんなりに気をつかったからこそ、星馬さんに知られないように内密に晶子さんと会ったんです」

「ますますわけがわかりません……。日々樹さまと月弥さまが、なにを知っていたのでございましょう?」

不思議そうにたずねる由蔵に光彦は静かに告げた。

「仙波晶子さんが星馬さんの姉であること。父親のちがうお姉さんだという事実です」

「はああっ?」

由蔵がなかば叫ぶように素っ頓狂な声をあげた。

「仙波晶子さんの母親は、夜梨子さん。旧姓、猿田夜梨子なんですよ」

「なんですって？」

一同、騒然となった。

「桜小路さん、いったいなにを根拠にそんな——。なあ？」

由蔵が同意を求めて夜梨子に顔をむけた瞬間、彼の全身がぎくりと凍りつく。

夜梨子が顔面蒼白で、頬をひきつらせているのを見たからだ。どう見てもふつうではなかったが、光彦もここでやめるわけにはいかない。

「はじめて土隠山で猿田道夫さんに会ったとき、素朴に思ったんです。手足が長い独特の風貌だなって。夜梨子奥さまと初対面のときも似たようなことを思いました。まあ、それはただの印象です。山人の末裔みたいなことは考えませんでした。ただ、村でいろいろと知ってから妙に気になりだしましてね。折しも壇上医師が死んで、警察から取り調べをうけることになりましたから、美雪さんが別室で調書を取られてるあいだ、猿田さんにお願いしてみたんです。娘さんのことをくわしく教えてくださいって」

猿田道夫の娘は、仙波家の当主である仙波一郎と恋仲で、ふたりのあいだには子どもが生まれた。それが晶子だ。ふたりは閉鎖的な村の因習に邪魔されて結ばれず、晶子も仙波家に奪われてしまった。

猿田道夫の娘は失意のうちに村を出ていき、二度と帰らなかったのだが——。

「わしの娘の名は夜梨子。猿田夜梨子というんじゃ」

あのとき、猿田道夫は光彦にそう教えてくれたのである。

「ちょっと頰骨が張っているが、鼻の高い美人でのう。生きていればいまごろは、さぞ臈《ろう》長けた美人だったことじゃろう」

猿田道夫は娘は死んだと思いこんでいるらしく、光彦は憂鬱になったものだった。

そしていま、夜更けの海堂家の客間で、光彦は真摯に夜梨子にむきなおる。

「本当のことを話してくれませんか、夜梨子奥さま」

すると、もはや隠す意味もないと思ったのだろうか。彼女は口もとに淡い笑みすら浮かべて「ええ、そのとおりです」といった。

「仙波家に取られてしまいましたが、晶子はれっきとした、わたしの娘ですよ。まさか星馬と交際していたなんて夢にも思いませんでしたけどね」

星馬が皆に秘密にしていた弊害だ——と光彦は睫毛を伏せて思った。

「娘を仙波家に取られたわたしは村を出ると、めぐりめぐって夜の街で働くようになりました。運よく高級クラブに勧誘されたんです。わたしはお酒が呑めませんから、お客さんのうけは悪かったですけどね。ただ、その店で八郎兵衛さんに出会えました。昔はそういう店にもよく行っていたようです」

夜梨子の言葉に、八郎兵衛が無言でうなずいた。

「やがてわたしは八郎兵衛さんとつきあいはじめました。相性がよかったようで、とんとん拍子に深い仲になって……。結婚が決まってからは過去のすべてを捨てようと死ぬ気でがんばりましたよ。天涯孤独の身だといって旧姓もばれないように捏造しました。晶子のことも必死に忘れようとして……。さすがに日々樹と月弥と星馬が生まれてからは、あまり思い出すこともなくなっていたのに」

それが災いするなんて、と夜梨子は手で顔をおおった。

やるせない空気のなか、光彦は眉間にしわを刻んで気を強く持つ。それから懐をまさぐると、折りたたまれた数枚の紙を取り出して、皆の前にひろげてみせた。

「これを見ていただけますか。僕が昨日の夕方、日々樹さんと月弥さんの部屋をさがして見つけ出したものです」

「なんですか、これは……」

磁石に吸いよせられるように皆の視線があつまる。

それは興信所の調査報告書だった。日々樹と月弥が、仙波晶子について調べてほしいと依頼した、その結果である。

彼らはふとしたことから弟の星馬がだれかと隠れて交際していることに気づき、心配して身元を調べさせたのだろう。報告書には仙波晶子の父親が仙波一郎であること。そして母親が猿田夜梨子であることが記載されていた。

さらに、この猿田夜梨子が現在は海堂夜梨子として事実上、海堂家を取りしきっていることも明記されている。日々樹たちの母親であることも。

また、仙波晶子の特技は料理だとも書かれていた。知人のあいだでは有名だったらしい。恋人の星馬に教えたこともあったにちがいなく、だから星馬は美雪においしい弁当をつくることができたのだろう。

報告書のなかには仙波晶子の写真が数枚はさまっていた。かつて屋敷の敷地に落ちていた彼女の顔写真は、このなかの一枚だったようだ。光彦は当初あれは壇上医師の持ちものだと考えていたが、まちがいだったらしい。彼は仙波晶子の死そのものとは無関係だったからである。

「さっき僕がいった情報の差というのは、このことです。星馬さんは知りませんでしたが、日々樹さんたちは興信所に身元調査をさせたので、わかっていました。仙波晶子さんが父親のちがう姉だということを……」

光彦はそういうと、情報の差ができた理由に思いをはせる。

探偵の灰谷工介は仙波晶子の死を殺人によるものだと考え、あくまでも事件性の点から調査した。だから興信所の身元調査のような方法は取らず、しかも壇上医師が怪しいと早い段階で把握したため、そのことばかり考える羽目になった。実際、彼に命をねらわれていたのだから、さもありなん。

だからこそ仙波晶子の母親が夜梨子であることに最後まで気づかなかったのだろう。

結果として灰谷に依頼した星馬もまた、それを知ることができなかったのだった。

「ああ……本当に好奇心や邪念のためではなかったんですね。それどころか日々樹と月弥は思いやっていた。星馬のために……だから秘密に。星馬と晶子が、じつは姉弟同士なのを知って、道ならぬ恋をやめさせようとしてくれていたんですね」

夜梨子の声は嗚咽まじりだった。

「そのとおりです」

仙波家に押しかけて大論争したのも、その一環だったのだろうと光彦は思う。

しかし育ちのいい日々樹と月弥では、あの閉鎖的な村の人間たちとは話が嚙《か》み合《あ》わなかった。だから晶子に会って直談判《じかだんぱん》しようとしたのだ。今後は恋人ではなく、姉弟としてつきあうようにしてほしい。われわれは家族なのだからと打ちあけて。

「すべてはすれちがいの集積だったんです。悪意なんかじゃなかった。不幸な事故によって晶子さんは亡くなり、姉弟という秘密を知らなかった星馬さんは、彼女への愛の証として復讐をやりとげてしまったんです」

光彦が総括すると、水を打ったように客間が静まり返る。だれも口をひらかない。

だがやがて由蔵が「馬鹿だなあ」とぽつりとこぼした。

「星馬……おまえは馬鹿だ。本当に……なんでそんなことをしてしまうんだ。なんで腹を割って話せなかったんだ。血のつながった家族なのに」

由蔵はとめどなく涙を流す。子どものように何度もしゃくりあげて「でも」という。

「でも、一番の馬鹿はおまえの親父だ……。本物の大馬鹿だ。馬鹿だから、愛《いと》しくてたまらない、その愛する息子を、自分の手で……」

由蔵は涙に濡《ぬ》れた真っ赤な顔で、自分の両手を食い入るように凝視する。そこになにを見ているのか。やがて彼は眼球がこぼれ落ちそうなほど大きく目を見はった。

「星馬ぁ……」

それが由蔵の最後の言葉となった。突然、日本刀で斬りつけられたかのように由蔵は体をびくんとふるわせて、無造作にうしろへ倒れていく。

老齢ながら引きしまった肉体が畳を打ち、どむっと鈍い音がした。

「由蔵さん！」

皆が駆けよったときには彼はすでに事切れていた。

限界を超えた悲嘆が、それを引き起こしたのだろうか。のちに医師が解剖したところによると、脳卒中だった。頭の血管がいくつも切れて大量に出血し、脳細胞の大部分が破壊されていたということだ。

やがて警察のやってくる音が遠くから聞こえてくる。かくして一連の恐ろしい悲劇は幕を閉じた。

由蔵の夢

気づくと由蔵は濃密な白い霧のなかにいた。

ここはどこだろう。なにがどうなったのか？

目をこらしても、さきが見えない。頭もぼうっとしていて前後の記憶がない。

わけがわからないが、ひとまず由蔵が霧のなかを歩きつづけていると、少しずつ視界がひらけてくる。

やがて見えてきたのは、既視感のある石灯籠や日本庭園——。たどりついたのは海堂家の敷地だった。視線のさきにひょうたん池があり、その近くの岩の上に五歳くらいの少年が立って青空を眺めている。

あれは、と由蔵は目を見はった。

少年は海堂星馬だった。なんとも懐かしい、子どものころの星馬じゃないか。

もう二十年近く前の姿なのに鮮明におぼえている。形のいい眉、あどけない目つき、りんごのようなほっぺ——。星馬が一番かわいらしかったころだ。

横顔をこうして遠目に見ているだけで頬がゆるんでしまう。名乗ることこそできないが、由蔵にとって星馬は宝物のような自慢の息子なのである。

とはいえ、二十年近い時間をさかのぼったということは、ここは現実の世界ではないのだろう。でもあの世という感じでもない。現実と彼岸の中間地点なのかもしれない。まあ考えたところで、どうしようもなかった。

もうすぐ自分は二度ともどれない遠い場所へ行く。そのことは本能でわかっている。だからこれは自分が目にする、正真正銘、最後の情景になるはずだ。冥土の土産に、愛する息子の姿を瞳《め》に焼きつけておくか。

そう考えたときである。空を眺めていた星馬が突然こちらに顔をむけた。由蔵の存在に気づいて、ぱっと笑顔になる。

しまった、と由蔵は思った。

見つかってしまった。ただ眺めているだけでよかったのに。

自分はまもなくこの世界から立ち去り、帰ってこない。あとでさびしがらせることのないように、静かにさりげなく消えていきたかったのだが――。

しかし、そんな由蔵の思いとは裏腹に、五歳の星馬は元気よくこちらに駆けてくる。そして信じられないことを口にする。

「お父さん！」

「えっ」

心臓がどくんと脈打った。いったいなぜ？　どうしてそんな呼びかたを？

頭が真っ白になった由蔵が声を出せずにいると、

「あ、まちがえた！」

五歳の星馬がそういって少し赤くなり、ぺろりと舌を出す。

「ごめんなさい、由蔵さん。自分でも不思議なんだけど、なんだかお父さんみたいな感じがしたんだよ。それでついお父さんっていっちゃった！」

「あ、ああ……なるほど」

単にいいまちがえたらしい。子どもには、よくあることだった。でも――。

「いいんですよ」

うれしかった。ただのまちがいでも、かんちがいでもいい。由蔵は胸を熱くしながら言葉をつぐ。

「私のことは、どう呼んでもいいんですよ。いまだけは好きなように呼んでください」

「そうなの？　そういう遊び？」

「ええ。ただの風変わりなお遊びです」

すると星馬は「ふうん」とつぶやいて、すぐに楽しそうに実行にうつす。

「じゃあ……お父さん！」

「ん」

「お父さん！　由蔵お父さん！　お父さん、大好き！」

なにも知らずに無邪気な笑顔で何度もそう呼んでくれる息子の星馬。なんてうれしいことだろう。なんて喜ばしいことだろう。なんという幸せなことだろうか。

こんなにすばらしい出来事が、私の身に起きるわけがない――。

そう、これは夢。

儚《はかな》い夢にすぎないのだ。

いまや由蔵はすべてを思い出していた。

自分は殺人犯だ。息子を殺した自分はまちがいなく地獄へ落ちるが、こともあろうにその息子が最後の最後に、こんな形のなぐさめをくれた。限りなく幸せな夢を見せてくれたのだ。おそらくは由蔵のひそかな悲願を知って。

そう考えると、ただ泣けてしかたがない。

たとえ夢でもお遊びでも、彼がお父さんと呼んでくれた事実だけで、自分はこのさき地獄のどんな苦難にも耐えていけるだろう。

「ありがとう……。本当にありがとう。星馬、感謝します」

――意識が消える寸前、最後に由蔵はそんな夢を見ながら天に召されたのだった。

第五章　旅立ちの日

日々は矢のように流れた。

一時は荒れ狂う嵐のようだった海堂家の混乱も、右近の遺言が執行されると収束して、いまではすっかり凪《なぎ》の状態である。

居住者の大半がいなくなった海堂御殿は静かすぎるほど静かだった。

「終わったんだな、全部……」

不知火美雪は屋敷をふりかえって眺める。

いまそこにいるのは逗留中の光彦をのぞけば、八郎兵衛とお鈴さんだけ。ほかはみんないなくなってしまった。日々樹も月弥も星馬も由蔵も壇上医師も、みんな——。

ちなみに八郎兵衛は土蔵を出ている。衝撃的な事実があきらかになったからだ。

というのも、じつは彼の頭は正常で、いままではおかしいふりをしていただけだったのだという。

もちろん湖で溺れた当初は正常ではなかったが、長い年月を経て回復した。だが妻の浮気のこともあって現実とむきあう気になれず、惰性で土蔵生活をつづけていたらしい。

土蔵の奥に隠された御神体や古文書をときおり出してきては眺める、世捨て人としての暮らしが性に合ってもいたのだそうだ。

「だが今回のことで反省したよ。自分が恥ずかしい。私がしっかりしていれば、あれほど多くのひとが死ぬことはなかったのだから……」

そう主張して外に出た彼は現在、少しずつ外での生活に慣らしているところである。

さて、その八郎兵衛の妻の夜梨子はというと、すでに海堂家をはなれていた。

離婚したのだ。なんでも出家するのだという。この家にいるのはもう耐えられないという話だった。

「それは……わたしのせいでしょうか？」

美雪は別れの日におそるおそる夜梨子にたずねてみた。

右近の遺言では、三人の孫が全員死んで美雪が健在だった場合、結婚の条件はないものとして全財産を相続させることになっていた。そしてそれが執行されたのだ。

これまで長らく虐げられてきた美雪だが、いまや立場は完全に逆転し、海堂家の当主である。家督とともに、一生かかっても使い切れない莫大な財産も手に入れた。

さらにいえば、これは下克上ではなく正当な権利である。なにせ美雪は右近の血を引く本物の孫で、海堂一族の未来をになう者なのだから。由蔵が手紙でうそを書いていたのでなければ、そういうことになる。

「美雪さんのせいではありません」

夜梨子は神妙にそう返事をしたものだった。

「ただ、この屋敷には日々樹と月弥と星馬の記憶がしみこんでいますから。二度と帰らない幸せな日々のことを、どうしても思い出してしまって……」

思い出したあとに我に返れば、息子たちが全員死んだという荒涼とした現実が待っている。たしかにそれはやりきれないだろう。

「もともと右近は、わたしのことを気に入っていなかったのです。わたしにのぼせている八郎兵衛さんの手前、がまんしていただけなのですよ。本音をいうと、わたしも右近が好きになれませんでした。理由はありません。生理的な……ある種の本能です」

右近が左門の妻とのあいだに、小左郎という子どもを誕生させたことも夜梨子の感性ではありえないものだったという。いくら頼まれたからとはいえ、一線を超えているでしょう、と夜梨子は心底あきれた様子でいったものだった。

夜梨子と由蔵は、亡くなる前の左門がうなされているのを看病していた際、小左郎が自分の子ではないという話を偶然聞いてしまったとのことである。

やっぱり由蔵さんの手紙はうそではなかったんだ、と美雪は思った。美雪が右近の血を引いていることは知る人ぞ知る事実だったらしい。

夜梨子が少し思案して言葉をつづけた。

「さかのぼれば海堂家の人間は、異邦の血を引く海の民。わたしは滅びゆく山の民の末裔です。理屈を超えて相容《あいい》れないものがあったのかもしれません。遺言書にわたしの名前がなかったのを見たときは、右近のその気持ちを再認識した思いでした」

夜梨子が小さく吐息をはさんだ。

「右近は卓越した慧眼《けいがん》の持ちぬし……。全盛期は、それこそ未来を予見するかのようでしたよ。案外わたしを出ていかせるところまで計算していたのかもしれませんね」

そうなのか。だとしたら、じつは自分にもその力の一部が遺伝しているのか。ひとが死ぬ悪夢を見るのは、もしかしたらそこに由来するのだろうか?

いや、と美雪は頭を冷やす。飛躍した想像はさておいて、現実的に考えよう。右近の遺言が、さすがにそこまで未来を見通して書かれたものだとは思えない。

彼はただ、わりを食っていた隠し孫の美雪の幸せを最優先に考えたのだろう。だれと結婚しても力関係が安定するように、と。

三兄弟から好きな相手を選ばせて、選ばれなかった者たちとのあいだに序列をつくる。本来なら長男の日々樹が一番の実力者だが、美雪がほかの相手を選んだ場合はそのひとに最大の力を持たせるということだ。なぜなら美雪に選ばれなかった者は財産の一割しか相続できない。結果的に美雪の夫が自然と海堂家の中心人物になっていく。

美雪がだれを選んでも海堂家は安泰なり——。そんな目論見《もくろみ》だったのだと思う。殺人を誘発させるような記述は、あくまでも試金石だ。それによって隠された人間の本音が浮き彫りになるから、最良の伴侶を選ぶ判断材料にしてほしい。そういう意図だったのだろうと美雪は解釈している。

「ああ。最後にひとつ、いい忘れていました」

ふと夜梨子が思い出したようにつけくわえた。

「ずっと気になっていたでしょうからね。以前あなたの周りに、スズメバチや蛇がしかけられていたことがあったでしょう？　はしごに細工もされていたはず。あれは全部、わたしと麻里子さんの共同作業です。殺すつもりでやったわけではありません。ただ、もしも死んでしまったら、可哀想だけれど、それでかまわないとも思っていました」

「ああ……。やっぱりそうでしたか」

美雪も一応予想していたから、いまさらあまり驚きはなかった。それに夜梨子と同様、麻里子もすでに手痛い報いをうけている。

「もう二度と会うこともないわけですから、最後にあやまらせてください。美雪さん、大変申しわけございませんでした……」

夜梨子は、これ以上ないほど深く頭を下げて謝罪した。やがて顔をあげると、最後はわずかに微笑んで海堂家を去っていったのだった。

願わくば出家する前に、ひと目だけでも父の猿田道夫に会ってほしい。そんなことを思いながら、美雪もまた丁重にお辞儀して彼女を見送ったのである。

さておき、現在。

屋敷の玄関から黒い鞄を持った光彦が颯爽《さっそう》と出てくるのが見えた。遠出するせいか、愛用のカンカン帽を深めにかぶっている。

事件は解決し、この地方の民俗学的な調査もすませ、美雪の遺産相続も無事に終わったということで彼の仕事はすべて終了した。探偵料も夜梨子が置いていったらしい。

そして今日、いよいよ彼は東京に帰ることになっていたのである。

「やあ！　いい天気ですね、美雪さん。青い空に白い雲。まるで大きなわたあめだ。僕の旅立ちを天も祝福してくれているようです！」

光彦が美雪を見て元気にそういった。

「まだやるんですね、明るいふり……」

美雪は思わずぼそりと口にする。

「はて、どういう意味ですか？」

「わたしの前ではもう、よそ行きの虚勢は張らなくても大丈夫です。だって全部知ってるんですから。そんなに陽気な性格を演じなくてもかまわないですよ」

もともと彼は姉の復讐を主目的にやってきた。そう考えると、本来は明朗快活な人物ではないはずなのだ。怖がりで、見立て死体を検分するときもふるえていた。得意分野は文章を読んだり書いたりすることで、本当は物静かなひとなのだと推測する。

そう思って美雪は親切心から「無理はなさらないでください」といったのだが。

「なるほど、なるほどねえ……って失敬な！」

意外にも光彦は異を唱えた。頰のあたりを紅潮させて、ぷりぷりと言葉をかさねる。

「ふりじゃない！　僕はこれでも明るい性格なんです。調子がいいときはだいたいね。いつもほがらかで活発な、理想の自分でいなくちゃならないんだ。とくにこれからは。姉さんの代わりに僕が探偵の桜小路光彦を務めていくのだから」

「す、すみません。そんな立派な志を持っていたとは、つゆ知らず」

美雪は本気で恐縮した。

「やあ、べつにあやまることでもないんですがね……。しかし、なんだろうなあ。やっぱり復讐という動機は明るいとはいえないか」

光彦が帽子を取り、髪をくしゃくしゃと無造作にかきまわして言葉をつぐ。

「……最初はね、復讐が姉さんの供養になると思ってた。結果論ですが、胸のつかえも取れました。復讐は愛のひとつの形。でもそれはある意味、悪魔に近づいていくことでもある。異常な地獄をつくり出してしまうこともある。僕は今回それを痛感した」

「光彦さん」

「帰ったら僕は姉さんの墓前で、深く反省しようと思ってます」

光彦が帽子をかぶり直してため息をついた。心のうちを見せてもらったことに触発されて、美雪もだまっていられなくなる。思い切って、いま切り出すことにした。

「あの、そのことなんですけど！」

「なんですか、急に」

「わたしも東京に行ってみたいんです。……つれていってくれませんか？」

「はあっ？」

光彦が素っ頓狂な驚きの声をあげて、まじまじと美雪の顔を見た。

「東京に来てどうするんです？」

「ただ、行きたいんです」

「ははあ！　そういえば巨額の財産を相続したんでしたね。銀座《ぎんざ》じゅうの宝石でも買い占めますか？　海堂家の財力があれば朝飯前だ。オムライスも百人前食べられる」

「そんなに食べられません」

美雪はつい半眼になった。

「わたしはたしかに海堂家の当主になりましたけど、まだまだ未熟です。このさき、いろんなことを身につける必要があるんです。そのために、もっと心を動かしたい。そういうものを自分で見つけに行きたいんです」

美雪の本音だった。これは前に光彦にいわれたことへの回答でもある。

心の動きを素直に見つめ、その声に耳をすませよう。そうすれば、いまはわからないことでも自然にわかるときが来るのだと彼はいっていた。

だからその機会を積極的に持ちたい。すわって待っているのではなく、行ってみたいと思っている。頭で考えた判断ではなく、ただ無性にそうしたいのだ。自分の心はいまでになく活発に動きはじめている。そのことが不思議と自覚できるから。

「まずは光彦さんのお姉さんのお墓まいりをしたいと思っているのですが……かまわないでしょうか？」

美雪がたずねると、光彦は眉を持ちあげ、黒目をくるりと一回転させて口をひらく。

「なるほど」

「……なるほどとは？」

「いい考えだという意味です」

「あ、なるほど」

光彦の表情が意味不明だったので美雪はほっとした。

「きっと姉さんも喜ぶでしょう。……思えばふたりで勝ちとった成果ですからね」

そういうと光彦は俄然、乗り気な顔でこくこくとうなずいた。

「じゃあ僕が東京を案内しましょう。出発はどうします？　一日のばしましょうか」

「いいえ、今日で平気です」

「本気ですか？」

「はい。じつは事前に八郎兵衛さんとお鈴さんに相談しておいたんです。遠慮せずに行ってきなさいと、ふたりともこころよく背中を押してくれました。家のことは自分たちにまかせておけばいいからって」

「ははあ。さすがにしっかりしてますねえ」

「昨夜のうちに旅の荷造りもすませておきました。ちょっと待っててください。いま、鞄を取ってきます！」

やがて準備をしてもどってきた美雪は光彦と駅へむかい、東京行きの汽車に乗る。

決心さえつけば、あとはあっという間だ。汽車が走り出し、窓の外を走馬灯のように初夏の緑色の景色が流れていった。もうどこにも怪しい霧はかかっていない。

ほどなく遠目に小さく海堂の屋敷が見えてくる。美雪は自然とまぶたを閉じて、そこで懸命に生きたひとたちに鎮魂の祈りを捧《ささ》げた。

あとがき

この物語の誕生のきっかけは去年の一月。前の担当編集者に、次回作として政略結婚ものやシンデレラストーリーに興味はあるかと質問されて、いまのところないという旨の返事をしたことでした。

当時の自分は和菓子の人情話のシリーズを書いており、完結にむけて、あと二冊執筆しなくてはならない正念場。それに関する調べものが多く、また、提案されたジャンルの知識がほとんどなかった事情も相まって、ちょっと無理そうだと感じたのです。

ただ、その日から頭の片隅に「どうすれば自分が面白いと思える、自分なりのシンデレラストーリーを書くことができるのか？」という意識が芽生え、なにかにつけて考えるようになりました。その後、担当編集者が交代してからも模索はつづけていました。

そんなある日、ネットの動画配信サービスで、なにげなく昔の映画を調べて視聴していると、はっとする瞬間があったのです。

観《み》ていた映画は、一九七六年に公開された市川崑《いちかわこん》監督の『犬神家の一族』。

この物語では遺言状が大きな役割を果たしており、ある女性が遺言者の三人の孫のなかから配偶者を選ぶことを条件に、遺産の全相続権を得られるという導入なのですが、

——もしも仮にこの女性が主人公だったら、一種のシンデレラストーリーになり得る可能性があるのでは……？

そう思い、直後さらに気づきました。

面白いものを書くためには、やはり執筆者もそれを面白いと思えることが重要。そして自分が面白いと思う要素は、謎解き、サスペンス、恋愛、冒険、アクションなど。だったらそれを、より面白さが増す形ですべて組みこんでみてはどうか。たとえば、ある種のミステリがクリスティの『そして誰もいなくなった』の大まかな設定やプロットを踏襲し、そこに独自のものをつけくわえる形で執筆されるように、自分も『犬神家の一族』の遺言状という導入を用い、独自のシンデレラストーリーをつくってみよう。否、そういった既成のジャンルの枠にとらわれず、とにかくただ純粋に面白いものを書きたい。そんな考えに至り、また、現在の担当編集者との熱い意見交換を経て、柳田民俗学の要素が統合システムとして新たに根幹に導入されました。結果的にうまく諸要素がまとまったと思うので、楽しんでいただければ幸いです。

魅力的な装画を描いてくれた鈴木《すずき》次郎《じろう》さん。支えてくれた担当編集者と校閲者さんと校正者さんとデザイナーさん。そして読者の皆さん、どうもありがとうございました。

似鳥航一

参考文献

『柳田国男　山人論集成』柳田国男著／大塚英志編（株式会社ＫＡＤＯＫＡＷＡ）
『海上の道』柳田国男著（岩波書店）
『「捨て子」たちの民俗学　小泉八雲と柳田國男』大塚英志著（株式会社角川学芸出版）
『西宮神社』西宮神社編（学生社）
『ゑびす大黒　笑顔の神さま』神崎宣武著（ＩＮＡＸ出版）
『えびすさま　よもやま史話「西宮神社御社用日記」を読む』西宮神社文化研究所編（神戸新聞総合出版センター）

＜初出＞

本書は書き下ろしです。

この物語はフィクションです。実在の人物・団体等とは一切関係ありません。

メディアワークス文庫

佳《よ》き結《けっ》婚《こん》相《あい》手《て》をお選《えら》びください

死《し》がふたりを分《わ》かつ前《まえ》に

似《に》鳥《とり》航《こう》一《いち》

2023年11月25日　初版発行

発行者　山下直久
発行　株式会社KADOKAWA
〒102－8177　東京都千代田区富士見2－13－3
0570-002-301（ナビダイヤル）
装丁者　渡辺宏一（有限会社ニイナナニイゴオ）
印刷　株式会社暁印刷
製本　株式会社暁印刷

●お問い合わせ
https://www.kadokawa.co.jp/（「お問い合わせ」へお進みください）
※内容によっては、お答えできない場合があります。
※サポートは日本国内のみとさせていただきます。
※Japanese text only

※定価はカバーに表示してあります。

Printed in Japan
ISBN978-4-04-915176-3 C0193

メディアワークス文庫　https://mwbunko.com/

本書に対するご意見、ご感想をお寄せください。

あて先
〒102-8177　東京都千代田区富士見2-13-3
メディアワークス文庫編集部
「似鳥航一先生」係

いらっしゃいませ　下町和菓子　栗丸堂
「和」菓子をもって貴しとなす

似鳥航一

大ヒット作『下町和菓子　栗丸堂』、
新章が開幕――

　東京、浅草。下町の一角に明治時代から四代続く老舗『甘味処栗丸堂』はある。

　端整な顔立ちをした若店主の栗田は、無愛想だが腕は確か。普段は客が持ち込む騒動でにぎやかなこの店も、訳あって今は一時休業中らしい。

　そんな秋口、なにやら気をもむ栗田。いつもは天然なお嬢様の葵もどこか心配げ。聞けば、近所にできた和菓子屋がたいそう評判なのだという。

　あらたな季節を迎える栗丸堂。葉色とともに、和菓子がつなぐ縁も深みを増していくようで。さて今回の騒動は？

メディアワークス文庫

ミステリ作家 拝島礼一に捧げる模倣殺人

野宮 有

天才ミステリ作家と週刊誌記者が立ち向かう、おぞましき猟奇事件。

謎に包まれた天才ミステリ作家・拝島礼一の代表作「絵札の騎士」を模倣した連続猟奇殺人事件が発生。

新米週刊誌記者の織乃未希は、唯我独尊な拝島に半ば強引に協力を求められ、秘密裏に事件を調査することになる。

"原作者"としての強みと推理力で事件を紐解いていく二人だったが、模倣犯が仕掛けた狡猾な罠や、世間に渦巻く"正義"という呪いが容赦なく襲い掛かってくる――。

壮絶な頭脳戦の果てに、二人が辿り着く驚愕の真相とは？

メディアワークス文庫

めんとりさま

Faceless Summer

カムリ

高く青い空、道端の腐った死骸、
ねばついた梅酒と炭酸水、そしてねえさん。

大学三年の夏休み。おれは水素水詐欺にあった祖母の様子を見に、静岡へと向かう。我儘なねえさんも一緒に。ねえさんはなぜだか、ずっと、おれについてくるのだ。

久しぶりに逢う祖母の目はうっとりとしていて、同じ言葉を繰り返す。爺さんが死んだのは、めんとりさまのせいだ。居るんだ、めんとりさまは——そして、祖母は失踪した。

祖母の行方を追うため「めんとりさま」の正体を調べる、おれとねえさん。しかしそれは家族の闇と絶望に触れる、禁忌の探索だった——！